名/家/忆/往
系/列/丛/书

汪兆骞　主编

肖复兴　著

他将长生草留给水

中国文史出版社

图书在版编目（CIP）数据

他将长生草留给水 / 肖复兴著. —北京：中国文史出版
社，2018.12
（名家忆往系列丛书 / 汪兆骞主编）
ISBN 978-7-5205-0898-8

Ⅰ.①他… Ⅱ.①肖… Ⅲ.①回忆录—作品集—中国—
当代 Ⅳ.①I251

中国版本图书馆 CIP 数据核字（2018）第 270879 号

责任编辑：李晓薇

出版发行：中国文史出版社

社　　址：北京市海淀区西八里庄 69 号院　　邮编：100142
电　　话：010-81136606　81136602　81136603（发行部）
传　　真：010-81136655
印　　装：北京新华印刷有限公司
经　　销：全国新华书店
开　　本：880mm×1232mm　1/32
印　　张：9.5
字　　数：205 千字
版　　次：2019 年 6 月北京第 1 版
印　　次：2019 年 6 月第 1 次印刷
定　　价：48.00 元

个人印记的精神图景

——关于散文的絮聒之三

汪兆骞

　　记得壬辰年之春，曾应中国文史出版社之邀，为该社主编过一套"当代著名作家美文书系"散文丛书。所选皆与我熟稔的著名作家之散文名篇，每人一卷。经年老友多过花甲之年，正是"老去诗篇浑漫与"，其为文已到随心所欲之化境，锦心绣口，文采昭昭，自出杼机，成一家风骨。文合为时而著，本人性，状风物，衔华而佩实。我在总序中说："这些大家的散文，是血肉之躯与多彩现实撞击出的火光；是人性与天理对晤出的大欢喜、哀凉与哲思；是直面人生，于世俗烟火中，发现芸芸众生灵魂绽放出人性光辉的花朵；是针砭世事，体察生活沉重，发出的诘问。高山安可仰，徒此揖清芬，篇篇似兰斯馨，如松之盛，赠君以言，重于金玉，乐于琴瑟，暖于棉帛。"

　　该丛书面世之后，反响不俗，其中莫言、陈忠实两卷尚获重要文学奖项，可惜仅出版六卷，便草草收场。问题不少，但其主要原因，是我已准备十多年的七卷本"关于民国大师们的集体传记"《民国清流》系列的撰写，到了不能再拖的地步，实在无力分心旁骛，只能抽身。

忽忽六年过去，早已在眉梢眼角爬上恁多暮气的我，已成白头老翁，所幸七卷本《民国清流》，在晨钟暮鼓、花开花落中，陆续顺利出版，且另一长卷《文学即人学：诺贝尔文学奖群星闪耀时》，也即付梓。此时中国文史出版社再次请我主编"名家忆往系列丛书"，鉴于壬辰年所主编丛书，虎头蛇尾，一直心怀愧歉，便欣然从命。于是再邀文坛名家老友，奉献散文佳作。幸哉，老友鼎力相助，纷纷响应。惜哉，一贯为散文发展热情捧薪添火，"纵横正有凌云笔"的贤亮、忠实二君，已不幸驾鹤西行。"西忆故人不可见"，只能"江风吹梦到长安"了。

本人一生以职业编辑之身羁旅文学，在敬畏、精诚、庄严、隐忍中，为人作嫁衣裳，便有了与诸多作家和他们的文字相知对晤的机缘。哲人云"缀文者情动而辞发，观文者披文以入情"。徜徉于作家们"笼天地于形内，挫万物于笔端"的文字里，读出他们灵魂中的人文关怀、文化担当和审美个性。如芙蓉出水，似错彩镂金，辨而不华，质而不俚，风调高雅，格力遒劲，文里寄托着他们太多的人生思考，太浓的文化乡愁。

在中国现当代文学创作体裁格局中，散文承载着民族文化和民族心理的丰厚蕴涵，但综观当下散文创作，呈现一种浮躁焦虑状态，缺乏耐心解构，"过于正确与急切的叙事"

抒情，其面目无论多么喧嚣与璀璨，都不过是"现实的赝品"，致使一端根植在现实大地、一端舒展于精神天空的散文艺术，弥漫着文化废墟和精神荒原的气息。

编这套名家"忆往"散文丛书，所选皆是作家记住或想起保留在脑子里过往事物印象的文学书写。人生天地间，若白驹过隙，忽然而已。往事俯仰百变，人生如梦，"人生到处知何似，应似飞鸿踏雪泥"。那雪泥上留下的爪痕，便是人生行旅的印迹。作家在回忆人生往事时，举凡小事大道，说的都是自己对过往的所思所悟，其间自有人生的哲学睿智、思想境界和灵魂风骨。他们在山河人群和过往的历史中寻找自己，确证自己的命运过程，从中可看出行于江湖的慷慨悲凉、缠绵悱恻的种种气象。他们是带着哲学思辨意味的作家学者的气质，赋予个人印记以精神脉络的，忆往便构成共和国历史生活图画的一部分。

文者，言乎志者也，散文之道，理性与感性、世俗与审美、形而上与形而下之间的穿梭徘徊，胡适先生云："有什么话，说什么话。"说真话，说新话，说惊世骇俗之话，说"人人心中有，个个笔下无"的禅机妙语。另又想起壬戌年岁尾，去津门拜望孙犁先生，寒暄之后，知先生刚为我就职的人民文学出版社要出版的《孙犁散文集》写完序，即向先生请教散文之道。先生笑而不语，遂将其序示我。其序简约，语言平实，只谈了三点"作文和做人的道理"。年代虽久远，先生关于好散文的标准，仍铭记于心，便是：要质胜于文，质就是内容和思想；要有真情，要写真相；文字要自然，若反之，则为虚伪矫饰。先生之于文，可谓闳其中而肆其外。灵丹一粒，合要隽永。如何写好散文，胡适、孙犁两位大师以三言两语警策之言，已说得明明白白。但让人不解的是，总是有些论者，把散文创作说得神乎其神，看似格韵高绝，然如雾里看花，终隔一层。诸如异想天开，鼓吹什么体裁层面上移形换位的跨界写作便可商榷。

编此丛书，无意匡正散文创作的现状，只想向读者推荐货真价实的好散文。于是从他们的作品中，揽片羽于吉光，拾童蒙之香草，挑出"天籁自鸣天趣足，好文不过近人情"的既有人间烟火气，又"有真情""写真相"的"尽美矣，又尽善也"（《论语·八佾》）的美文，编辑整合，以飨读者。

诗书不多，才疏学浅，序中难免有谬误之论，方家哂之可也。对中国文史出版社和诸作家为构建书香社会捧薪添柴的精神，深表敬意。

戊戌年初秋于北京抱独斋

目录

第一辑

永远的校园

毕业了那么多年，你还站在我的面前；那个懵懂的少年，那个流泪的夜晚。

永远的校园

我离开校园的时间已经很长了。我是 1982 年大学毕业，留校教了 3 年的书，而后自以为是要闯荡更广阔的生活，那样毅然离开校园的，算算至今已有 14 个年头了。在我人生 52 岁中，我上了 16 年的学，当了大、中、小学的老师 10 年，一共 26 年，校园生活占去一半还要多一点。可见，校园刻印在我的生命里，而我却离开了它。我常想起校园，常责备自己当初那样的选择是不是对校园的一种背叛？

我是恢复高考制度后的第一批大学生。1978 年的冬天，我到中央戏剧学院报到，是"二进宫"，因为在 1966 年时就考入了这所学院，"文化大革命"爆发了，让我和它阔别了 12 年，也和校园阔别了 12 年。当我重新回到校园时，已经 31 岁了，虽然有些苍老，但感觉还是那样年轻，这种感觉来自我自己，也来自校园。我总想起报到的那一年冬天，躺在宿舍的二层铺上睡不着觉时，听窗外白杨树被寒风吹得萧瑟的声音；我总想起第二年的春天，一眼望见校园里的藤萝架缀满紫嘟嘟的花瓣的情景。我第一次走进这所校园参加考试，就是先看见这一架紫嘟嘟花瓣的藤萝的，那时我才 19 岁。重现的旧景旧情，往往能使人产生幻想，以为自己和校园都依然像以往一样年轻。实际上，我和校园都已经青春不在了。尤其是逝去的岁月并不是在校园里流淌，而是渗进在荒芜的北大荒的黑土地上，校园里没有留下我的足迹，校园只给予我一个伤痛的符号。

那时候，我才真正地对校园产生一种珍惜之情。校园对于一个人的青春是何等的重要，是任何别的地方别的事物都无法取代、无可比拟的。如果说青春是一条河，那么，这条河流淌过的树木芬芳、草丛湿润的两岸，应该大部分属于校园。在我31岁青春只剩下个尾巴的时候，失去了校园12年之久，才体味出校园对于一个人生命的意义。就像一位诗人曾经说过的：失去的才懂得珍惜，拥有的总不在乎。

记得刚刚入学的时候，无论在校园内还是在校园外，我总要把学院的那枚白底红字的学生校徽戴在胸前。其实，按照我的年龄应该戴老师的那种红徽章才是，戴这种白校徽和年龄不相符合，颇有些范进中举式的可笑。但我还是戴了好些日子，它让我产生对校园的亲切感，也让人知道我和校园是同在一起的自豪感。

如果问我这一辈子什么最让我留恋？那就是校园。离开校园之后，这种感情与日俱增。在以后的日子里，偶然之间，我也曾到过一些大学，或者说大学闯入了我的生活，更让我涌出一种故友重逢、他乡遇故知的感觉。其中最让我难忘的有两次，一次是到厦门大学，一次是在天津大学。

我的一个学生在厦门大学读书，她陪我参观了整个校园，鲁迅先生的雕像，陈嘉庚先生资助建造的体育场、教学楼、实验楼、大礼堂……到处是年轻学生青春洋溢的脸，到处是南方特有的高大葳蕤的树，到处是亚热带的奇异芬芳的花。青春时节像是一只鸟或是一粒种子，能够在这样的环境里飞翔或种植，该是多么美好和适得其所。

她带我推开礼堂的大门，偌大的礼堂空荡荡的、静悄悄的，只有台上亮着灯，几个老师和学生在布置着舞台，大概晚上要有演出。这种安谧的气氛、空旷的空间，以及几粒橘黄色的灯光童话般地闪烁，没有喧嚣、没有纷扰……只有门外蓝得像水洗了一般的高远浩渺的天空，还有那流动着的湿润、带着树木的清香，弥漫在身旁。这些，都是只在校园里才会拥有的境界。只有这里，一切才变得如此清新，心情得以超凡脱俗的净化。若能够在这里再读几年书，该是多么好啊！青春的血液该像是过滤透析一样，清水般的清澈。那一刻，时光倒流，我像又回到了学生时代。

那次在天津大学，是我到天津人民广播电台播送我的一部长篇小说，那么巧，电台的朋友把我安排在校园住。我住进去时已是夜晚，四周被浓郁的树木包围着，林间有清脆的鸟鸣，不远处有明亮的灯光，间或能碰见几个正高谈阔论而迟归的学生，空气中没有那种在别处常有的煤烟味和烧菜的油烟味，只有弥漫着的淡淡的花香和潮湿的泥土的土腥味道。我知道这是只有校园才会喷发的气息，它让我感到熟悉、感到亲切，它和别处不一样，它有的只是这样的清淡和清新。

第二天清早，我漫步在校园的甬道上，一直走到主楼前的飞珠跳玉般的喷水池旁，我更体会到只有校园才会拥有的独一无二的氛围。看着那么多年轻的学生，或捧着书在读，或拿着饭盒急匆匆地在走，或抱着球风一样在跑，身影消失在操场上、饭厅里和绿荫蒙蒙的树丛里、晨雾里，让我很羡慕他们。我想，如果能让我重返校园，无论是读书还是教书，我一定会比以前更珍惜、更认真。

我当时真的这样想：还有什么地方能比得上校园更美好、更让人感动呢？也许是走过了一些别的地方，看到了一些不愿意见到的事物，才对校园别有一番情感？也许校园本身是相对清纯清白一些而让人产生一种世外桃源的错觉吧？因为这个世界实在污染得越来越严重了。

同时，我也想：青春真是一刹那，稍纵即逝。我眼前的这些可爱的学生一般只能在校园里待4年，即使读硕士、博士，也就7年或10年，他们很快都得离开校园，都会和我一样迅速被这个强悍的外部世界同化而变老。那次，我在天津大学住了十多天，一直到把那部长篇小说录音完。十几个清晨和夜晚，我都在校园和学生在一起，便也和校园外的喧嚣隔绝了十几天，感受到久违的青春气息，虽然有些伤感和惆怅，但美好难再。后来，我把这部长篇小说的名字叫作《青春梦幻曲》。

去年，我的儿子被保送到北京大学，学校要家长直接递送保送的表格，我第一次走进这个校园。未名湖、三角地、五四运动场、新建的图书馆……我都是第一次见到，却让我感到是那样的熟悉，仿佛以前在哪里见过。我知道是校园才会让我涌出这种感觉和感情。绿树红楼、蓝天白云、微风荡漾的湖水、曲径通幽的甬道……还有那些虽不如街头纷至沓来的年轻人衣着时髦的学生，但——让我感到是那样的亲切。我几次问路，学生们都是那样彬彬有礼，而且用他们青春的手臂指向前方的路。然后，他们消失在绿荫摇曳的前方，于是，便一下子绿意葱茏而飘荡起动人的绿雾。这种感觉只有在校园里才会拥有，虽然我知道只要走出校园，这种感觉便会像是惊飞的鸟一样荡然无存，但我仍然为这种瞬间的感觉而感动。想想儿子就要在这样美好的校园里读书，心里漾起祝福，也隐隐有些嫉妒。同时也在想，他能够和我一样，在经过了沧桑之后对校园充满着珍惜之情吗？

记得去年一个星期天，儿子在学校复习功课，我去找他，特意带了相机。这所有一百多年历史的中学，也曾是我的母校。儿子就要离开它了，和中学时代告别。我希望给他留下几张照片作为纪念，也想和他一起同母校留影，留下校园的回忆。校园异常安静，百年历史的老钟还在，教学楼巍峨的身影依然，儿子像小鹿一样蹦蹦跳跳地跑下楼来，青春的气息和满园馥郁的月季芬芳一起在校园里洋溢。32年前，我和他一样大小，一样高中毕业，一样青春洋溢而所向空阔，一样想从这个中学的校园蹦到自己心目中理想的大学校园……但梦就是在这样的年龄时破灭了。我没能进入大学的校园，而是一个跟头跌进了北大荒的荒原。

我和儿子站在了教学楼前的校牌旁。32年了，校牌依旧，我和儿子一人站在它的一边，两代人的梦都在它的身旁实现。照片会留下岁月和历史，留下深情和记忆。即使我们都不在了，照片还在，校园还在，永远的校园会为我们做证。

校园的记忆

2006年的春天，我第一次来到芝加哥的校园。那时，儿子在这所大学读博。十年过去了，多次来美国，只要是在芝加哥入境，我都要到芝加哥大学的校园里转转，尽管儿子早已经毕业，不在这里了。

我很喜欢在校园里走走，尤其是在美国大学的校园里。我们国内的大学，其实也有很不错的校园，比如北大、武大、厦大，但是，不知怎么搞的，最近这几年那里一下子人流如潮，爆满得如同集市。或许是大学扩招之后的缘故，或许是家长和孩子对好大学的渴望，参观校园成为一种时尚。再有，和美国大学的校园不同，我们的大学都有院墙，挡住了人们随意进出的路，有些不大方便。想想，自从儿子从北大毕业，我已经有14年没有去北大的校园了。去年樱花开放的时候，我去了武大一次，校园里，人群如蚁，人头攒动，感觉人比樱花还要多，没有了校园里独有的幽静，漫步让位给了拥挤。

来芝加哥大学，有时候是白天，有时候是晚上。无论什么时候，这里的校园人并不多，抱着书本或电脑疾步匆匆的，大多是学生；举着相机拍照的，大多是外地的游客；嗓门儿亮亮的在呼朋引伴的，大多和我一样是来自国内的同胞。即便是这样的嗓门儿，在偌大的校园里，也很快就被稀释了，校园就像一块吸水的海绵，包容性极强。它容得下来自世界各地的莘莘学子，也容得下来自世界各地的如我一样的过客。

夏天的芝加哥，感觉比北京似乎都要热；但只要走进校园，尤其是树荫下，一下子就凉爽了许多。有时候，我会到图书馆，或到学生的活动中心，会到展品极其丰富的西亚博物馆，那里的空调，又过于凉快了，需要多带一件外套。在美国大学里，学生的活动中心，是特别的建筑，一般都会十分轩豁和讲究，仿佛它是大学的一个窗口。芝加哥大学的学生活动厅，是一幢大楼，楼上楼下有很多房间，房间里有沙发和座椅，学生可以在那里学习休息，也可以在那里的餐厅用餐。有时候，我也会在那里吃午饭，那里的饭菜要照顾不同国家学生的口味，有西餐，也有墨西哥和印度饭菜，没有中餐，印度菜中的咖喱鸡可以代替。

活动中心后面是一座小花园，有一个下沉式的小广场，还有一个小池塘，夏天的水面上浮着几朵睡莲。最漂亮的是它的一排花窗，夏天爬墙虎会沿着窗沿爬满，像是镶嵌上的绿花边。我常坐在窗前的椅子上胡思乱想，偶尔也为窗子和爬墙虎画画，有时窗下会停几辆学生的自行车，是画面里生动的点缀。

冬天的芝加哥，肯定比北京冷。芝加哥号称风城，频频的大风一刮，路旁的枯树枝醉汉一样摇晃，真的寒风刺骨。但是，大雪中的校园很漂亮。甬道上、楼顶上、树枝上，覆盖着皑皑白雪，校园如同一个童话世界。校园里有好几座教堂，我特别喜欢走到校园的一座教堂前，教堂全部都是用红石头垒砌，我管它叫作红教堂。在白雪的映衬下，红教堂红得如同一朵盛开的红莲。

我还喜欢到校园北边和东边去，北边有一个叫作华盛顿的公园，树木茂密，游人很少，很幽静。离公园不远一片深棕色的楼房里，奥巴马就曾经住在那里。那年，奥巴马当选美国总统的时候，芝加哥大学不少学生围在这里狂欢。东边紧靠着密歇根湖，湖边是一片开阔的沙滩。春天可以到那里放风筝，夏天可以到那里游泳。蔚蓝的湖水，像是芝加哥大学明亮的眼睛。

有时候，我会到校园里的书店转转。有一个叫作鲍威尔的二手书店，店不大，书架林立，有点儿密不透风，但分类明显，很好挑书。这里的书大多是从芝加哥大学教授那里收购的，大多是各个专业方面的学术类的书籍。他们淘汰的书，像流水一样循环到了这里，成为学生们最好的选择。那些书上有老师留下的印记，可以触摸到老师学术的轨迹，读来别有一番味道和情感。

今年的春天，我在芝加哥乘飞机回国，专门提前一天到的芝加哥，为的就是到那里的校园转转。两年未到，校园里有一些变化，体育场和体育馆在维修，连接老图书馆的新馆建成了，阳光玻璃房，冬阳下，在那里读书会很舒服，书上会有阳光的跳跃。过活动中心，马路的斜对面，一幢老楼装饰一新，走廊墙上的浮雕，窗上的彩色玻璃，古色古香，依然让人想起遥远的过去。

美国著名建筑家莱特设计的罗比住宅的旁边，新开张一家法国咖啡馆，名字叫作"味道"。我进去喝了一杯法式咖啡，喝惯了美式咖啡，会觉得那里的杯子太小，但里面的人却很多，每个人都守着一杯那么小的咖啡，意不在喝。坐在我旁边的一位美国学生，手里拿着一摞打印好的材料在学，我瞄了一眼，是《资治通鉴》的中文注释。窗外对面坐着一对墨西哥的男女学生，不知在热烈交谈什么。外面有很多木桌木椅，夏天，一定会坐满人，树荫下，会很风凉，让校园多了一道风景。

当然，我又去了一趟美术馆。这里是我每次来这里的节目单上必不可少的保留节目。芝加哥大学的美术馆可谓袖珍，但藏品丰富，展览别致。这次来，赶上一个叫作"记忆"的特展。几位来自芝加哥的画家，展出自己的油画和雕塑作品之外，别出心裁地在展室中心摆上一张桌子和一把椅子，桌上放着一个本子，让参观者在上面写上或画上属于自己的一份记忆。然后，将这个本子收藏并印成书，成为今天展览"记忆"的记忆。

这是一个有创意的构想，让展览不仅属于画家，也属于参观者。互动中，让画家的画流动起来，也让彼此的记忆流动起来。我在本上画了刚才路过图书馆时看到的甬道上那个花坛和花坛上的座钟。它的对面是活动中心，它的旁边是春天一排树荫发新绿的枝条。我画了一个人在它旁边走过。那个人，既是曾经在这里求学的儿子，也是我。然后，我在画上写上"芝加哥大学的记忆"。那既是儿子的记忆，也是我的记忆。

校训的力量

我的母校北京市汇文中学，有 143 年的历史。三年前参加 140 周年的校庆活动，看到了当年的校训被制作成巨幅的木牌，放在了校园醒目的位置上，驻足观看并与之合影留念的新老校友很多。中华人民共和国成立以后，曾经相当长的一段时间里，不怎么提这个校训，我在这里读书的时候，是用"德智体全面发展"作为替代。

当年的校训是蔡元培先生题写的："好学近乎智，力行近乎仁，知耻近乎勇。"如今，重新思索这一番老校训，尤其是看到蔡元培的手迹，心里有一种异样的感觉，面对着这则校训，禁不住在雨中站了一会儿，看了许久。

一百多年过去了，这则校训依然具有鲜活的力量。如果将蔡元培在这里提到的"好学""力行"和"知耻"，对应学校长期用以替代的"德智体"，可以发现，是相近的，却又是不同的。仔细比较两个校训的差异，可以看出学校教育特别是中学教育值得注意的方面，这些方面，不仅仅是词语的差别，更是办学理念和教育思想的差别。

长期以来，我们是把"德"放在第一位的，而蔡元培则把

"学"放在第一位。品德，对于学生当然至关重要，它是一个学生成长的底色。但对于学生，在校求学阶段，知识的学习是第一位的，品德的教育要蕴含在所有的学习之中，而不是皮肉分开。这样的区别，让"学"和"德"不至于割裂，让德育不至于仅仅成为品德课和政治课的演讲或修辞，而和学生的实际相离太远，甚而成为假大空。

对于德智体的要求，我们长期以来讲究的是"全面发展"，这是一个笼统的概念和标准。蔡元培则将这样的要求具体化，并且具有靶向性，使其有了明确的目标，而这样的目标又都是和中国传统文化密切关联的。他将"学"的目标定位于"智"，即学习的目标不仅仅是为求得书本的知识和考试的成绩，而是要让自己成为一个头脑充满智慧的人，而不仅仅是一个书呆子。他将"体"的目标定位于"仁"，即不囿于身体健康方面，而更强调身体力行之中对于社会的作用和自己思想的成长，他所指的"仁"，和孔夫子所讲的"仁"是一致的，这是中国社会经久不衰追崇的一种精神品格和理想。他将"德"的目标定位于"勇"，不仅仅指的是勇敢，更是一个人心底和性格的健康和健全，以及自身的坚强与自我的完善。

在这里，要特别强调一下的是，蔡元培将"德"集中在了"知耻"这一点上。当然，这和当时的历史有关，在当时半封建半殖民地的社会背景下，中国因落后而遭受外侵和外侮，"知耻"需要拥有正视自己的勇气，但唯有"知耻"才能让自己看到和世界的差距，才能让自己警醒而奋起，从而立足于世界民族之林。

我在校期间，正赶上"文化大革命"，一批红卫兵疯狂地批斗老师，以致在那个骇人的所谓"红八月"中，我们的校长高万春被逼无奈而坠楼身亡。作为这所中学的学生，特别是当年参与那场批斗老师校长的人，至今未见有人站出来，"知耻"而向历史认错道歉。可见，德，需要"知耻"，需要"勇"。我们离这一点还有遥远的距离。

如今的新时代，我们就不需要"知耻"的勇气和精神了吗？我们的经济长足发展了，但不等于我们的文化和精神随之一起发展。为了这经济的发展，我们所付出的代价是昂贵的，甚至有些方面是透支的，不要说自然环境的污染，就是人们道德的普遍大面积的滑坡，就已经令人触目惊心。如此，要求新一代的年轻人在校期间明示"知耻"这一点，难道不正当其时吗？关注社会，不满足于现状，正视自己的问题，才是真正的"勇"，才有真正的力量。

记得校庆那一天，不少比我年轻的小校友，像欢快的小鸟一样纷纷跑过来，站在这则老校训前合影留念。年轻的脸庞，青春的身影，和这则校训交相辉映。希望这则校训不仅印在照片上，也能够刻在他们的心中，同时铭记在所有曾经在这所学校读过书的人的心上。

白发苍苍

　　小学三年级，多了一门作文课。教我们这门课的是新班主任老师。我记得很清楚，他叫张文彬，40多岁的样子，有着浓重的、我听不出来究竟是哪里的外地口音。他很严厉，又正是年富力强的时候，站在讲台桌前，挺直的腰板，梳一头黑黑的头发——他那头发虽然乌亮，却是蓬松着，一根根直戳戳地立着，总使我想起他给我们讲解的"怒发冲冠"这个成语——我们学生都有些怕他。

　　第一次上作文课，他没有让我们马上写作文，带我们看了一场电影，是到长安街上的儿童电影院看的。（如今这家电影院早已经化为灰烬，要在包括它在内的一片地方建起一座商厦。）我到现在还记得，看的是《上甘岭》。

　　那时，儿童电影院刚建成不久，内外一新。我的票子是在楼上，一层层座位由低而高，像布在梯田上的小苗苗。电影一开始，身后放映室的小方洞里射出一道白光，从我的肩头擦过，像一道无声的瀑布。我真想伸出手抓一把，也想调皮地站起来，在银幕上露出个怪样的影子来。尤其让我感到新鲜的是，在每一排座椅下面都安着一个小灯，散发着柔和而有些幽暗的光，可以使迟到的小观众不必担心找不到座位。那一排排小灯让我格外感兴趣，以致使我看那场电影时总是走神，忍不住低头看那一排排灯光，好像那里面闪烁烁藏着什么秘密或什么好玩的东西。

张老师让我们写的第一次作文就是写这次看电影，他说："你们怎么看的，怎么想的，就怎么写，你觉得什么有意思，就写什么。"我把我所感受到的这一切都写了，当然，我没有忘了写那一排排我认为有意思的灯光。

没想到，第二周作文课讲评时，张老师向全班同学朗读了我的这篇作文。虽然，几十年过去了，我还记得特别清楚，他特别表扬了我写的那一排排灯光，说我观察仔细，写得有趣。他那浓重的外地口音，我听起来觉得是那样亲切。那篇作文所写的一切，我自己听起来也那么亲切。童年的一颗幼稚的心，使我第一次对作文产生了浓厚的兴趣。啊，原来自己写的文章还有着这样的魅力！

张老师对这篇作文提出了表扬，也提出了意见，其他具体的我统统忘记了。但我记得从这之后，我迷上了作文。作文课成了我最喜欢最盼望上的一门课。而在作文讲评时，张老师常常要念我的作文。他常在课下对我说："多读一些课外书。"我觉得他那一头硬发也不那么"怒发冲冠"了，变得柔和了许多。

有时，一个孩子的爱好，其实就是这样简单地在瞬间形成了。一个人的小时候，有时就是这样的重要。

那时，我家里生活不富裕，在内蒙古的姐姐给家里寄些钱。一次，姐姐刚寄来钱，爸爸照往常一样把钱放进一个小皮箱子里。我趁着爸爸上班，妈妈不在家，偷偷地打开了小皮箱子，拿走了一张 5 元钱的票子。小时候，5 元钱，对我是一个多么大的数字呀！拿着它，我跑到离我家不远的大栅栏里的新华书店，破天荒头一次买了四本书。我到现在还保留着这四本书：《李白诗选》《杜甫诗选》《陆游诗选》《宋词选》。谁知，我为此付出的代价是屁股上挨了爸爸一顿鞋底子。这是我有生以来第一次也是唯一一次挨打。

这件事不知怎么传到张老师的耳朵里了，他毫不客气地给了我一个"当众警告"的处分，而且白纸黑字地贴在学校的布告栏里。说心里话，我很恨他。让我多看课外书的不是你吗？但当时我忘记了问一句自己：张老师可没有让你私自拿家里的钱去买书呀！

值得欣慰的是，我的作文，张老师依然在班里作为范文朗读。没过几日，学校的布告栏里又贴出一张纸：宣布撤销对我的处分。张老师对我说："我是有意这样做的。对你要求严格些，没坏处！"我当时心里很不服气，这不是成心让我下不来台吗？小事一件，值得吗？大概他也觉得太过分了，才这样安慰我吧？那时候，我就是这样的幼稚。我并没有理解张老师一片严厉而又慈爱的心。

新年，我们全校师生在学校的小礼堂里联欢。小礼堂是用原来的破庙改建的，倒是挺宽敞，新装的彩灯闪烁，气氛挺热闹的。每个班都要出节目，我那天和同学一起演出的是话剧《枪》的片段。演得正带劲的时候，礼堂的门突然推开了，随着呼呼的冷风走进来一个白胡子、白眉毛、白头发的老爷爷，穿着一件翻毛白羊皮袄，身上还背着一个白布袋……总之，给我的印象是一身白。走进门，他将了将白胡子，故意装出一副粗嗓门儿说道："孩子们，我是新年老人，我给你们送新年礼物来了！"同学们都欢呼起来了，他走到我们中间，把那个白布袋打开，倒出来一个个小纸包，递给每个同学一份。那里面装的是铅笔、橡皮、三角板，或是糖果。当我们拿着这些礼物止不住笑成一团的时候，新年老人一把摘掉他的白胡子、白眉毛和白头发，我才看清，哦，原来是我们的张老师！

第二年，他就不教我们了。他给我留下了这个白胡子、白眉毛和白头发的新年老人的印象。他给我一个现实生活中难得的童话！这种童话，只有在我那种年龄才能获得，他恰当其时地给予了我。

以后，我从这所小学毕业，考入中学。"文化大革命"那一年，我刚好高中毕业，偶然从这所小学路过，我看见了张老师，他骑着一辆破旧的自行车，佝偻着背，显得苍老了许多，我几乎没有认出他来。尤其让我惊讶万分的是，他竟然像那年装扮的新年老人一样真的满头白发苍苍了。才不到十年呀，他不该老得这样快。他那一头"怒发冲冠"的乌黑的头发哪里去了呢？

我恭敬地叫了一声："张老师！"他跳下车，还认得我，没对我说什么，匆匆地骑上车走了。从此，我再也没有见过他。他那一头苍苍白发，给我的刺激太深了。

1974年，我从北大荒回到北京，一时没有工作，待业在家，好心的母校老师找到我，让我暂时去学校代课。我去了，首先问起了张文彬老师。他退休了，"文化大革命"中，他受到了不公正的待遇。站在张老师曾经站过的讲台上，我居然也做起老师讲课来了，而张老师却不在了，我的心里掠过一阵难以言说的感情。

　　不知怎么搞的，我的眼前总是浮动着张老师那白发苍苍的样子。

花荫凉儿

已经有 20 多年没有见到高挥老师了，高老师一把握住我的手，拉我坐在她的身边。80 岁的人了，腿脚利索，还显得那么有生气。高老师是我在汇文中学读书时的老师，那是 50 年前的事情了，想想，那时她 30 岁上下，长得漂亮，又会拉一手小提琴，还在学校的舞台上演出过话剧。好长一段时间里，我偷偷地喜欢多才多艺的她，觉得她长得特别像我的姐姐，连说话的声音都像。

后来听说，她是志愿军文工团的团员，从朝鲜战场上回来，部队动员她嫁给首长。她没有同意，只好复员，颠沛流离之后考学，毕业不久，到了我们学校，开始教地理，后来负责图书馆。

我就是在高老师负责图书馆的时候，和她逐渐熟悉起来的。那是 1963 年的秋天，我读高一，因为初三的一篇作文在北京市获奖，校长对她说可以破例准许我进入图书馆自己选书。那一天的午饭时间，我刚要进食堂，看见高老师站在食堂旁的树下，向我招招手，我走过去，她对我说起了这件事，说你什么时候去图书馆都行。我的心里涌出一种说不出的感动，口拙，一时又说不出什么。她摆摆手对我说，快吃饭去吧。我走后忍不住回头，才发现高老师站在一片花荫凉儿里，阳光从树叶间筛下，跳跃在高老师的身上，闪动着好多颜色的花一样，是那么的漂亮。

图书馆在学校五楼，由于学校有百年历史，藏书很多，有不少解放以前的书籍，由于没有整理，都尘埋网封在最里面的一间大屋子里。高老师帮我打开屋门的锁，让我进去随便挑。那是我有生以来第一次叹为观止见到那么多的书，山一般堆满屋顶，散发着霉味和潮气，让人觉得远离尘世，与世隔绝，像是进入了深山宝窟。我沉浸在那书山里，常常忘记了时间，常常是高老师在我的身后微笑着打开了电灯，我才知道到了该下班的时候了。

久别重逢，逝去的日子，一下子迅速地回流到眼前。我对高老师说，您对我有恩，没有您，也许我不会走上写作的道路。高老师摆摆手说不能这么讲，然后对在座的其他几位老师说，我去过肖复兴家一次，看见地上垫两块砖，上面搭一块木板，他的书都放在那里，心里非常感动，回家就对我女儿说。后来，肖复兴到我家里看见有一个书架，其实是最简单不过的一个矮矮的书架，他对我说，以后有钱我一定买一个您这样的书架。这给我印象很深。

我忽然想起了这样一件事，为了我破例可以进图书馆挑书，高老师曾经和一个同学吵过一架，那个同学非要也进图书馆自己挑书，她不让，同学气哼哼地指着我说为什么他就可以进去？为此，"文革"中她被贴了大字报，说是培养修正主义的苗子。我私下猜想，为什么高老师默默忍受了，大概她去我家的那一次，是一个感性而重要的原因。秉承着孔老夫子有教无类的理念，她一直同情我、帮助我。如今，这样的老师太少了；如今，不少老师是向学生索取，偏偏要通过学生寻找那些有钱有权的家长，明目张胆地增添自己的收入或关系网的份额。

我对高老师说，我从北大荒插队回来，第一个月领取了工资，先在前门大街的家具店买了一个您家那样的书架，22元钱，那时我的工资才42元半。高老师对其他老师夸奖我说，爱书的孩子，到什么时候都爱书。

我又对高老师说，"文革"中，虽然挨了批判，但图书馆的钥匙还在您的手里，有一次在校园的甬道上，您扬扬手里的钥匙，问我想看什么书，可以偷偷进图书馆帮我找。好长一段时间，我都是把想看的书目写在纸上交给您，您帮我把书找到，包在一张报纸里，放在学校传达室王大爷那里，我取后看完再包上报纸放回传达室。这样像地下工作者传递情报一样借书的日子，一直到我去北大荒。那是我看书看得最多的日子。《罗亭》《偷东西的喜鹊》《三家评注李长吉》……好几本书，都没有还您，让我带到北大荒去了。高老师说，没还就对了，还了也都烧了。在场的几位老师都沉默了下来，那时，我们学校的书，成车成车拉到东单体育场焚毁，那里的大火曾经燃烧着我学生时代最残酷的记忆。

我庆幸中学读书时遇见了高老师。虽然多年未见，但心里一直把她当作自己的一位大姐（她比我姐姐大一岁）。想起她，总会有一种格外亲近的感觉。一个人的一生，萍水相逢中能够碰到这样的人，即使不多，也足够点石成金。分手时，送高老师进了汽车，一直看着汽车跑远，才忽然想到，忘记告诉高老师了，那个从北大荒回来买的和您家一样的书架，一直没舍得丢掉，还跟着我。很多的记忆，都还紧紧地跟着我，就像影子一样，像校园里树叶洒下了花荫凉儿一样。

五月的鲜花

　　阎述诗老师，冬天永远不戴帽子，曾是我们汇文中学的一个颇为引人瞩目的景观。他的头发永远梳理得一丝不乱，似乎冬天的大风也难在他的头发上留下痕迹。

　　阎述诗是北京市的特级数学教师，这在我们学校数学教研组里，是唯一的。学校里所有的老师，包括我们的校长对他都格外尊重。他只教高三毕业班，非常巧，我上初一的时候，他忽然要求带一个班初一的数学课。可惜，这样的好事没有轮到我们班。不过，他常在阶梯教室给我们初一的学生讲数学课外辅导，谁都可以去听。他这样做，为了我们学生，同时也是为了年轻的老师。他要把数学从初一开始抓起的重要性，用自己的实际行动告诉给大家。

　　我那时并不怎么喜欢数学，还是到阶梯教室听了他的一次课，是慕名而去的。那一天，阶梯教室坐满了学生和老师，连走道都挤得水泄不通。上课铃声响的时候，他正好出现在教室门口。他讲课的声音十分动听，像音乐在流淌；板书极其整洁，一个黑板让他写得井然有序，像布局得当的一幅书法、一盘围棋。他从不擦一个字或符号，写上去了，就像钉上的钉，落下的棋。给我印象最深的是他随手在黑板上画的圆，一笔下来，不用圆规，居然那么圆，让我们这些学生叹为观止，差点儿没叫出声来。

45分钟一节课，当他讲完最后一句话的时候，下课的铃声正好清脆地响起，真是料"时"如神。下课以后，同学们围在黑板前啧啧赞叹。阎老师的板书安排得错落有致，从未擦过一笔、从未涂过一下的黑板，满满堂堂，又干干净净，简直像是精心编织的一幅图案。同学们都舍不得擦掉。

是的，那简直是精美的艺术品。我还未见过一个老师能够做到这样。阎老师并不是有意这样做，却是已经形成了习惯。长大以后，我回母校见过阎老师的备课笔记本，虽然他的数学课教了那么多年，早已驾轻就熟，但每一个笔记本、每一课的内容，他写得依然那样一丝不苟，像他的板书一样，不涂改一笔一画，哪怕是一个圆、一个三角形，都用圆规和三角板画得规规矩矩，而且每一页都布置得整齐有序，整个一个笔记本像一本印刷精良的书。阎老师是把数学课当成艺术对待的，他便把数学课化为艺术。只是刚上学的时候，我不知道阎老师其实就是一位艺术家。

一直到阎老师逝世之后，学校办了一期纪念阎老师的板报，在板报上我见到诗人光未然先生写来的悼念信，信中提起那首著名的抗战歌曲《五月的鲜花》，方才知道是阎老师作的曲，原来他如此学艺广泛而精深。想起阎老师的数学课，便不再奇怪，他既是一位数学家，又是一位音乐家，他将音乐形象的音符和旋律，与数学的符号和公式，那样神奇地结合起来。他拥有一片大海，给予我们的才如此滋润淋漓。

那一年，是 1963 年，我上初三，阎述诗老师才 58 岁，太早地离开了我们。他是患肝病离开我们的。肝病不是肝癌，并不是不可以治的。如果他不坚持在课堂上，早一些去医院看病，他不至于这么早走的。他就像唱着他的《五月的鲜花》的战士，不愿离开自己战斗的岗位一样，不愿离开课堂。从那一年之后，我再唱起这首歌："五月的鲜花，开遍了原野，鲜花掩盖着志士的鲜血……"便想起阎老师。

就是从那时起，我对阎述诗老师有了进一步的了解。以他的才华学识，他本可以不当一名寒酸的中学老师。艺术之路和仕途之径，都曾为他敞开。1942 年，日寇铁蹄践踏北平，日本教官接管了学校后曾让他出来做官，他却愤而离校出走，开一家小照相馆艰难度日谋生。解放初期，他的照相馆已经小有规模，凭他的艺术才华，他的照相水平远近颇有名气，收入自是不错。但是，这时母校请他回来教书，他二话没说，毅然放弃商海赚钱生涯，重返校园再执教鞭。一官一商，他都是那样爽快挥手告别，唯有放弃不下的是教师生涯。这并不是所有知识分子都能做得到的，人生在世，诱惑良多，无处不在，一一考验着人的灵魂和良知。

我对阎述诗老师的人品和学品愈发敬重。据说，当初学校请他回校教书，校长月薪 90 元，却经市政府特批予他月薪 120 元，实在是得有其所，充分体现对知识的尊重。现在想想，即使今天也不是那么容易做到的。

世上有许多东西是无法用金钱衡量的。阎述诗老师一生与世无争，淡泊名利；白日教数学，晚间听音乐，手指在黑板与钢琴上均是黑白之间，相互弹奏；两相契合，阴阳互补，物我两忘，陶然自乐。这在物欲横流之时，媚世苟合、曲宦巧学、操守难持、趋避易变盛行，阎述诗老师守住艺术家和教育家一颗清静透彻之心，对我们今日实在是一面醒目明澈的镜子。

诗人早就说过，有的人活着，他却死了；有的人死了，他却活着。想想抗战胜利都七十多年了，《五月的鲜花》唱了整整有七十多年，却依然在整个中国的土地上回荡。岁月最为无情而公正，七十多年的时间呀，会有多少歌、多少人，被人们无情地遗忘！但是，阎述诗老师和他的《五月的鲜花》仍被人们记起。

在母校纪念阎述诗老师的会上，我见到了他的女儿，她是著名演员王铁成的夫人。她告诉我她的女儿至今还保留着几十年前外公临终前吐出的最后一口鲜血——洁白的棉花上托着一块玛瑙红的血迹。

从血管里流出的是血，与从自来水管里流出的水，终究是不同的人生、不同的历史。

那块血迹永远不会褪色。那是五月的鲜花，开遍在我们的心上。

花间补读未完书

田增科老师到澳洲去了。这是他第三次去。我隐隐地感到，这一次，他大概不会再回来了。他的两个孩子在那里，另一个在意大利，国内已经没有他的亲人了。几个孩子在国外干得都不错，执意要接他们老两口出去，尽尽孝心。

我忽然觉得一下子非常落寞。在偌大的北京，我没有任何亲戚，连八竿子打不着的都找不着一个。田老师，已经是我在北京唯一的亲戚了。我和他交往了四十多年了，过了我们人生的大半。岁月，让人的感情发生着变化，就像葡萄在时间的催化下变成酒一样，浓郁芬芳醉人。

我在汇文中学上初三，田老师教我语文。那时，我15岁，田老师刚刚大学毕业，我们开始了这长达四十余年的交往。这中间，是他帮助我修改了我的一篇作文，并亲自推荐参加了北京市少年作文比赛，获得了一等奖。那是我的第一篇变成铅字的文章，如果没有这样的一篇文章，我会那样迷恋上文学吗？我今天的道路会不会发生变化？我有时这样想，便十分感谢田老师。我永远难忘他将我的那篇作文塞进信封，投递进学校门前的绿色信筒里的情景；我也永远难忘当我的这篇文章被印进书中，他将那喷发着油墨清香的书递给我手中时比我还要激动的情景。那是春天一个细雨飘洒的黄昏。

这中间，还横躺着一个"文化大革命"。说来我当时也许真是十分的可笑，我自以为自己才是革命的，而认为田老师当时有些保守，因为我们两人当时参加的并不是一个战斗队，有一段时间，我和田老师疏远了。可是，在我要到北大荒插队的时候，我以为田老师不会来送我的了，田老师却出现在我的面前。在那些个路远天长、心折魂断的日子里，田老师常有信来，一直劝我无论在什么样艰苦的条件下千万不要放下笔放下书。在那文化凋零的季节，他千方百计从内部为我买了一套《水浒》和一套《三国演义》，在我从北大荒回家探亲假期结束要回北大荒的前夕，赶到我的家里把书送来。那一晚，偏巧我去和同学话别没有在家，徒留下桌上的一杯已经放凉的茶和满天的繁星闪烁。

这中间，我和田老师先后结婚，先后为老人送终，他生下两女一子，我生下一个儿子。在那一段一根扁担挑着老少两头的艰辛的日子里，我待业在家没有工作，他鼓励我别灰心，并借我他的《苕溪渔隐丛话》《中国画论辑要》《人间词话》《红楼梦》等书，并送我一个笔记本，劝我再苦再难，读书是必要的，要相信乾坤有眼、时序有心，要相信艺不压身，学问终有需要的时候。

这中间，我发表的第一篇文章，是他看后觉得不错，亲自骑上自行车跑到报社替我送到编辑的手中，并郑重地推荐给人家的。那篇文章，他至今保留如初，并保留着我中学的作文本。

这中间，他出版的第一本书，特意约我来写序言，我说："这本书中的这些篇章并不是为文而文，而是一位老教师在和你坦率真挚地谈心。悠悠读来，我仿佛又回到学校，重温坐在教室里听田老师讲课时那一片温馨，它曾伴我度过少年而渐渐长大。"

这中间，我和田老师一样，做上了中学和大学的老师。我刚刚给学生上课的时候，田老师还曾经骑着自行车到学校专门听我讲课。我教书的中学在郊区，比较远，但他还是早早就到了。听到他的学生要给更为年轻的学生讲课了，他的心情显得有些激动。田老师走进校园，我看到许多学生趴在教室的窗前好奇地看。那一次，他回家迷了路，兜了好半天的圈子才回到家。

还有一次，他到我教书的中央戏剧学院来听我讲课，我讲的朱自清的《背影》，下课后，他告诉我文章中的一个字我读错了，另外除了应该结合朱自清先生的自身经历，还要结合当时的时代背景，会对文章的内涵理解得更深刻些。我送他一直到学院门口，看着他骑上车在冬天的风中远去，一直到看不见他的背影为止，我才发现自己的手中拿着的正是朱自清的《背影》。

四十多年的岁月就这样如水长逝。可以说，我和田老师这四十多年的交往，是读书写书和教书的交往，清淡如水，却也清澈如水，由书滋润着情感，又由情感滋润着书，便也格外湿润而清新。并不是所有的人都能够或值得保持这么多年的友情的。人生中，萍水相逢的、利害相加的、关系互通的人，总是居多。但我和田老师却是这样平淡又长久地保持着这样一份感情，让彼此都感到那感情中因有岁月的沉淀而那样沉甸甸。在偌大的北京城中，由于我没有任何亲戚，我便把田老师当成了唯一的亲戚。在春节老北京人讲究亲戚之间互相看望的礼节里，我唯一要看望的就是田老师一个人。

一晃，春节将要来临，田老师却到澳洲去了，而且不会再回来了。春节，我将无处可去。

我想起前年的春节，田老师当时也不在北京，正在澳洲女儿的家中。他特意给我寄来一封信，信中夹有一张他在女儿家门前照的照片，照片后面有田老师抄的一句清诗："竹里坐消无事福，花间补读未完书。"一下子，遥远的澳洲变得近在咫尺，田老师又像坐在我的身边了。而且，那时总想这个春节田老师不在，下一个春节他是要回来的。毕竟他还想着那么多要读的未完之书。

可是，这一次，田老师不会再回来了。他早早寄给我一张贺卡，贺卡上印着积雪覆盖的原野。接到贺卡那天，北京正纷纷扬扬飘飞着冬天以来最大的雪花。

一个都不能少

王瑗东老师今年 81 岁，鹤发童颜，还敢骑着自行车，在北京城越发拥挤的大街小巷里游龙戏凤。

在我的印象中，王老师是我们汇文中学里最漂亮的女老师，即使穿着简单朴素的白衬衫，也显得风姿绰约。她教高三毕业班的语文。1966 年，我读高三。想想那时她还不到 36 岁，正是风华绝代的年龄。我永远不会忘记，1966 年所谓的"红八月"。那个炎热的夏天，在下午毒辣辣的太阳底下，王老师站在了学校操场的领操台上，几个红卫兵也是她的学生，挥动着武装带，让她躬身九十多度弯腰，接受批斗。她的罪名是修正主义教育路线的红人，其实，不过是她的语文课教得好，当然也包括她长得漂亮，漂亮的姿容，在当时也属于了资产阶级的范畴。领操台下是黑压压的人群，其中不少也是她的学生，其中包括我。我挤进人群，想对王老师轻轻地说几句话，但我挤到她的身边时，看见红卫兵手里的武装带和眼睛里的凶光，一下子卡了壳。这时候，红卫兵用武装带打了她一下，让她继续弯腰。那一瞬间，我看见她穿着半袖的白衬衫完全湿透，一副胸罩的带子从袖口里掉了出来，如同一条蚯蚓，显得格外突兀刺目。

那个镜头像定格一样，一直在我的眼前突兀着。当时，我赶紧扭转身，泥鳅钻沙一样挤出人群。很长的一段时间里，我都在想，一个不到36岁的漂亮女教师，受到这样的屈辱。当时，以及后来，她会是什么样的心情？尤其是面对她的那些向她挥舞武装带的学生，包括我这样想安慰她又胆怯得那么不争气的学生？

1971年的冬天，我从北大荒探亲回京，到学校看老师，看见了王老师。她还是那样的漂亮，似乎以往批斗和劳改都不曾在她的身上留下什么痕迹。她把我拉到一边悄悄地说到她家借我书看，说到什么时候都还要读书。我到东单的新开路她家，她借给我《约翰·克里斯多夫》《红楼梦》和《人间词话》。特别是《约翰·克里斯多夫》，几乎成为我走上写作道路的启蒙书。

那个寒冷的冬天，因有了王老师的书，让我感到温暖。只是有一次我到她家还书，看见屋子里坐着好几个同学，其中有一个当年站在领操台上挥舞武装带批斗过她的红卫兵。我像是吞进一只苍蝇那样的恶心，我实在不理解，为什么王老师对他和其他同学一样的谈笑风生。我甚至认为，王老师变得一锅糊涂没有了豆儿一样没有了立场。记得那一天，把书还给王老师，我就匆匆离开了。

这件事，和领操台上弯腰九十多度胸罩带掉了出来的情景，常常如同对比醒目的两个镜头，悬挂在我的记忆里。一直到今年的春天，我才明白了，这前后两个镜头是属于王老师人生的两个明喻，以德报怨，让她的心清澈透明，她一直以为面对的都是自己的学生，不能让学生背负本该属于历史的那么沉重的责任。她不止一次对我说：你们那时候才多大呀，还都是孩子。

今年，是我们汇文中学建校 140 周年的日子。从两年前开始，王老师就打算把原来高三四班的同学都汇聚齐整。这是王老师"文革"前教过的最后一届学生，由于和她一起经历了那场"文化大革命"，她和我们学生弥笃情深。

过了春节，王老师非常高兴，因为高三四班 45 名同学，她已经找到其中 44 名。这 44 名同学，有出息的，有落魄的，有在外地的，有在国外的……在王老师的眼里，都没有了身份的焦虑，都是她的学生；依然是有教无类。说实在的，这 44 名同学，如今都和我一样早过了退休的年龄，王老师年过 80，还要跑远路，一部电话，一台电脑，一辆自行车，她要付出多少心血和代价。但是，她渴望这次全班同学的聚齐，就像当年她走进教室进行早点名一样，她不愿意看见一名同学缺席。

这最后一名没有找到的学生，叫刘泓，初中和我就是同学，他哥哥当年是中央乐团的小提琴手，他的小提琴在我们学校里拉得也很出名。1981 年，他是我们班最早出国的先行者，因为他的姑姑在美国，怀揣着梦想，骚动着盲目，他开始了洋插队，却一下子泥牛入海一般，和大家都没有了联系。王老师最大的愿望，就是找到她最后的一名学生刘泓。她以为在汇文中学建校 140 周年的日子里，这件事最有意义。她就像一个鸡婆一样，要把她所有的学生像鸡雏一样，都揽在她的翅膀下。对于校庆，每个人都有自己的庆祝方法，作为王老师，她认为这是最好的庆祝了，胜过什么隆重的大会或觥筹交错的晚宴。

"五一"节前夕，我和王老师一起到长安大戏院看京戏。说起王老师的这一努力了两年的心愿，我笑着说王老师这符合传统老戏里的大团圆的结尾。王老师却兴奋地告诉我：刘泓终于找到了！前两天，他给我打来电话，我一耳朵就听出来了，还是30年前的他那憨厚的声音。

戏也没好好看，听王老师说，知道了刘泓在美国的经历不凡，至今独身，一直做维修工，64岁了还在干活。不过，他很乐观，有一个美国的女朋友，日子过得挺好。我问王老师：您多大的本事，是怎么找到刘泓的？王老师笑着说，该找的地方都去了，该问的人都问了，她说起在美国我的一个同学的名字，他的爱人的朋友知道刘泓，你说这不是踏破铁鞋无觅处吗，怎么那么巧？我说，这不是巧，是您心诚则灵。

如今，高三四班45名同学终于都聚齐了，可以让王老师点名了，45声嘹亮的回声：到！

那应该是王老师最幸福的时刻。

他将长生草留给水

先生教我抛物线

从母校寄来的新的一期《汇文校友》刊物上，才得知韩永祥老师刚刚过完他的百岁生日。看刊物上登载他祝寿的照片，一百岁的老人，依然那样精神矍铄；鹤发童颜，和身着的红色唐装相映成辉。哪里看得出竟然有一百年的光阴，已经从他的身上淌过，额头上刻下了岁月的年轮。

记忆中的韩老师，并没有这样的老。那时，我在汇文中学上高一的时候，韩老师教我立体几何。他高高瘦瘦的个子，抱着一支大大的三角板，第一次出现在我们教室门口的时候，给我的感觉很奇怪，有些像相声演员马三立先生，也有些像独自一人大战风车的堂·吉诃德。大概因为他实在太瘦，那三角板显得格外硕大而与他不成比例，另外，他微微地笑着，那笑带有几分幽默的缘故。

课间操的时间里，常看见他和数学组的年轻老师一起打排球。就在我们教室窗外的空地上，没有球网，只是老师们围成一圈，互相托球，不让球落地，也要技术和技巧，我们学生下操后常常去看热闹，为老师叫好。那时，韩老师身手不凡，格外灵敏，加上胳膊长腿长，能够海底捞月一般弯腰救起许多险球。算算那是 40 年前，韩老师已经是 60 岁的人了呀。奇怪的是，他给我的印象那时就年轻，所以现在他活到百岁也不显老吧？

韩老师最初给我的幽默的感觉，在他上课的时候得到了验证。他讲课不紧不慢，不温不火，言语干净利索，讲得清晰明白，时不时地带有几分幽默。记忆最深的一次，是讲双抛物线，讲到其特点在坐标轴上下的弧线是无限延长永不相交的时候，韩老师指着黑板上他画出的双抛物线，忽然说了一句："这叫作——上穷碧落下黄泉，两处茫茫皆不见。"全班同学一下子都会意地笑了，他自己也有些得意地笑了。因为那时我们刚刚学完白居易的《长恨歌》，"上穷碧落下黄泉，两处茫茫皆不见"，正是其中的一句诗。这句诗本来是形容唐玄宗对杨贵妃上天入地的渴望的，用在抛物线上，歪打正着，那么的恰如其分，又生动富于想象力。学问的积淀，方能触类旁通，横竖相连，让我们的学习有了趣味而记忆牢靠。

我的立体几何学得一直不错，在韩老师教授我的一年时间里，大小考试都是满分，只有一次马失前蹄。我记得很清楚，是期末考试前的一次阶段测验，韩老师出了四道题，每题 25 分，马马虎虎，我错了一道，丢了 25 分。有意思的是，全班只有我一人错了一题，其他同学都是满分，我的脸有些臊不答的。那天，发下试卷，韩老师没有找我，而是让我们的班主任找到我，并没有批评我，只是转告我说韩老师觉得很奇怪，肯定是大意了，期末考试时把损失找补回来！好的老师总是懂得教育学生的机会和方法，便使得枯燥的数学化为了艺术，也使得平凡的生活化为了永远的回忆。

一晃，40年弹指一挥间，韩老师今年已经是百岁的老人，不禁令我感慨，更令我怀念。当晚睡不着，诌出一首打油诗，寄赠韩老师，算我迟到的生日祝贺——

　　　　上穷碧落下黄泉，两处茫茫皆不见。
　　　　先生教我抛物线，一语记得四十年。

毕 业 歌

在 20 世纪 50 年代中期，我们大院里陆陆续续搬进好多新住户。好多是从农村来的，都是些出身贫寒的人家。租住的房子，是大院里破旧或其他废弃的房子改建的，房租仨瓜俩枣，没有多少钱。那时候，我们大院的房东，心眼儿不错，可怜这些人，旁人一介绍，就住进来了。

那时候，玉石和他的爸爸妈妈住进我们大院，房子是用以前的厕所改建的。我们什么时候到他家去，地上总是潮乎乎的，总觉得有股子臭味儿。但是，玉石觉得比他们家以前在农村住的好多了，关键是，离学校近，这让他最开心。他对我说过，在村里上学，每天得跑十几里的山路。

玉石搬进来那一年，读小学六年级，来年就要读中学了。这是他家决心从农村搬进北京城的一个主要原因。如果读中学，玉石就要到县城去，那就更远了。玉石学习成绩好，他爸爸说，就是砸锅卖铁，也要供玉石读中学，然后上大学。那时候，上大学，对于我是一件遥远的事情，但和玉石在一起，天天听他念叨，便也成为我一件特别向往的事情。

玉石的爸爸在村里是泥瓦匠，有手艺，到了北京，很快就在建筑工地找到了活儿。房子虽然是厕所改的，一家人的日子过得其乐融融。就是玉石像豆芽菜一样，显得瘦小枯干，虽然比我大3岁多，长得还没有我高。记忆最深的是，有一次我们房东太太好心地对玉石的妈妈说：你家孩子这是缺钙呀！玉石妈妈连忙摆手说：我们家玉石不缺盖，家里的被子絮的棉花挺厚的。

我们大院里好多街坊，都像房东一家关心玉石家，不仅因为两口子待人和气，关键是心疼玉石，玉石学习确实棒，小学毕业以全校第一的成绩考入汇文中学，更是让人们的心偏向玉石。并且，家家都拿玉石做榜样，催促自己孩子好好学习。我爸爸就是最有代表性的一个，几乎天天对我说：你瞧瞧人家玉石是怎么学的，你得像玉石一样，也得考上汇文！

三年后，我也考上了汇文中学。玉石又考上了汇文的高中。这时候，全院开始以我们两人为骄傲。这是1960年的秋天，自然灾害和人祸一起搅裹，饥饿蔓延，家家吃不饱肚子。冬天到来的时候，玉石的爸爸从工地的脚手架上摔了下来，当场没了气。事后，从玉石妈妈的哭丧中，人们才知道，玉石的爸爸是把粮食省下来让玉石吃，自己尽吃豆腐渣和野菜包的棒子面团子，天天在脚手架上干力气活，肚里发空，头重脚轻，一头栽了下去。

玉石是个懂事的孩子，爸爸走了，妈妈没有工作，他不想再上学了，想去工地接他爸爸的班。工地哪敢要他？背着书包，他不是去学校，而是瞒着他妈妈，天天去别的地方找活儿。一直到我们学校里的老师到家里找来了，是他班主任丁老师，一个高个子教物理的老师。玉石没在家，还在外面跑呢。丁老师对玉石妈妈说：玉石学习成绩一直很好，是个读书的材料，这么下去，就可惜了，您要劝劝他。学校也会尽力帮助的。咱们双管齐下好吗？

玉石妈妈没听懂双管齐下是什么意思，等玉石回来，只是一把鼻涕一把眼泪地对玉石说：孩子呀，你爸爸为啥拼着命从村里到北京来？又为啥拼着命干活儿？还不就是为了让你好好上学。你这说不上学就不上学了，对得起你爸爸吗？说句不好听的，你爸爸就是为了你死的呀！

玉石又开始上学了。有一天放学，在学校门口，我碰见了他。他显然是在校门口等我半天了。他要我跟着他一起去一个地方，我虽然很敬佩他的学习，毕竟比他低三个年级，平常很少和他在一起，不知道他要我跟他去干什么。

我跟着他一直走到东便门外，那时候，蟠桃宫还在，大运河也还在。顺着河沿儿，我们一直走到二闸，这是我第一次去这个地方，人越来越少，已经是一片凄清的郊外了。他带着我走到了一个废弃的工地上，这时候，天擦黑了，暮霭四起，工地上黑乎乎的，显得有些瘆人。他悄悄对我说，你就在这里帮我看着，如果有人来了，你就跑，一边跑，一边招呼我！他这么一说，让我更有些害怕，不知道他要做什么。不一会儿，就看见他从工地上拉出好多钢丝，还有铜丝，见没人，拽上我就跑，跑到收废品的摊子前，把东西卖掉。他分出一部分钱给我，我没要，我知道，这也是没办法的事，他妈妈现在给人家看孩子，他是想用这种办法分担母亲。

终于有一天，我们让人给抓到了。虽然是废弃的工地，还有不少建筑材料，也有人看守。玉石拉上我就跑，那人追上我们，一把揪着我们的衣领子，像拎小鸡似的把我们抓到他看守的一间板房里，打电话通知我们学校。来的老师，骑着自行车，高高的身影，大老远就看出来了，是玉石的班主任丁老师。那人余怒未消，对丁老师气势汹汹地叫嚷道：你们学校得好好教育这俩学生，明目张胆地偷东西，太不像话了！丁老师点着头，把我们领走，推着他那辆破自行车，沿着河沿儿，一路没有说话，只听见自行车嘎嘎乱响，我感到我们的脚步都有些沉重。走过东便门，走到崇文门，在东打磨厂口，丁老师停了下来，对我们说：快回家吧。然后，他从衣兜里掏出了几块钱，塞在玉石的手里。玉石不要，他硬塞在玉石的兜里，转身骑上车走了。走进打磨厂，路灯亮了，我看见玉石悄悄地抹眼泪。

玉石和我再也没有去工地。学校破例给了他助学金，一直到他高中毕业。1963年，他考入地质学院后，和他妈妈一起从我们大院搬走，我就再没有见过他。"文化大革命"中，听我妈说，玉石来大院找过我一次，那时，他大学毕业，在五七干校等待分配。可惜，我正和同学外出大串联，没能见到他。后来，我才知道，他来找我，是找我陪他一起回学校看看丁老师。那时候，丁老师被剃成了阴阳头，正在挨批斗。

前不久，我接到一个从西宁打来的电话，让我猜他是谁。我猜不出来，他告诉我他是玉石。他说他后来分配去了青海地质队，一直住在青海。他说他看过我写的柴达木的报告文学，也知道我弟弟在青海油田工作过。他说他一直生活在青海，他妈妈一直跟着他，一直到去世。他说他退休后在学习作曲，而且出过专辑的唱盘。他笑着对我说：你觉得奇怪吧？我是学地质的，怎么改行了呢？我说我是有点儿奇怪，你是跟谁学的作曲？他说：我是自学的。但也不能这么说，你知道我读高中的时候，教我们数学的是阎述诗老师。我问：你跟他学的？我知道阎述诗老师曾经为著名的《五月的鲜花》作过曲。他笑着说：不是，但是，我想阎老师可以教数学又可以作曲，我为什么不能学地质搞勘探又能作曲？玉石是一个有能力的人，有能力的人，世界在他面前是圆融相通的。

最后，他告诉我，他学作曲，是想为丁老师作一支曲子。那个晚上，丁老师让他难忘，让他感受到世界上难得的理解和温暖。他说，这么多年，只要一想起丁老师，心里就像有音乐在涌动。

我告诉他，丁老师早好多年就已经去世了。他说我知道了，所以，我想你把我的这番心思写篇文章好吗？我想借助你的文章让人们知道丁老师。过几天，我会把歌寄给你。

我收到了玉石作的歌，名字叫《毕业歌》。说实在的，曲子一般，但其中一句歌词让我难忘：毕业了那么多年，你还站在我的面前；那个懵懂的少年，那个流泪的夜晚。

老电话号码

记忆中的那个夏天，是那样的明亮而炎热。那是 1959 年的夏天，我 11 岁，读小学五年级。暑假前最后一节体育课打篮球——刚刚上完，班主任徐老师站在操场边，叫着我的名字，招呼我过去。我跑了过去，看见他身边站着一个高高个子的男人，正笑眯眯地望着我。他不是我们学校的老师，我没有见过他。看样子，比我们徐老师还要年轻，不到 30 岁。

徐老师向我介绍他说：这是少体校的航模教练叶教练。叶教练到咱们学校选人，看中你了！他对我说：我看你一节体育课了，也听了徐老师对你的介绍，愿不愿意到少体校跟我学航模？

说老实话，那时候，我根本不知道航模是什么，我不怎么想学这个航模。但徐老师对我说：学航模不仅要求身体好，学习成绩也要好才行，航模是体育，也是科技。然后，又补充一句，叶教练在咱们学校就选中你一个。这话说得我把到嘴边的话咽了下去。

放暑假的第二天上午，按照叶教练说的地址，我去龙潭湖边上的体育馆里找他报到，就要正式开始我少体校航模队的训练了。非常巧，少体校篮球队也在那里招生，这才是我喜欢的呀。

鬼使神差地，我去那里报了名，教练让我投了两个篮，又让我跑了一个三步跨篮，居然收下我，当天就参加了训练。第一次在木地板的篮球场上打球的感觉，比我们学校的水泥地不知强哪儿去了，便早把叶教练忘到了脑袋后面。

可惜的是，一个暑假下来，我被篮球队淘汰，教练认为我的个子以后不会长高。我再也没有去过体育馆，近在咫尺的少年体育生涯，仓促又苍白地结束了。

记得那样的清晰，是1963年的寒假刚过。那一年，我读初三。一天清晨上学的路上，我路过花市大街，进了那里的锦芳小吃店，想买个炸糕吃早点。为什么记得那么清楚，难道一定是炸糕，就不会是油饼吗？因为排队站在我前面的那个人买的也是炸糕。当然，如果是别人，我也不会记得那么清楚，他买好炸糕，回过头来，竟然望着我笑了笑。我开始没有认出他来，以为那笑只是出于礼貌。等我买好炸糕，准备出门的时候，看见他在门外等着我，对我说：不认识我了？我是叶教练呀！我才想起来，是叶教练，忽然非常的羞愧。快四年的时间过去了，我的个子长高了一头多，他居然还能一眼认出我来。而我四年前辜负了他的好意。那一刻，我真的怕他问起我那一年为什么没有找他参加航模队，更怕他说我可是看见你参加了篮球队的哟！

他没有对我提及往事，只是问我现在在哪儿上中学。我告诉他我在汇文中学，他说是好学校，我就知道你差不了！然后，问我：还想不想学航模了？我垂下头，没敢回答。他接着说：还是跟我学航模吧！我觉得你一定是一个很不错的航模运动员！说着，他从他的背包里掏出一支笔和一个本，在本上写了一个他的电话号码。他把那张纸从本子上撕下来，递给我说：这是我的电话，你如果想学了，可以随时给我打电话。

我们就这样在小吃店门口分手了。我走得很匆忙，现在想想，有些像逃跑的意思。因为我从心里不怎么喜欢航模，我想我不会给他打这个电话了。我走了几步，回头一看，他还站在小吃店门口向我挥手。我心里想，他要是个篮球教练多好啊！

算一算，五十二年过去了，我再也没有见过叶教练。前些天，整理旧书和旧笔记本，从一个笔记本里竟然看到了这个老电话号码。纸已经发黄，那种只有那个年代才有的纯蓝墨水的笔迹，也已经变淡。面对这个老电话号码，我心里五味杂陈，我知道，过去的一幕早已经如童话一般谢幕，那种充满着善意甚至纯真，和对一个十几岁孩子由衷期待的情感与心地，也早已经变淡甚至变色。

明明知道，这些年来电话号码早已经数位升级，变化得面目全非，但我还是在电话机上按下了这个老号码。话筒里传来的只是忙音。如果是五十二年前，话筒里传来的一定是叶教练的声音。那一刻，我的眼睛里满是泪花。

蓖麻籽的灵感

我当过整整十年的老师，大学、中学、小学，都教过。当惯了老师都讲究师道尊严，面对学生，觉得自己一贯正确。其实，老师常有马失前蹄的时候。

我教过的一位女高中生，对我讲过她自己这样一件事。

小学一年级时，发展第一批同学入队前，上学路上，她和一个小男孩一起走。小男孩先天残疾，半路上挨了一个大男孩的打。她很气不过，冲上前一拳朝大男孩打去。谁知这一拳正巧打在大男孩的鼻梁上。小男孩挨欺负没流血，大男孩欺负人反倒鲜血直流。事情就是这样的反差古怪，她被班主任老师——一位慈祥的老太太叫到办公室，挨了批评。批评的原因，在老师看来，很是简单明了：大男孩鼻子流的血是如此显山显水。

第一批入队的名单里，没有了她。

她回家后，不吃不喝，气得病了。父母问她为什么，她不说话，自己和自己运气。这很符合孩子的特点，疙瘩就这样系上了，如果解不开，很可能会改变一个孩子一生的性格，乃至对整个生活的态度。孩子的事，就是这样的细小，大人们会觉得没什么大事，但在孩子柔弱的心里，却是没有小事的。

几天过后，那位老太太——她的班主任老师来到她家，手里拿着一条红领巾，还有一包蓖麻籽。老师把红领巾戴到她的脖子上，把蓖麻籽送给了她的父亲，说了好多的话，有一句，她至今记忆犹新："这孩子像蓖麻籽一样有刺儿！"

那个年代里，校园内外，种了许多蓖麻。它们可以炼油，蓖麻籽曾伴我们这一代人度过肚内缺少油水的饥饿时光。现在的校园里，名贵的花草树木已经很多，很难见到蓖麻籽，学生对蓖麻陌生了。

这位女老师，用自己独特的方式，向比自己小几十岁的学生承认了自己的过错。我不知道她在送学生红领巾的时候，怎么会灵机一动，突然想起了蓖麻籽？这绝对是灵感，蓖麻籽使得老师认错这一简单的事情，化为了艺术，化为了她的学生一辈子永不褪色的美好回忆。

我相信，再高明的老师，也会有闪失的时候。闪失过后，向自己的学生低首认错已是很难；再将这认错的过程化为艺术，则不是每一位老师都能做到的。

三十多年前，我在北京一所中学里教高三语文并担任班主任，就在那一年的夏天，我考入了大学。即将离开这所中学的时候，班上发生了这样一件事：坐在最后一排一位高高个子的女学生的钢笔不翼而飞。如果是一支普通的钢笔，倒也罢了，偏偏是她的父亲在国外为她买的一支造型奇特、颜色鲜艳的钢笔。那时候，国门尚未打开，舶来品很是让人羡慕，让人眼睛为之一亮。

丢失钢笔后，她向我报告时，我看到她眼泪汪汪的，而她的同桌一个男同学，则得意而诡黠地笑。这家伙平常就调皮捣蛋，是班上有名的嘎杂子琉璃球。我当时有些不冷静，一准儿认定是这小子犯的坏！我立即叫他站起来！他偏偏不站起来，拧着脖子问我："凭什么叫我站起来？又不是我偷的钢笔！"我反问他："不是你偷的，你笑什么？"他反倒又笑了起来，而且比刚才笑得更凶："笑还不允许了？我想笑就笑！"

唇枪舌剑，话赶话，火拱火，一气之下，我指着他的鼻子，让他立刻给我离开（差点儿没说出"滚出"）教室！他更不干了，坐在那儿愣是不走。全班同学都把目光集中在我和他的身上，我更加不冷静，走上前去，一把揪起他，拖死狗一样，拖他往教室门口走去。他的劲儿很大，使劲儿挣巴着，和我在拔河。

当了十年的老师，只有这一次，我竟和学生动了手。

第二天，这位女同学就找到了钢笔。她放错了地方，还愣往铅笔盒里找！没过多少天，我就离开了这所中学。到大学报到前，班上许多学生，到我家来为我送行。没有想到，其中竟有这个被我揪起来的男同学。

我很感动。我觉得很对不起他，是我冤枉了他，而且对他还动了手。我不知道该如何表达。向他认个错？我缺乏勇气，脸皮也薄。自然，我也就没能如那位老太太一样，突然萌发出蓖麻籽的灵感。

我当了十年的老师，却没有掌握当老师的这门独特艺术。

偶尔想起那个倔头倔脑的男同学。算算，他现在50多岁了吧？

偶尔也想起蓖麻籽。如今北京城真的已经很少能见到蓖麻了。

被雨打湿的杜甫

初三那一年的暑假，我们都是 15 岁的少年。那一年的暑假，雨下得格外勤。哪儿也去不了，只好窝在家里，望着窗外发呆，看着大雨如注，顺着房檐倾泻如瀑；或看着小雨淅沥，在院子的地上溅起像鱼嘴里吐出的细细的水泡儿。

那时候，我最盼望的就是雨赶紧停下来，我就可以出去找朋友玩。当然，这个朋友，指的是她。那时候，她住在我们大院斜对门的另一座大院里，走不了几步就到，但是，雨阻隔了我们。冒着大雨出现在一个不是自己的大院里，找一个女孩子，总是招人眼目的。尤其是她那个大院，住的全是军人或干部的人家，和住着贫民人家的我们大院相比，是两个阶层。在旁人看来，我和她，像是童话里说的公主与贫儿。

那时候，我真的不如她的胆子大。整个暑假，她常常跑到我们院子里找我。在我家窄小的桌前，一聊聊上半天，海阔天空，什么都聊。那时候，她喜欢物理，她梦想当一个科学家。我爱上文学，梦想当一个作家。我们聊得最多的，是物理和文学，是居里夫人，是契诃夫与冰心。显然，我的文学常会战胜她的物理。我常会对她讲起我刚刚读过的小说，朗读我新看的诗歌，看到她睁大眼睛望着我，专心地听我讲话的时候，我特别的自以为是，洋洋自得，常常会在这种时刻舒展了一下腰身。

不知什么时候，屋子里光线变暗，父亲或母亲将灯点亮。黄昏到了，她才会离开我家。我起身送她，因为我家住在大院里最里面，一路要逶迤走过一条长长的甬道，几乎所有人家的窗前都会趴有人头的影子，好奇地望着我们两人，那眼光芒刺般落在我们的身上。我和她都会低着头，把脚步加快，可那甬道却显得像是几何题上加长的延长线。我害怕那样的时刻，又渴望那样的时刻。落在身上的目光，既像芒刺，也像花开。

雨下得由大变小的时候，我常常会产生一种幻想：她撑着一把雨伞，突然走进我们大院，走过那条长长的甬道，走到我家的窗前。那种幻觉，就像刚刚读过的戴望舒的《雨巷》，她就是那个紫丁香的姑娘。少年的心思，是多么的可笑，又是多么的美好。

下雨之前，她刚从我这里拿走一本长篇小说《晋阳秋》。现在，我已经完全忘记了这本书是谁写的，写的内容又是什么了。但是，我清楚地记得，是《晋阳秋》。《晋阳秋》是那个雨季里出现的意外信使，是那个从少年到青春季里灵光一闪的象征物。

这场一连下了好几天的雨，终于停了。蜗牛和太阳一起出来，爬上我们大院的墙头。她却没有出现在我们大院里。我想，可能还要等一天吧，女孩子矜持。可是，等了两天，她还没有来。我想，可能还要再等几天吧，《晋阳秋》这本书挺厚的，她还没有看完。可是，又等了好几天，她还是没有来。

我有些着急了。倒不仅仅是《晋阳秋》是我借来的，该到了还人家的时候。而是，为什么这么多天过去了，她还没有出现在我们大院里？雨，早停了。

我很想找她，几次走到她家大院的大门前，又止住了脚步。浅薄的自尊心和虚荣心，比雨还要厉害地阻止了我的脚步。我生自己的气，也生她的气，甚至小心眼儿地觉得，我们的友谊可能到这里就结束了。

直到暑假快要结束的前一天的下午，她才出现在我的家里。那天，天又下起了雨，不大，如丝似缕，却很密，没有一点停的意思。她撑着一把伞，走到我家的门前。那时，我正坐在我家门前的马扎上，就着外面的光亮，往笔记本上抄诗，没有想到会是她，这么多天对她的埋怨，立刻一扫而空。我站起来，看见她的手里拿着那本《晋阳秋》，伸出手要拿过来那本书，她却没有给我。这让我有些奇怪。她不好意思地对我说：真对不起，我把书弄湿了，你还能还给人家吗？这几天，我本想买一本新书的，可是，我到了好几家新华书店，都没有买到这本书。

原来是这样，她一直不好意思来找我。是下雨天，她坐在家走廊前看这本书，不小心，书掉在地上，正好落在院子里的雨水里。书真的弄得挺狼狈的，书页湿了又干，都打了卷。

我拿过书，对她说：这你得受罚！

她望着我问：怎么个罚法？

我把手中的笔记本递给她，罚她帮我抄一首诗。

她笑了，坐在马扎上，问我抄什么诗。我回身递给她一本《杜甫诗选》，对她说就抄杜甫的，随便你选。她说了句：我可没有你的字写得好看，就开始在笔记本上抄诗。她抄的是《登高》。

抄完了之后，她忙着起身站起来，笔记本掉在门外的地上，幸亏雨不大，只打湿了"无边落木萧萧下，不尽长江滚滚来"的那句。她不好意思地对我说：你看我，在同一个地方摔倒了两次。

其实，我罚她抄诗，并不是一时的兴起。整个暑假，我都惦记着这个事，我很希望她在我的笔记本上抄下一首诗。那时候，我们没有通过信，我想留下她的字迹，留下一份纪念。那时候，小孩子的心思，就是这样的诡计多端。

读高中后，她住校，我和她开始通信，一直通到我们分别都去插队。字的留念，再不是诗的短短几行，而是如长长的流水，流过我们整个的青春岁月。只是，如今那些信都已经散失，一个字都没有保存下来。倒是这个笔记本幸运存活到了现在。那首《登高》被雨打湿的痕迹清晰还在，好像五十多年的时间没有流逝，那个暑假的雨，依然扑打在我们的身上和杜甫的诗上。

发小儿

发小儿，是地道的北京话，特别是后面的尾音"儿"，透着亲切的劲儿，只可意会。发小儿，指的应该是从小拜一个师傅学艺，后来也指从小就是同学，摸爬滚打一起长大。童年的友谊，虽然天真幼稚，却也最牢靠，如同老红木椅子，年头再老，也那么结实，耐磨耐碰，而且漆色总还是那么鲜亮如昨。

黄德智就是我这样的发小儿。我们从小一起长大，有五十多年的友谊。小时候，他家宽敞，我总上他家写作业，顺便一起疯玩，天棚鱼缸石榴树，他家样样东西都足够我新奇的。找到草厂三条最漂亮的院门，就找到了他家，那门楼上有精美的砖雕，黑漆大门上有一条胡同文辞最讲究的门联：林花经雨香犹在，芳草留人意自闲。可惜，去年修马路，草厂三条西半扇全部拆了，他家的老院，连同我们童年的记忆，随之埋在平坦的柏油路下面。

"文化大革命"中，我去了北大荒插队，他留在北京肉联厂炸丸子，一口足有一间小屋子那么大的锅，哪吒闹海一般翻滚着沸腾的丸子，是他每天要对付的活儿。我插队回来探亲时候到肉联厂找他，指着这一锅丸子说：你多美呀，天天能吃炸丸子！他说：美？天天闻这味儿，我都想吐。

那时候，我喜欢写东西，他喜欢练书法，这是我们从小的爱好，一直舍不得丢，也是枯燥生活中的一点寄托。我插队回来后当老师，偷偷写了一部长篇小说，根本不知道有没有出版的希望，却取名叫《希望》。每写完一段，晚上就跑到草厂三条他家读给他听，然后听听他的意见。他脾气好，柔和而宽容，总是给我鼓励。读完小说，我们就像运动员下半场交换位置一样，他拿出他练习的书法给我看，让我品头论足。那时，我们书生意气，挥斥方遒，自以为是，指点彼此，胸荡层云，笔走乾坤。那时，他写了一幅楷书横幅"风景这边独好"，挂在他屋的墙上。

往事如烟，想起这段小屋练兵的激情往事，也已经过去了三十多年，一晃我们一下子都到了退休之年。发小儿的友情，一直坚持到如今，不是为示人观看的美人痣，却如同脚下的泡，是一天天日子踩出来的，皮肉连心。

如今，黄德智已经成为一名不错的书法家，他的作品获过不少的奖，陈列在展室里，悬挂在牌匾上，印制在画册中。我觉得他的影响应该比现在还高一些，才名副其实。黄德智为人低调，不善交际，无意争春，羞于名利，却觉得这样挺好，自娱自乐。我喜欢他的楷书和隶书，特别是小楷，很见功夫，一幅咫尺蝇头小楷，他要写上一整天。如今谁沉潜得下心，坐得住屁股？这需要童子功，好的书法家如同高尔斯华绥的小说《品质》里写的"要做最好的靴子"的皮鞋匠一样，地道结实的功夫，靠一生心血的积累而结晶。

黄德智乔迁新居，我去他新家为他稳居。奇怪的是他的房间里没有他的一幅作品，我问他，他说觉得自己的字还不行。他的

他将长生草留给水

作品一包包卷起来都打成捆，从柜子的顶部一直挤满到了房顶。他打开他的柜子，所有的柜门里挤满了他用过的毛笔。打开一个个盛放毛笔的盒子，一支支用秃的笔堆在一起，如同一座小山，是陪伴他几十年岁月的笔冢。他说起那些笔里面的沧桑，胜似他的作品，就如同树下的根，比不上枝头的花叶漂亮，却是树的生命所系，盘根错节着日子的回忆。

木刻鲁迅像

　　我和老傅是高中同班同学。那时，我们住得很近，我住在胡同的中间，他住在胡同的东口，天天抬头不见低头见。高中毕业那年，正赶上"文化大革命"，闹腾了一阵子之后，我们两人都成了逍遥派。天天不上课，我们更是整天摽在一起。他和他姐姐住一起，白天，他姐姐一上班，我便成了他小屋里的常客，厮混一天，大闹天宫。

　　除了天马行空地聊天，无事可干，一整个白天显得格外长。要说我们也都是汇文中学好读书的好学生，可是，那时已经无书可读，学校的图书馆早被封上大门。我从语文老师那里借来了一套十本的《鲁迅全集》。那时，除马恩列斯和毛选外，只有鲁迅的书可以读。我便在前门的一家文具店里，很便宜地买了一个处理的日记本，天天跑到他家去抄鲁迅的书，还让老傅在日记本的扉页上帮我写上"鲁迅语录"四个美术字。

　　老傅的美术课一直优秀，他有这个天赋，善于画画，写美术字。那时，我是班上的宣传委员，每周在教室后面的黑板上出一期板报，在上面画报头或尾花，在文章题目上写美术字，都是老傅的活儿。他可以一展才华，在黑板报上龙飞凤舞。

老傅看我整天抄录鲁迅，他也没闲着，找来一块木板，又找来锯和凿子，在那块木板上又锯又凿，一块歪七扭八的木板，被他截成了一个课本大小的长方形的小木块，平平整整，光滑得像小孩的屁股蛋。然后，他用一把我们平常削铅笔的小刀，是那种黑色的，长长的，下窄上宽而扁，三分钱就能买一把的——开始在木板上面招呼。我凑过去，看见在木板上他已经用铅笔勾勒出了一个人头像，一眼就看清楚了，是鲁迅。

于是，我们都跟鲁迅干上了。每天跟上课一样，我准时准点地来到老傅家，我抄我的鲁迅语录，他刻他的鲁迅头像，各自埋头苦干，马不停蹄。我的鲁迅语录还没有抄完，他的鲁迅头像已经刻完。就见他不知从哪儿找来一小瓶黑漆和一小瓶桐油，先在鲁迅头像上用黑漆刷上一遍，等漆干了之后，用桐油在整个木板上一连刷了好几层。等桐油也干了之后，木板变成了古铜色，围绕着中间的黑色鲁迅头像，一下子神采奕奕，格外明亮，尤其是鲁迅的那一双横眉冷对的眼睛，非常有神。那是那个时代鲁迅的标准像，标准目光。

我夸他手巧，他连说他这是第一次做木刻，属于描红模子。我说头一次就刻成这样，那你就更了不得了！他又说看你整天抄鲁迅，我也不能闲着呀，怎么也得表示一点儿我对鲁迅他老人家的心意是不是？说着，他从衣兜里掏出一张纸递给我，说我还写了首诗，你给瞧瞧！

那是一首七言绝句：

肉食自为庙堂器，布衣才是栋梁材。

我敬先生丹青意，一笔勾出两灵台。

写得真不错，把对鲁迅横眉冷对和俯首甘为的两种性格的尊重，都写了出来。老傅就是有才，能诗会画，但做木刻，鲁迅头像是他头一回，也是最后一回。自然，这帧鲁迅头像，他很是珍贵，他说做这个太费劲！刀不快，木头又太硬！他把这帧木刻像摆在他家的窗台上，天天和它对视，相看两不厌，彼此欣赏。

一年后的夏天，上山下乡运动开始了，我先去的北大荒，他后去的内蒙古。分别在北京火车站上车，一直眼巴巴地等他，也没见他来。火车拉响了汽笛，缓缓驶动了，他怀里抱着个大西瓜向火车拼命跑来。我把身子探出车窗口，使劲向他挥着手，大声招呼着他。他气喘吁吁地跑到我的车窗前，先递给我那个大西瓜，又递给我一个报纸包的纸包，连告别的话都没来得及说一句，火车加快了速度，驶出了月台，老傅的身影越来越小。打开纸包一看，是他刻的那帧鲁迅头像。

一晃，整整五十年过去了。经历了北大荒和北京两地的颠簸，回北京后又先后几次搬家，丢掉了很多东西，但是，这帧鲁迅头像一直存放在我的身边，我一直把它摆在我的书架上。而且，五十年过去了，他写过的很多诗，我写过的很多东西，我都记不起来了，但他写的那首纪念鲁迅的诗，我一直记得清清爽爽。毕竟，那是他20岁的青春诗篇，是他20岁也是我20岁对鲁迅的天真却也纯真的青春向往。

等那一束光

老顾是我的中学同学，又一起插队到北大荒，一起当老师回北京，生活和命运轨迹基本相同。不同的是，他喜欢浪迹天涯，喜欢摄影，在北大荒时，他就想有一台照相机，背着它，就像猎人背着猎枪，没有缰绳和笼头的野马一样到处游逛。攒钱买照相机，成了那时的梦。

如今，照相机早不在话下，专业成套的摄影器材，以及各种户外设备包括衣服鞋子和帐篷，应有尽有。退休之前，他又早早买下一辆四轮驱动的越野车，连越野轮胎都已经备好。万事俱备，只欠东风，只要退休令一下，立刻动身去西藏。这是这些年早就盘算好的计划，成了他一个新的梦。

他就是这样一个人，我说他总是活在梦中，而不是现实中，便总事与愿违。现实是，他在单位当第一把手，因为后任总难以到位，过了退休年龄两年了，还不让他退。他不是恋栈的人，这让他非常的难受。终于，今年春节过后，让他退休了。这时候，我们北大荒要编一本回忆录，请他写写自己的青春回忆，他婉言拒绝，说他不愿意回头看，只想往前走，他现在要做的事不是怀旧，而是摩拳擦掌准备夏天去西藏。等到夏天，他开着他的越野车，一猛子去了西藏，扬蹄似风，如愿以偿。

　　终于来到了他梦想中的阿里，看见了古格王朝遗址。这个300年前就消失的王朝，如今只剩下了依山而建的土黄色古堡的断壁残垣，立在那里，无语诉沧桑般，和他对视，仿佛辨认着彼此的前生今世的因缘。

　　正是黄昏，高原的风有些料峭，古堡背后的雪山模糊不清，主要是天上的云太厚，遮挡住了落日的光芒。凭着他摄影的经验和眼光，如果能有一束光透过云层，打在古堡最上层的那一座倾圮残败的宫殿顶端，在四周一片暗色古堡的映衬下，将会是一帧绝妙的摄影作品。

　　他禁不住抬起头又望了望，发现那不是宫殿，而是一座寺庙，白色青色和铅灰色云彩下，显得几分幽深莫测，分外神秘。这增加了他的渴望。

　　他等候云层破开，有一束落日的光照射在寺庙的顶上。可惜，那一束光总是不愿意出现。像等待戈多一样，他站在那里空等了许久。天色渐渐暗下来，他只好开着车离开了，但是，开出了二十多分钟，总觉得那一束光在身后追着他，刺着他，恋人一般不舍他。鬼使神差，他忍不住掉头把车又开了回来。他觉得那一束光应该出现，他不该错过。

　　果然，那一束光好像故意在和他捉迷藏一样，就在他离开不久时出现了，灿烂地挥洒在整座古堡的上面。他赶回来的时候，云层正在收敛，那一束光像是正在收进潘多拉的瓶口。他大喜过望，赶紧跳下车，端起相机，对准那束光，连拍了两张，等他要拍第三张的时候，那束光肃穆而迅速地消失了，如同舞台上大幕闭合，风停雨住，音乐声戛然而止。

往返整整一万公里，他回到北京，让我看他拍摄的那一束光照射古格城堡寺庙顶上的照片。第二张，那束光不多不少，正好集中打在了寺庙的尖顶上，由于四周已经沉淀一片幽暗，那束光分外灿烂，不是常见的火红色、橘黄色或琥珀色，而是如同藏传佛教经幡里常见的那种金色，像是一束天光在那里明亮地燃烧，又像是一颗心脏在那里温暖地跳跃。

不知怎么，我想起了音乐家海顿，晚年时他听自己创作的清唱剧《创世纪》，听到"天上要有星光"那一段时，他蓦地从座位上站起来，指着上天情不自禁地叫道："光就是从那里来的！"那声音长久地在剧场中回荡，震撼着在场的所有人。在一个越发物化的世界，各种资讯焦虑和欲望膨胀，被搅拌得心绪焦灼的现实面前，保持青春时分拥有的一份梦想，和一份相对的神清思澈，如海顿和我的同学老顾一样，还能够看到那一束光，并为此愿意等候那一束光，是幸福的，令人羡慕的。

少年护城河

在我童年住的大院里，我和大华曾经是死对头。原因其实很简单，大华倒霉就倒霉在他是个私生子，他一直跟着他小姑过，他的生母在山西，偶尔会来北京看看他，但谁都没有见过他爸爸，他自己也没见过。这一点，是公开的秘密，全院里的大人孩子都知道。

当时，学校里流行唱一首名字叫《我是一个黑孩子》的歌，其中有这样一句歌词："我是一个黑孩子，我的家在黑非洲"，我给改了词儿："我是一个黑孩子，我的家不知在何处……"这里黑孩子的"黑"不是黑人的"黑"，而是找不着主儿即"私生子"的意思。我故意唱给大华听，很快就传开了，全院的孩子见到大华，都齐声唱这句词儿。现在想想，小孩子的是非好恶就是这样的简单，又是这样的偏颇，真的是欺负人家大华。

大华比我高两级，那时上小学五年级，长得很壮，论打架，我是打不过他的。之所以敢这样有恃无恐地欺负他，是因为他的小姑脾气很烈，管他很严，如果知道他在外面和哪个孩子打架了，不问青红皂白，总是要让他先从他家的胆瓶里取出鸡毛掸子，交给她，然后撅着屁股，结结实实挨一顿揍。

我和大华唯一一次动手打架，是在一天放学之后。因为被老师留下训话，出校门时天已经黑了。从学校到我们大院，要经过一条胡同，胡同里有一块刻着"泰山石敢当"的大石碑。由于胡同里没有路灯，漆黑一片，经过那块石碑的时候，突然从后面蹿出一个人影，饿虎扑食一般，就把我按倒在地上，然后一痛拳头如雨，打得我眼青脸肿，鼻子流出了血。等我从地上爬起来，人影早没有了。但我知道除了大华，不会有别人。

我们两人之间的仇，因为一句歌词，也因为这一场架，算是打上了一个死结。从那以后，我们彼此再也不说话，即使迎面走过，也像不认识一样，擦肩而过。

没有想到，第二年，也就是大华小学毕业升入中学那一年的夏天，我的母亲突然去世了。父亲回老家沧县给我找了个后妈。一下子，全院的形势发生了逆转，原来跟着我一起冲着大华唱"我是一个黑孩子，我的家不知在何处"的孩子们，开始齐刷刷地对我唱起他们新改编的歌谣："小白菜呀，地里黄哟；有个孩子，没有娘哟……"

我发现，唯一没有对我唱这个歌的，竟然是大华。这一发现，让我有些吃惊，想起一年多前我带着一帮孩子，冲着他大唱"我是一个黑孩子，我的家不知在何处"，心里有些愧疚，觉得那时候太不懂事，太对不起他。

我很想和他说话，不提过去的事，只是聊聊乒乓球，说说刚刚夺得世界冠军的庄则栋，就好。好几次，碰到一起了，却还是开不了口。再次擦肩而过的时候，我看见他的眉毛往上挑了挑，嘴唇动了动，我猜得出，他也开不了这口。或许只要我们两人谁先开口，一下子就冰释前嫌了。小时候自尊的脸皮，就是那样的薄。

一直到我上了中学，和他一所学校，参加了学校的游泳队，一周有两次训练，由于他比我高两年级，老师指派他教我总也学不规范的仰泳动作，我们才第一次开口说话。这一说话，就像开了闸的水，止不住地往下流，从当时的游泳健将穆祥雄，到毛主席畅游长江。过去那点儿事，就像沙子被水冲得无影无踪，我们一下子成了无话不说的好朋友。童年的心思，有时就是这样窄小如韭菜叶，有时又是这样没心没肺，把什么都抛到脑后。只是，我们都小心翼翼的，谁也不去碰过去的往事，谁也不去提私生子或后妈这令人厌烦的词眼儿。

大华上高一那年春天，他的小姑突然病故，他的生母从山西赶来，要带他回山西。那天放学回家，刚看见他的生母，他扭头就跑，一直跑到护城河边。那时，穿过北深沟胡同就到了护城河，很近的道。他的生母，还有大院好多人都跑了过去，却只看见河边上大华的书包和一双白力士鞋，不见他的人影。大家沿河喊他的名字，一直喊到了晚上，也再没有见他的人影。街坊们劝大华的生母，兴许孩子早回家了，你也回去吧。大华的生母回家了，但还是没见大华的人影。大华的生母一下子就哭了起来，大家也都以为大华是投河自尽了。

我不信。我知道大华的水性很好，他要是真的想不开，也不会选择投水。夜里，我一个人又跑到护城河边，河水很平静，没有一点儿波纹。我在河边站了很久，突然，我憋足了一口气，双手在嘴边围成一个喇叭，冲着河水大喊了一声：大华！没有任何反应。我又喊了第二声：大华！只有我自己的回声。心里悄悄想，事不过三，我再喊一声，大华，你可一定得出来呀！我第三声"大华"落了地，依然没有回应，一下子透心凉，我一屁股坐在地上，再也忍不住哇哇地哭了。

就在这时候，河水有了哗哗的响声，一个人影已经游到了河中心，笔直地向我游来。我一眼看出来，是大华！

我知道，我们的友情，从这时候才是真正的开始。一直到现在，只要我们彼此谁有点儿什么事情，不用开口，就像真的有什么心理感应，有仙人指路一样，保证对方会在第一时间出现在面前。别人都会觉得过于神奇，我们两人都相信，这不是什么神奇，是真实的存在。这个真实就是友情。罗曼·罗兰曾经讲过，人的一辈子不会有那么多所谓的朋友，但真正的朋友，一个就足够。

教室的窗前

　　人生不相见，动如参与商。四十多年没有相见的中学校友聚会，星期天重回校园。天气好得和四十多年前一样，校园美丽得也和四十多年前一样，只是我们各自两鬓飞霜，都已经老了。校园具有魔力，让我们又重返青春年少的时候，许多逝去遥远乃至淡忘的记忆，在校园里瞬间复活，有人轻声唱起了那时候我们唱过的《水兵远航》，和卡朋特的老歌《Yesterday Once More》。

　　我提议回原来读书时三楼的教室里看看，大家都同意，纷纷登上三楼，楼梯在脚步下响着四十年前的节拍。没有学生的楼道，清静得如同电影中回放的默片，将时光倒流。在逆光的影子里，我似乎能够看到那时候的我们踩着清脆的下课声，如同炸了窝的蜂群一样在这楼道里疯跑着，向楼梯涌去。

　　四十多年前，我们都还是一群稚气未脱的毛孩子。上午第四节课，总让我们上得有些心旌摇荡，谁都在蠢蠢欲动，都想在下课铃声打响的时候，第一个冲出教室，或是第一个冲进食堂，那时我们的肚子总也填不饱，早就饥肠辘辘了；或是第一个冲进操场，那里有几个水泥的乒乓球台，稍微一晚，就会被别人占领。中午时分，我们再不属于教室和书本，而属于食堂和乒乓球台。

那时，我们几乎都会时不时地把目光投到教室的那占据整整一面墙的一扇扇玻璃窗前。我们教室窗户都朝北，顺着窗户稍微西北的方向就是北京火车站，直线距离大约不到一公里，北京站的钟楼能够清晰地看得见，琉璃瓦的楼顶，在正午的阳光下流光溢彩。

那时的中学生不像现在几乎个个都有手表，北京站的大钟就是我们公共的手表了。虽然市声喧嚣，我们听不见大钟正点的悠扬钟声，但是，大钟的数字我们看得清清楚楚，在下课前的那几分钟内，我们都伸长了脖子（老师笑我们是"长脖老等"，"老等"，是北京人对鹤的称呼），眼睛都死死地盯在窗前，当时针和分针在12的地方会合的那一刹那，我们会像听到发号令起跑的运动员，瞬间如同开闸的水奔涌而出教室，毫无顾忌地把老师甩在身后。

教室的窗前，带给我们多少欢乐，多少向往。

如今，我们又回到了教室。除了桌椅和黑板换了，教室没有多大的变化，那整整一面墙的玻璃窗还是那样的明亮，被小校友擦得格外明亮。我们都能找到自己原来的座位，但是，坐在座位上，再怎么如"长脖老等"一样抬头眺望窗外，却再也看不见北京站的大钟了。

其实，北京站的大钟依然还在那里。我们看不见了它，是因为在它和教室之间，密密麻麻建起了许多座楼盘。小区的名字都很好听，幸福家园、新景家园、富贵园、枣园新居……都是十几层、二十几层的高楼，拔天立地，都高过了北京站的钟楼，一层层，如同屏风一样，水泥钢筋的森林，切割开了天空，挡住了我们的视线。

　　我忽然有些失落，因为在进教室前，我自以为还能如以前一样看得到那钟楼。我却是那样的智商低下，逝者如斯，时光如一个雕刻师，把人都雕刻得面目皆非，怎么可能让记忆停摆而定格在四十年前呢？

　　只是许多遮挡我们眼睛的东西，往往是我们自己搭建起来而自以为是重要的。我们不懂得留白，我们愿意把我们的生活搞得满满堂堂，就像把我们的房间里塞满金碧辉煌的家具，以为那才叫作丰富。于是，我们的眼睛越来越望不到远一点的地方了。我们的眼睛就是这样变得越来越近视。

小学女同学的名字

有些事情真的很奇怪，小学同学的名字常常花开一样蹦出脑海，但中学和大学好多同学的名字却记不起来了。

有一个女同学叫孟霭云，有一个女同学叫甘学莲，从名字就可以看出，她们一定出身于书香门第，否则不会对云和莲这样两种中国古人喜欢的清幽东西情有独钟。前些日子，我路过南深沟胡同孟霭云的家门，那是老北京典型的小四合院，进院门就是西厢房山墙的靠山影壁，拐进去就是她家的独门独院。院子老破得如我一样了，但童年的记忆还是那样清晰，天棚鱼缸石榴树，水墨画墨渖淋漓一样呈现在眼前。大门上的门联斑驳脱落了，当年刻的什么字，大概是"忠厚传家久，诗书继世长"吧，记不大清楚了，孟霭云的名字却如石刻一般，没有被日子湮没，总有那种霭霭云烟，依依墟村的感觉。

还有一个女同学，是我们少先队的大队长，我入少先队的时候，是她给我戴的红领巾。她叫秦弦。这个名字好记，因为容易产生和音乐相关的联想，本来没有什么意义的姓氏，便也就有了韵律，鲜活生动起来，而她自己本来就活泼可爱，名字像是一艘小船，载着她更轻盈地荡漾在明快的水波当中了。

还有一个女同学白白净净，长得像个瓷娃娃。她姓麦，起名叫素僧。本来姓麦的在北京就少，还叫素僧，这个名字很奇特，隐含着父母一辈人的文化密码。当时，老师点名点到她时，都禁不住停了一会儿，头从点名册中抬了起来，望了望答"到"的这个女孩子。我们好几个同学私底下猜测，是不是她家信佛呀？但她家并没有人信佛。

算起来，我小学毕业已经48年，和小学同学分别的48年里，再也没有见过她们，我不知道她们的下落。前年夏天，写《蓝调城南》一书的时候，我经常在我们小学校附近那一带窜，好奇心驱使，我找到当年麦素僧的家，那里很好找，是离我们小学校不远的一个叫广州会馆的大院。但那个大院早已经拆掉盖起了高楼，幸存的老街坊告诉我，麦素僧初中毕业随父母一起迁到广州，那里是她的老家。

其实，细想一下，我已经记不起这些小学同学的具体模样了，即使她们真的走到我的面前，我也认不出来。奇怪的是，她们的名字，我记得那样清楚，那么多年过去了，她们的名字还像校园里当初盛开的鲜花一样的鲜艳，带着童年时候的天真清纯，带着那个年月里的温暖阳光和明媚月色，跳跃在记忆里，清新如昨。也许，这就是符号的力量，名字也是符号，将时代与人生浓缩并抽象，便也就在记忆的作用下让逝去的日子得以升华。

有时，我会这样想，也许，50年代读小学的女孩子，还会有这样古典气息的名字，那真算得上是一襟晚照。她的名字能够让人遥想五四时期那些只有在唐诗宋词意境里才能够寻得到的女性的名字，比如谢冰心、苏雪林、黄庐隐、林徽因、冯沅君……

起码还秉承着中国传统文化的气息。在以后的岁月里，人的名字变化很大，60年代革命化，女孩子不爱红装爱武装，名字跟着一起镀色或变色，叫红的女孩子就无以计数。如今的女孩子的名字崇尚洋味，叫娜呀、莎呀、菲呀的多了起来；讲究谐音玩点儿文字游戏的名字也不少，比如梁爽、胡畔、项洋、李响之类。因此，叫秦弦的可能还有，但是，叫霭云和素僧的，我是再也没有见过。

赛什腾的月亮

又到中秋节了，不知道柴达木赛什腾山上的月亮，今年和往年是不是一样的圆？

赛什腾山应该算是昆仑山的余脉，那时候，在青海石油局的冷湖四号老基地，从哪个井队的位置上都可以望到它。望着它，觉得很近，却是望山跑死马，跑到山脚下，至少要花上半天的时间。

那时候，是指 1968 年。这一年，北京的初三学生甘京生和一批北京的中学生来到冷湖，成为一名石油工人。那时候，他还不到 18 岁。就在那一年的中秋节，井队放假，他和几个同学约好，一上午就从四号老基地出发，往那座已经望了大半年的赛什腾山走去。每天都会映入眼帘的赛什腾山，在柴达木明亮得有些刺眼的阳光照射下，有时候会如海市蜃楼一般缥缈，让甘京生对它充满无数的想象。甘京生喜欢幻想，或许这是他从小时候就养成的习惯，他喜欢独自一人望着天空或树林或校园里的篮球架遐想联翩。大概和他喜欢读文学的书籍有关，那些书让他常常禁不住心旌摇荡，天马行空。

否则，他不会和同学约好向那座秃山走去。去之前，师傅就对他说过：那山上什么也没有，从来就没有人爬上去过，你去那儿干啥？他还是执意去了，累了一身的大汗，走了整整一个上午，下午 1 点多的时候才走到山脚边，吃了点东西继续爬，下午 4 点多的时候，终于爬到了山顶。山上除了有些芨芨草和星星点点的黄色的野花，真的什么都没有，都是一些裸露的灰色石头，仿佛月球的表面，显得那样的荒寂。

但是，甘京生很兴奋，他管这些小黄花叫赛什腾花，就像老一辈石油人找到了石油把山下那一片井架林立的地方命名为冷湖一样。青春年少能够燃烧激情和幻想，让平凡琐碎的日子焕发出光彩。中秋节的天气在柴达木盆地已经冷了，天黑得也早了。爬上山没有多久，天色就渐渐暗了下来，秋风一吹，有些萧瑟沁凉如水的感觉，同学们都说赶紧下山吧，天再黑下来，下山的路就不好找了。他却坚持要等到月亮出来，好不容易来一趟赛什腾山，又赶上中秋节，没看到月亮怎么行？他对同学说。同学只好陪他一起看月亮。

那是甘京生第一次在赛什腾山上看到月亮。那赛什腾的月亮，令他一生难忘。他能说出赛什腾的月亮和北京的月亮有什么不一样吗？他说不清楚，只觉得天远地阔，四周一片荒凉，月亮却和照在北京城里一样，那样浑圆明亮地照在这里没有一点生命气息的石头，和萋萋野草还有他刚刚命名的赛什腾花上。他觉得月亮真的非常伟大，对世界万物无论尊卑贵贱无论远近大小，都是一视同仁地那样平等地亮着。

这是第二年我在北京见到甘京生时，他对我说起中秋节爬赛什腾山看月亮时候讲的话。那一年夏天，他回北京探亲，专程来家看我，从青海回京的途中，他一路下车，不停游玩，在洛阳看过云冈石窟，他还在那里买了几本旧书，带回来送我。他的这一举动，让我刮目相看，好不容易有了天数规定好的探亲假，还不早早回家，谁舍得把时间浪费在路上，还惦记逛书店，买几本当时看来无用甚至被视为有害的书？他的浪漫之情，和当时正在热闹闹搞阶级斗争的气氛是多么的不协调。

那是我第一次见到他。他和我弟弟是同学，又同在冷湖为石油工人，他是受弟弟之托来看我的。那一天晚上，他住在我家，我们抵足未眠，秉烛夜谈，聊了很多，他说这番话时，像一个文艺青年。如今，文艺青年像一个贬词了，其实，真正成为一个文艺青年，并不容易，除了必须具有文艺气质之外，更需要一颗怀抱对生活和对文学一样真正的赤子之心。这不是装出来的，而是一生的追求。

甘京生难得，是他并不只是在他18岁那一年心血来潮爬了一次赛什腾山，看了一次中秋节赛什腾的月亮。从那一年开始，每年中秋节他都会爬一次赛什腾山，看一次赛什腾的月亮。20世纪80年代，他调到冷湖石油局中学里当语文老师，兼班主任。他开始带着他班上的学生，每年中秋节爬赛什腾山，看赛什腾的月亮。那些生在柴达木长在柴达木从未出过柴达木的孩子们，从来没有特别注意过中秋节的月亮，更没有爬上赛什腾山看月亮的习惯。甘京生当了他们的老师之后，赛什腾的月亮，成了他们日记和作文中的内容，成了他们学生时代最美好而难忘的回忆。他让这些孩子们看到了虽旷远荒寂却属于柴达木自己独特的美。

甘京生离世已经二十多年了。他是因病去世的，他走得太早。如今，他教过的第一批由他带领爬赛什腾山看月亮的学生，已经40多岁，他们的孩子到了读中学的年龄。不知道还会有哪一位老师，带他们爬赛什腾山看中秋的月亮？

赛什腾的月亮！

同桌的你

　　记忆中的那年夏天似乎比往年更热。大约因为那年是知青上山下乡三十年的缘故，小学同学有三十年没有见面，热情竟然比天气还要热，破天荒竟发起一次聚会，而且把凡是在北京的老同学都召集起来，一锅烩在了世界公园里。那时候，世界公园刚开张不久，不知是谁提议，选择了这样人们都趋之若鹜的地方。热热闹闹的气氛，一下子把三十年的距离缩短了。虽然那么多年没见了，还是一眼或几眼就能够认出来。

　　我们大家挨着个又是握手又是拥抱的，一圈热烈下来，方才想起同桌小萍没来。一问，问同学，说是通知到她了，她也一口答应要来的，等等吧！可一直等到聚会散了，也没见到小萍。

　　负责通知小萍的，是老姚，小萍没有来，大家都埋怨老姚，我的心里有些怅然，如果不是这次聚会，也许我还不至于那么想见到小萍。偏偏见到那么多同学，唯独没能见到她，想见到她的念头一下子越发强烈起来。聚会散后，我握着同学抄给他的一个电话号码，第二天上午就给小萍挂了一个电话。是公共电话，但人和小萍很熟，告诉我小萍上班去了，让我晚上再打个电话来。

　　小萍和我是小学三年级到六年级的同桌，那时，小萍学习不错，老师特意让她坐在我的旁边帮助我。那年冬天，我在学校里踢球踢破了教室的玻璃，老师找家长，吓得我没敢回家，大半夜了还在大街上转悠，饿得够呛。做梦也没有想到，小萍突然出现在我的面前。小萍拉着我先到夜宵店吃了一大碗馄饨、几个火烧，可能狼吞虎咽的劲儿，让小萍看着忍不住直笑，笑得我有点儿不好意思。小萍发现了，说你快吃吧，我不看你了！便自己对着玻璃窗吹着哈气，用小手在哈气上画着小猫小狗的图案。画得可滑稽了，她吹着哈气的样子也滑稽得很，鼓着小嘴像小鱼，逗得我一时忘了自己惹的祸，忍不住望着玻璃窗笑，小萍便也笑，我们两个人咯咯都笑起来，此起彼伏的，惹得四周的人都不住看我们，看玻璃窗上的哈气。然后，小萍陪我回家，要不那一晚上爸爸的鞋底子肯定挨上了。可是，小萍却为此挨了她母亲的一顿打。

那晚上的事，一直到现在记忆犹新。小学时的友情，纯真得像婴儿的眼泪一样透明。

"文化大革命"爆发之后，有人在她家门口贴了一张大字报，我才知道她的母亲在解放前当过舞女。一天下午，红卫兵挥舞着皮带闯进大院，皮带挥下去，将她的母亲和她一起打倒在地。从此以后，没人再敢理小萍，仿佛她和她母亲都是舞女一样。我很为她不平，悄悄地和她说话，她却总是远远地躲我，怕因为她而使我受连累。她是一个心地善良的小姑娘。

后来，我到北大荒插队，小萍的母亲被赶回老家的乡下，让她跟着母亲一起走，她说什么就是不走，就是不迁户口。有好长一段时间，街道办事处那帮整她和她母亲的小脚侦缉队，天天找她的麻烦，要她迁户口走人。最后，弄得她没办法，找了一个年龄大她好多的工人，草草地结了婚。那时，讲究出身，有这样一个根正苗红的丈夫做保障，那帮小脚侦缉队才不再找她的麻烦，她才留在了北京，后来在一家街道工厂工作。想想她的命运，真是让人感慨。

记得第一次从北大荒回北京探亲，我在大街上曾经看见过小萍一次。她推着自行车，车座后面坐着她的孩子。她显得很苍老，我们没有多说什么话，但老姚看出来，她的心里充满无言的悲伤。从此她搬家，我的工作频繁调动，断了音讯。

那天晚上，我给小萍又打了个电话，这回终于接到了小萍的电话，但我一点儿也听不出她的声音了，而且也没有我那样的热情，陌生的声音像是离得老远老远。我说聚会你也没来，什么时候我们见上一面聊聊，小萍说她很忙，就算了吧。我一再坚持，又说起那个童年的晚上那馄饨、那火烧、那玻璃窗上的哈气……说得我自己都有些感动，可对方的话筒半天没传过来声音。

别是她把电话给放下了吧？我冲着话筒"喂！喂"叫了好几声，话筒里才传来她的话。真怕她说她早忘了那些陈芝麻烂谷子之类的话，那可就太伤我的自尊了。但她同意了，说明天中午到花市大街新开张的金伦大厦门口见面。毕竟是童年的友情，不是冬天吹在玻璃窗上的哈气一会儿就消失了的。

第二天中午，我准时来到金伦大厦门前。我想会一眼就认出小萍来的，前天在世界公园里不是一眼认出好多上学时并不熟悉的同学吗？现在还能想象出小萍那时候的样子来，尤其是对着玻璃吹哈气，鼓着小嘴像小鱼一样的样子，好像就在眼前。

一个多小时过去了，没见小萍的面，也没见有一个女人在门口有丝毫等人的意思。那天中午可真热，晒得我早就出了一身汗，满头冒油。开始的兴奋劲儿，让位于焦急，凡是进出大厦的40岁左右的女人，我都要格外注意，多瞅几眼，甚至走上前去看看，惹得人家以为我好像有什么企图似的。一直等到下午3点多了，也没有看见小萍的影子。

　　后来，别的同学告诉我，小萍看见我去了，只是她没有上前叫我。那天在金伦大厦门口有个卖冰棍汽水的，就是小萍。我竟一点也没有注意到。自从一年多前下了岗，她就是这样在这里摆个小摊子，到了夏天卖冰棍汽水，到了冬天卖糖葫芦。

　　第二天，我再去大厦，门口没有卖冰棍汽水的。我还是没有找到小萍。

一场戏的工夫

　　那天晚上，我到戏剧学院的剧场看戏。秋风乍起，夜色中朦胧的路灯都显得有了些凉意。因为路上堵车，时间有些晚了，穿过学院前的那条胡同，我走得很快。戏剧学院是我的母校，二十七年前，我曾经在这里读了四年的书，毕业以后，又曾经在这里教了三年书，这条胡同，我很熟。因此，走在这条路上，颇有点老马识途的感觉，逝去的往日的气息，随风扑面而来。

　　在校门前高高的院墙边，有一盏路灯，昏暗得很，我上学的时候怎样的昏暗，现在还是怎样的昏暗。院墙就在这里结束，路面凹进去一块，形成一个死角，路灯正好弯在里面，我读书的时候，校园里时兴"英语角"什么的，大家就管这里叫"爱情角"。那时候，常常有同学和外校的同学谈恋爱，在这里告别，悄悄地拉着手，卿卿我我磨磨唧唧地说着说不完的情话，似乎昏暗的路灯光可以帮助他们遮掩一点羞涩。

　　有意思的是，那天我路过这里的时候，看见一对年轻的情侣，正在那盏路灯下拥抱，忘情得很，我的匆匆脚步，并没有打搅他们。我和他们擦肩而过，看得很清楚，他们正在热吻，而他们却旁若无人，根本不需要灯光的遮掩，相反他们看见我从他们身边走过，还冲我嘻嘻地笑了两声，四瓣嘴唇没有松开，那细微的笑声，像是开水顶着壶盖呜呜在冒泡儿。我走过去之后，忍不住回头看了看他们，男的穿着牛仔裤，包裹着修长的腿，女的穿着一条喇叭裙，蹬着一双高腰靴，亭亭玉立。不知道他们是我的小校友，还是外校的同学，或者是其他地方的年轻人？我在祝福他们的同时，不由得感慨时代确实变化太快了，我们那时候，虽然有这样一个"爱情角"，但还不敢这样大胆，毕竟是离学校大门口不远。

戏看完了，悲欢离合一杯酒，南北东西万里程，两个小时的戏，演绎了好多个人的一生。因为散戏的时候正好碰见了留在学院里教书的老同学，聊了会儿天，耽搁了一会儿，等我走出剧场，胡同里安静得很，散场的那么多人，已经如潮水退去得没有一点影子，仿佛被浓重的夜色都收进去似的。夜风大了一些，也更凉了一些，我不急，慢慢地走在这条曾经熟悉的胡同，情不自禁地想起在学院里读书和教书时的一些往事和故人。这些年，北京城变化很大，许多大学的校园变化也很大，我的母校变化却不大，大概因为它地处市中心，地盘很小，无法扩展，受到了限制吧。这条胡同变化也不大，和我读书的时候几乎一个样子，我们都变老了，而它仿佛还没有长大。也许，变化大的，只有我们自己了，往来千里路常在，聚散十年人不同嘛。

我这样一边胡思乱想，一边顺着原路往回走着，又快走到校门前那个"爱情角"的时候，在那盏昏暗的路灯的辉映下，看见来的时候看见的那对情侣，还站在那里。不过，这回，他们不是拥抱亲吻，而是面对面地对峙着，甚至挥动着拳头，气哼哼地指责着对方，相互在谩骂着，如斗鸡似的，显得格外的愤怒，势不两立的样子。

这样的情景，让我感到意外，禁不住停住了脚步。起初，我想大概不是我来时看到的那一对，那一对刚才是多么的甜蜜，密如雨点似的吻，还有那亲吻时嘴唇都不离开情不自禁冲我的笑声，不可能这么快就都变成了谩骂而出的吐沫星子吧。可是，当我走近一看，就是他们，牛仔裤、高腰靴、喇叭裙，都像是无可推卸的物证一样，证明就是那一对年轻人。我弄不清楚，他们为什么会突然变成了这样，刚才还是明朗朗的艳阳天，怎么一下子就变成了轰隆隆的雷雨了呢？不过只是一场戏的工夫。

我隐隐听见，好像男的在解释着什么，而女的就是不依不饶，男的急了，女的更急了，争吵变成了谩骂，而且在不断升级，大概已经吵了一会儿了。而且，我也听出了，他们就是这所学院的同学，只是我猜不出他们是哪个系的。不管出于什么样的原因，也不该这样快就突然从亲吻变成谩骂，这样的跌宕，即使是戏也不算是好戏，像是没有过渡一样，愣愣的转折，让人无法接受。哪怕也许过一会儿，他们又可能和好如初，亲吻如蜜。

我再一次和他们擦肩而过，他们和戏开演之前我从他们身边路过一样旁若无人，还在忘情地对骂着，声音在寂静的胡同里清脆地荡漾。只是我好像在一场戏的工夫里，那样快地走过两个截然不同的季节。我才忽然意识到，这条我曾经熟悉的胡同，和这条胡同里我曾经熟悉的学院，其实都早已经变得我不大认识了。

离开他们很远了，我回头看看，他们还在那里吵，而且似乎更厉害了，张牙舞爪的样子，在昏暗的路灯灯光下，剪影一样的感觉，像是皮影戏。

胡萝卜花之王

一年前，我就见过这个男孩。那时，他总是在布鲁明顿市中心的农贸市场里唱歌。这个农贸市场每周六日上午开放，附近农场的人来卖菜卖花卖水果，很多城里人愿意到这里来买些新鲜的农产品。他总是选择周六的上午站在市场的一角，抱着把吉他唱歌。

那时，他总是唱鲍伯·迪伦的歌，每一次见到他，他都是在唱鲍伯·迪伦，他对鲍伯·迪伦情有独钟。只是，那年轻俊朗像是大学生的面孔，光滑如水磨石，阳光透过树的枝叶洒在上面，柔和得犹如被一双温柔的手抚摸过的丝绸，没有鲍伯·迪伦的沧桑，尽管他的嗓音有些沙哑，并不像一般年轻人的那样明亮。心里暗想，或许他喜爱鲍伯·迪伦，但他真的并不适合唱鲍伯·迪伦。他应该唱那种爱情或民谣小调。如果他爱老歌，保罗·西蒙都会比鲍伯·迪伦合适。

不过，听惯了国内各种"好声音"比赛中歌手那种声嘶力竭或故作深情的演唱，他更像是自我应答的吟唱，心很放松，很舒展，如啼红密诉，剪绿深情的喃喃自语。他不作高山瀑布拼死一搏的飞流宣泄状，而是溪水一般汩汩流淌，湿润脚下的青草地，也湿润梦想中的远方。他的歌声让我难忘。

今天，他再次出现在我的面前，依然站在布鲁明顿的农贸市场上，站在夏日灿烂阳光透射的斑斓绿荫中。和去年一样，他穿着牛仔裤和一件蓝色的圆领 T 恤，脚下还是穿着高腰磨砂牛仔靴，好像只要到了这个季节他家里家外一身皮，只有这一套装备。他的脚下，还是那把琴匣，仰面朝天地翻开着，里面已经有了人们丢下的纸币和硬币。那一刻，真的以为时光可以停滞在人生的某一刻，定格在永远的回忆之中，歌声和吉他声，只是为那一刻伴奏。

但是，琴匣边的另一个细节，立刻告诉我逝者如斯，一年的时光已经过去了，人生可以有场景的重合，也可以有故人的重逢，却都已经物是人非。那是一叠 CD 唱盘，我蹲下来看，上面有醒目的名字"Blue Cut"。他已经出唱盘了，每张 5 美金。站起身，禁不住仔细端详他，发现他比去年胖了不少。想起去年还曾经画过他的一张速写，把他的人画矮了些，他人长得挺高的，去年像一个瘦骆驼，今年已经壮得如一匹高头大马。

有意思的是，他不只是抱着那把吉他，脖颈上还挂着一个铁丝托，上面安放着一把口琴，成为了他的吉他的新伙伴，里应外合，此起彼伏。而且，今年他唱的不是鲍伯·迪伦，而是美国组合"中性牛奶旅店"的歌。这支乐队 20 世纪 90 年代中期成立，然后解散，去年又重新复出，颇受美国年轻人欢迎，他们的音乐浅吟低唱、迷惘沉郁，洋溢着民谣风，歌词更是充满幻想和想象力，处处是象征和隐喻。更有意思的是，站在他前面不远处，有一个和他一样年轻的姑娘，身穿一袭藕荷色的连衣裙，一直笑吟

他将长生草留给水

吟地望着他唱歌，那目光深情又如熟知的鸟一般，总是在我们几个听众和他之间跳跃，无形中透露出她的秘密，我猜想一定是这个小伙子的女友或恋人。我想起这支"中性牛奶旅店"曾经唱过的歌："我们把秘密藏在不知道的地方，那个曾经爱过的人你不知道她的名字。"在去年他可能不知道她的名字，今年，他知道了。他的歌声便比有些忧郁的"中性牛奶旅店"多了一些明快。

一年过去了，总会有很多故事发生。禁不住想起罗大佑的歌：流水它带走光阴的故事，改变了一个人。不仅是光阴改变了一个人，歌声也改变了一个人，一个人也可以改变自己的歌声。他从鲍伯·迪伦变成了"中性牛奶旅店"，一下子从20世纪的五六十年代，飞越到新世纪。

我们点了一首歌，请他唱，还是"中性牛奶旅店"的歌：《胡萝卜花之王》。他换下脖颈上挂着的口琴，弯腰向身边的一个袋子，我看见里面装的都是大小不一的口琴。是他的"武器库"，除了吉他，他的装备多了起来。他换了一把小一点儿的口琴，开始为我们演唱《胡萝卜花之王》。这是一首关于爱情和成长的歌，青春永恒的主题。在口琴和吉他声中，头一段歌词像在显影液中轻轻地洇出来："年轻时你是一个胡萝卜花之王，那时你在树间筑起一座塔，身边缠着神圣的响尾蛇……"嗓音还是以前那样有些沙哑，却显得柔和了许多，像是有一股水流淌过了干涸的沙地，让沙地不仅绽开胡萝卜花，也绽开星星点点的其他野花，还有他的那座神秘的塔和那条神圣的响尾蛇。

我往琴匣里放上 5 美金，买了一盘他的"Blue Cut"。他和那个身穿藕荷色连衣裙的姑娘一起对我说了声谢谢。告别时我问他是不是印第安纳大学的学生,他点点头说是印第安纳大学音乐学院的学生。我问他学的什么专业,他说是古典音乐,然后不好意思地笑了。身边的姑娘也笑了起来。这没什么,古典音乐不妨碍流行音乐,以前"地下丝绒"乐队的鲁·里德和约翰·凯尔也是学古典音乐的。

回家的路上,听他的这盘"Blue Cut"。由于是在录音棚里录制的,比在农贸市场听的要清晰好听,第一首歌,简单的吉他和口琴伴奏下他那年轻的声音,尽管有些沙哑,却明澈如风,清澈如水。还有什么比年轻的声音更让人能够在心底里由衷地感动的呢?一年的时间里,他没有让年轻的脚步停下来,他也没有如我们这里的歌手一样疯狂地拥挤在各种电视"好声音"的选秀路上,只是选择了这样一条寂寞却清静的路,课时在音乐学院学习,业余到农贸市场唱歌,有能力出一张自己的专辑,不妨碍歌声传情捎带脚谈谈恋爱。只不过一年的时间,却让我看到了青春的脚步,成长的轨迹。尽管,肯定有不少艰难,甚至辛酸,但哪一个人的青春会只是一根甜甘蔗,而不会是一株苦艾草,或一茎五味子,或他唱的那朵胡萝卜花呢?想想,倒退半个多世纪,1957年,在一辆黑羚羊牌的破卡车的后座上,他曾经喜爱的鲍伯·迪伦,那时和他一样年轻的年龄,不是从家乡北明尼苏达的梅萨比矿山,穿过印第安纳州,昏沉沉地坐了整整一天一夜二十四小时大卡车,去纽约闯荡他的江山吗?说青春是用来怀念的,只是那些青春已经逝去的人说的话;青春是用来闯荡的。

车子飞驰在布鲁明顿夏日热烈的阳光下。车载音响里响起"Blue Cut"中的第二首歌，是女声唱的，不用说，一定是一直站在他身边的那位藕荷色连衣裙姑娘。青春，有艰难相陪，也有爱情相伴。那是他的胡萝卜花之王呢。

年轻时去远方漂泊

寒假的时候，儿子从美国发来一封 E-mail，告诉我利用这个假期，他要开车从他所在的北方出发到南方去，并画出了一共要穿越 11 个州的路线图。刚刚出发的第三天，他在得克萨斯州的首府奥斯汀打来电话，兴奋地对我说这里有写过《最后一片叶子》的作家欧·亨利博物馆，而在昨天经过孟菲斯城时，他参谒了摇滚歌星猫王的故居。

我羡慕他，也支持他，年轻时就应该到远方去漂泊。漂泊，会让他见识到他没有见过的东西，让他的人生半径像水一样蔓延得更宽更远。

我想起有一年初春的深夜，我独自一人在西柏林火车站等候换乘的火车，寂静的站台上只有寥落的几个候车的人，其中一个像是中国人，我走过去一问，果然是，他是来接人的。我们闲谈起来，知道了他是从天津大学毕业到这里学电子的留学生。他说了这样的一句话，虽然已经过去了十多年，我依然记忆犹新："我刚到柏林的时候，兜里只剩下了 10 美元。"就是怀揣着仅有的 10 美元，他也敢于出来闯荡，我猜想得到他为此所付出的代价，异国他乡，举目无亲，餐风宿露，漂泊是他的命运，也成了他的性格。

我也想起我自己，比儿子还要小的年纪，驱车北上，跑到了北大荒。自然吃了不少的苦，北大荒的"大烟炮儿"一刮，就先给了我一个下马威，天寒地冻，路远心迷，仿佛已经到了天外，漂泊的心如同断线的风筝，不知会飘落在哪里。但是，它让我见识到了那么多的痛苦与残酷的同时，也让我触摸到了那么多美好的乡情与故人，而这一切不仅谱就了我当初青春的谱线，也成了我今天难忘的回忆。

没错，年轻时心不安分，不知天高地厚，想入非非，把远方想象得那样好，才敢于外出漂泊。而漂泊不是旅游，肯定是要付出代价的，品尝人生的多一些滋味，也绝不是如同冬天坐在暖烘烘的星巴克里啜饮咖啡的一种味道。但是，也只有年轻时才有可能去漂泊，漂泊，需要勇气，也需要年轻的身体和想象力，也便收获了只有在年轻时才能够拥有的收获，和以后你年老时的回忆。人的一生，如果真的有什么事情叫作无愧无悔的话，在我看来，就是你的童年有游戏的欢乐，你的青春有漂泊的经历，你的老年有难忘的回忆。

一辈子总是待在舒适的温室里，再是宝鼎香浮、锦衣玉食，也会弱不禁风，消化不良的；一辈子总是离不开家的一步之遥，再是严父慈母、娇妻美妾，也会目短光浅，膝软面薄的。青春时节，更不应该将自己的心锚一样过早地沉入窄小而琐碎的泥沼里，沉船一样跌倒在温柔之乡，在网络的虚拟中和在甜蜜蜜的小巢中，酿造自己龙须面一样细腻而细长的日子，消耗着自己的生命。让自己未老先衰变成了一只蜗牛，只能够在雨后的瞬间从沉重的躯壳里探出头来，望一眼灰蒙蒙的天空，便以为天空只是那样的大，那样的脏兮兮。

青春，就应该像是春天里的蒲公英，即使力气单薄，个头又小，还没有能力长出飞天的翅膀，借着风力也要吹向远方；哪怕是飘落在你所不知道的地方，也要去闯一闯未开垦的处女地。这样，你才会知道世界不再只是一扇好看的玻璃房，你才会看见眼前不再只是一堵堵心的墙。你也才能够品味出，日子不再只是白日里没完没了的堵车、夜晚时没完没了的电视剧和家里不断升级的鸡吵鹅叫、单位里波澜不惊的明争暗斗。

意大利人尽皆知的探险家马可·波罗，17岁就随其父亲和叔叔远行到小亚细亚，21岁独自一人漂泊整个中国。美国著名的航海家库克船长，21岁在北海的航程中第一次实现了他野心勃勃的漂泊梦。奥地利音乐家舒伯特，20岁那年离开家乡，开始了他维也纳的贫寒的艺术漂泊。我国的徐霞客，22岁开始了他历尽艰险的漂泊，行万里行，读万卷书……当然，我还可以举出如今被称为"北漂一族"——那些生活在北京农村简陋住所的人们，也都是在年轻的时候开始了他们的最初的漂泊。年轻，就是漂泊的资本，是漂泊的通行证，是漂泊的护身符。而漂泊，则是年轻的梦的张扬，是年轻的心的开放，是年轻的处女作的书写。那么，哪怕那漂泊是如同舒伯特的《冬之旅》一样，茫茫一片，天地悠悠，前无来路，后无归途，铺就着未曾料到的艰辛与磨难，也是值得去尝试一下的。

我想起泰戈尔在《新月集》里写过的诗句："只要他肯把他的船借给我，我就给它安装一百支桨，扬起五个或六个或七个布帆来。我决不把它驾驶到愚蠢的市场上去……我将带我的朋友阿细和我做伴。我们要快快乐乐地航行于仙人世界里的七个大海和十三条河道。我将在绝早的晨光里张帆航行。中午，你正在池塘洗澡的时候，我们将在一个陌生的国王的国土上了。"那么，就把自己放逐一次吧，就借来别人的船张帆出发吧，就别到愚蠢的市场去，而先去漂泊远航吧。只有年轻时去远方漂泊，才会拥有这样充满泰戈尔童话般的经历和收益，那不仅是他书写在心灵中的诗句，也是你镌刻在生命里的年轮。

毕 业 季

夏末时节，是布鲁明顿最热闹的时候。因为这是印第安纳大学每年度举行毕业典礼的时候。布鲁明顿是依托印第安纳大学建起来的一座城市，人口一共只有六万，大学里的师生就占了三万。这个时候，很多美国学生的父母会带着全家人，大老远的开着汽车，赶到这里参加孩子的毕业典礼。大人们重视孩子的整个毕业典礼，把它当作孩子的成人礼一样看待，看成孩子和自己一起共同的节日。

这几年，来自我们中国的留学生剧增，中国的父母也不甘落后，更是大老远地跨洋过海地来到这座小城，为孩子的毕业典礼助兴。

印第安纳大学和布鲁明顿的旅馆爆满。校园里、大街上、商店里、饭馆中，更是人头攒动，打破了一冬一春的宁静。因为中国留学生的增多，布鲁明顿几家中餐馆里，更是熙熙攘攘，这些新来的学生，尤其是家长，吃不惯美国粗糙的西餐的味道，更喜欢到中餐馆来满足自己的肠胃。新的一家叫作"味道"的中餐馆，正在紧锣密鼓地装修，不过，恐怕赶不上今年的毕业季，只能蓄势待来年了。

那天，我在印第安纳大学附近最大的一家超市里买完东西出来，看见一对四五十岁的中国夫妇，站在超市门前的凉棚里，用手机打电话，说着一口流利的中国普通话。初夏的布鲁明顿，忽冷忽热，天气变化很大，这一天，阳光灿烂，天气很热，看见那一对夫妇满脸是汗，脚下放着一堆满当当的塑料袋和纸袋，买的东西不老少。上前一打听，是老乡，来自北京，请假专门来这里参加儿子的毕业典礼的。他们连连对我说：没想到这里好多东西比北京便宜，没想到这里的人和北京一样多。

不一会儿的工夫，一辆白色的宝马车开到他们的面前戛然停住，车门打开，从驾驶的座位上跳下一个戴着太阳镜的小伙子，从副驾的座位上袅袅婷婷地走出一位一袭黑色连衣裙的中国姑娘。两个年轻人把堆在地上的东西麻利儿地拿到了后备箱里，一对父母和我打过招呼，钻进后车厢，车嗖的一下，如鸟飞去。按照这一对父母的计算法，这里的小汽车比北京更要便宜，这一辆宝马要四五万美金，合人民币三十万左右。心里不禁暗叹，中国人真的有钱了，或者应该说中国人中真的是有钱的人多了。

又一天，下着蒙蒙小雨。在印第安纳大学的校园里，碰见了一对来自密歇根的美国父母，也是参加儿子的毕业典礼的。他们告诉我，他们来的时间稍微晚了些，布鲁明顿和附近的旅店都早被订满，没有办法，他们只能在哥伦布市的一家旅店里住。哥伦布市，我去过，知道那里离这里有四十多公里，每天往返，是不近的路。他们耸耸肩，表示很无奈，没有想到人会这么多。他们是从密歇根开车出来，先到爱荷华州立大学接上刚放假的女儿，是儿子的妹妹，在那里读医学，一起来参加哥哥的毕业典礼。典礼结束，他们开车带上儿子和女儿一起回家。然后，暑假结束之前，儿子再回学校料理毕业的后事，打理他自己的衣物书本和一切东西，彻底清空后回家。大学生涯，就算是挥手告别了。

我问儿子有车吗，他们告诉我，没有为儿子买车。和很多美国家庭一样，孩子读大学了，一切需要自己打理，他们希望孩子能够自己独立去处理日常生活的一切。如果需要车，他自己会贷款，以后工作后偿还。如果不需要，他可以自己应付这一切。

这一对父母说得很平常。车子，不过是日常生活的一个细节，都是身边的琐事，像路旁司空见惯的一朵小花，开与落，再自然不过了。而不像我们这里，车子成为身份的一种象征，甚至一种炫耀。父母出手阔绰大方，孩子伸手理所当然。

我问那一对父母：孩子那么多东西，没有车怎么拉回家，你们还要再开车来一趟吗？

他们摇摇头告诉我：孩子会租一辆车的。

事情就是这样的简单。但是，我们的想法和他们的想法，有时候就是这样有距离。就像我，首先想到的是，路途那么远，孩子又一个人，总有些不放心，父母应该开车再来一趟（如果是我自己的孩子，我肯定是轻车熟路地惯性这样做了），而他们则很自然地想到孩子可以自己租一辆车回家。做父母的，不必像个跟包的似的，事必躬亲。

那一刻，我想起了前两天在超市门前遇见的那一对来自北京的父母，和他们开着宝马的儿子。

威斯利大学访冰心

　　到波士顿住中学同学心校家。住了三天，还是显得行色匆匆，临走那天在早餐的餐桌上，心校对我说：你走之前怎么也应该到威斯利大学看看，就在我们的社区里，你知道，宋庆龄、宋美龄和冰心当年都是从这所大学里毕业的。从他嘴里迸出的冰心两字，引起我的兴趣。立刻放下碗筷，请他驱车带我去威斯利大学。

　　心校知道我在中学时就喜爱冰心，我们的中学是一所有百年历史的教会学校，由于老师的破例，我从学校图书馆尘埋网封的书堆里，找全了冰心在解放前出版过的所有的文集，还抄下了冰心的整本《往事》，后来在学校校史馆里展览，成了我中学时代露脸的事情。其实，那时我还曾天真也认真地写下了一篇长长的文章《论冰心的文学创作》，只是没敢拿出来到校史馆展览，一直悄悄地藏在笔记本中，到高中毕业，也没敢给一个人看。

　　威斯利离心校家很近，他告诉我晚饭后他常常和夫人一起走着到这里散步。这里位于波士顿西郊，附近的社区属于富人区，林深叶茂，花繁草密，异常幽静。威斯利就像一个远离万丈红尘之外的世外桃源，虽然有一百三十多年的历史了，还是像一位美丽的淑女一样，静静地依偎在那里，让人有种回眸一笑百媚生的感觉。

心校对我说，威斯利很大，你时间紧，咱们先开车绕学校一圈，然后咱们到湖边走走。学校确实很大，但建筑却不多，一座座赭红色的尖顶小楼，别墅似的，幽静立在蓝天白云下；花开一般，散落在校园绿茵茵的草坪上、松林中和花木掩映的曲径深处；冰心曾说美丽得像是意大利的花园。大概正是上课的时间，校园里几乎见不到一个人，安静得以为进入了童话的世界，也许，冰心就会从哪座教学楼里走出来呢。

至今为止，这是全美最有名的私立女子大学，当然，也是学费最昂贵的贵族大学。当年，如果冰心不是被破格录取有奖学金，很难想象会和宋氏姐妹一样来这里读书。

前面就是冰心在《寄小读者》里常常写到的慰冰湖了。心校将车子停在湖边。"朝阳下转过一望无际的草坡，穿过深林，已觉得湖上风来，湖波不是昨夜欲睡如醉的样子了。"这是1923年冰心初到时看到的慰冰湖，竟然和我眼前的样子一样，仿佛八十多年过去了，慰冰湖青春依旧，这大概是只有大自然才能够有的奇迹了。慰冰湖（Lake Waban）是冰心的翻译，大写意那种，洋溢着诗意或情意。中学时读《寄小读者》看到慰冰湖这三个字，就觉得这个译名太冰心化了，万千情感都化在这三个字里面了。

湖水很清，微风拂来，涟漪一圈圈轻轻荡漾开，如同密纹唱盘。湖边没有任何人工的雕琢的附加物，土坡墁下，有垂柳和灌木丛的枝条，还有野鸭野雁和远处的小船轻拂水面，没有人的惊扰，宛如怀斯笔下的一幅蛋彩风景画。这便是冰心当时每日黄昏

他将长生草留给水

来散步的慰冰湖，她说"舟轻如羽，水柔如不胜桨"。这就是冰心一遍遍托付心思的慰冰湖，也是她一封封书写"寄小读者"信时所在的慰冰湖，她说："我在湖的光雾中，低低地嘱咐他，带我的爱和慰安，一同和他到远东去。"

穿过一座小石桥，就来到湖的另一侧，猜想当年冰心一定也会常过这座小桥的，桥下春波绿，惊鸿照影来。前面不远有一座文艺复兴时期式样的小楼，独立于小山坡之上，面对着外面的公路。心校告诉我这就是校长楼，每一届的校长都住在这楼里。据说，当年冰心的成绩单，现在还在学校里保存着，不知道当年的冰心最初来这里报到的时候，是否来过这幢白色的小楼。当然，这一切都并不重要，重要的是我终于来到这里，见到了冰心，见到了慰冰湖，真的是"舟轻如羽，水柔如不胜桨"。

芝加哥大学借书记

到美国来，吃得不习惯，语言不习惯，交通不习惯……但是，借书却让我感到非常的习惯，不仅习惯，而且，比国内感觉更为方便。

我住在芝加哥53街，芝加哥大学的图书馆在57街，15分钟，就可以走到那里，很近（在美国，每一个社区都有自己的公共图书馆，免费开放，可以就近借阅，这是衡量一个社区好坏的一项硬件指标）。我常常到那里去，那是一座五层的高楼，外表的装饰很有趣，一扇扇窗户之间，用一块块灰色的水泥墙相隔，那一块块水泥墙，做成了一本本书的样子，远远地望去，像是悬挂着一本本厚厚的书籍，如果是晚上去，在灯光的映衬下，像是一本本打开的书，满天的星星仿佛是从那些书中跳出的文字。

只需要办一张出入证，就可以进去了，因为常去，看门的那位黑人都认识了。一层有问讯处、外借处，还放着许多电脑，供人们上网用，上面几层存放着图书，分门别类，全部开架，五层存放的是中文图书，还有一点日本和韩国的图书，应该说中文图书藏有量是很多的了，起码比我们的一般大学还要多。只可惜，这里的中文书都是中华人民共和国成立以后出版，民国时期，或再早一些时期明清的图书，要到地下一层，那里的书多，用的是电子书架，不如上面五层查阅方便，遗憾的是地下一层正在修理，没法到那里借书了。

由于在国内借书麻烦而且路程远，我已经很久没有进图书馆了。初次走入芝加哥大学图书馆，书架顶天立地，一望无际，如入茫茫大海，真不知该从哪儿下笊篱。其实，找书也很方便，到处都是电脑，如果找中文书，即使不会英文，只要在电脑上用英文字母打上中文的拼音，或书名，或作者，屏幕上就可以显示出来，告诉你在几层在什么位置。然后你走到那里，如探囊取物，非常简单易行。出于好奇心和虚荣心，我将我自己的名字打上去，电脑屏幕上立刻出现了我的 11 本书，按照它的提示，我轻而易举地找到了我的那 11 本书，整齐地排列在那里的书架上。

每一层都有宽敞的阅览室，那里有隔开的书桌便于独立学习，也有舒适的沙发便于小憩。我常常选择沙发，抱着一摞子书，像刺猬一样蜷缩在那里，直到看累，或者看完。也无须你自己再把书放回原处，只要放在阅览室前面的书桌上就可以了，自有管理员将那些书诸神归位。

三层专门开辟了一间阅览室，里面藏的都是中国美术方面的书，几乎有关中国古今画家所有的画册，都能够在那里找到，不外借，只能够在那里看。我在那里看完了厚厚十几大本的《齐白石全集》。有意思的是，有一次看见一个人抱着一摞画册坐在我的身边，看模样像中国人，还以为他乡遇故知呢，一打招呼，他根本听不懂中文，用英文问，才知道是韩国的学生。

如果你想找的书，这里没有，只需你把书名告诉给管理员，他们会替你在全美国的图书馆里查找你要的书，然后由那里寄过来，借到你的手中。因为我正在为作家出版社写一本有关北京八大胡同方面的书，需要看看当年在八大胡同风云一时的赛金花方面的书，特别想借一本 1934 年出版的由赛金花本人口述、刘半农和商鸿逵笔录的《赛金花本事》，这里没有，但没过几天，这本书就到了我的手里，我看封面上的借条，写的是从北印第安纳大学图书馆邮寄来的。往返的邮费，并不需你出。真正的文化资源共享，而且渠道畅通，非常快捷，想是已经习惯成自然，只有我感到有些新鲜罢了。

最让我感到新鲜的是外借之后的还书，图书馆一楼大厅里有两个还书的大桶似的东西，因为是紧紧地贴在墙边，而且还有一个斜着掀开的盖子，开始，我很有些"老外"，以为那里是我们这里楼道里常常看见的垃圾箱。谁想到，还书，就把书扔进那里就行了。那里的桶有两个，一个是归还从本图书馆里外借走的图书，一个是归还像我借《赛金花本事》一样从别处图书馆里借来的图书。起初，我好奇之外，还担心，就这样跟倒垃圾似的往那里一扔，万一哪个环节出了问题，谁能证明书是你还了呢？但是，我的担心不仅是多余的，而且显得小儿科那么的可笑，这里的学生告诉我，从来没有听说有这样的情况发生。

图书馆的大门前有两株小树，不知叫什么树，初春，我刚来的时候它们还没有长叶，现在，它们开满一树白色小灯笼似的灿烂花朵。我要走了，就要告别这座美丽的图书馆。

查理大学图书馆的精灵

到布拉格，主人请你进查理大学图书馆参观，是比请你吃鱼还要宝贵而难得的待遇了。鱼在布拉格是稀罕物，而查理图书馆一年只对外开放四天，并且是只对尊贵的客人开放。

我们有幸被邀请参观查理大学图书馆，正是雨过天晴的上午，空气格外清新，和图书馆里面的尘埋网封的幽暗形成鲜明的对比。这个图书馆建在 14 世纪，是查理四世建成查理大学的同时建成的。查理四世这个国王确实伟大，他重视文化艺术，布拉格如今留下的文化艺术遗迹，几乎都是经他之手建造出来的。他撒下了那样多的神奇美妙的种子，如今都开了花，将芬芳充盈着这座美丽的城市。

我是第一次进入这样古老而浩大的图书馆，真是叹为观止。这是一座巴洛克式的建筑，未进入图书馆的大厅，外面有一圈静静的走廊，走廊墙的上方画满一个个牧师的肖像，查理大学古老，它派出到世界各地的牧师也非常早。这些牧师肖像是他们从世界上能到过的国家传教归来后，为了纪念他们的造像。长长的走廊是一支带有历史和宗教回味的悠长前奏的引子，进入图书馆后，见到高高的拱形顶上宗教内容的画面，四周全是传教士的肖像，一律细笔勾勒，如描如绘，更觉得图书馆笼罩在浓厚的历史和宗教氛围中，显得神圣庄严，幽深莫测。中间是一排大地球仪，有点胸怀世界的豪气劲。因那一排地球仪制作得也是古色古香，和四周的绘画、装饰极其协调。只是中间有一个塑像有些现代的味道，显得非常扎眼。一问，才知道，那是捷克民族复兴时期图书馆馆长叫作夏发锐克（SAFARIK）。他为保护和发展这个图书馆做出了贡献。

　　图书馆是两层楼的结构，上下两层楼都是齐到房顶的书柜。它的藏书有六百多万册，是捷克藏有外国图书最多的图书馆，而且大多是古书。欧洲许多国家要查找古代的图书资料，也得专程到这里来翻阅。浩瀚的书籍像墙砖一样整整齐齐地码在一起，似乎这个硕大无比的房子是用书籍垒砌起来的。各种颜色的书脊紧紧地依靠在一起，把四面涂成了五彩缤纷的墙，宛若一个古老神话中的童话王国的城堡。当然，如果仅仅这样，也还不算什么，关键是那些书籍都是古书，而且还有近一万册古代的手稿，包括中世纪最为珍贵的手稿，如捷克14世纪著名神学家伏依杰赫·腊卡的神学著作、法国15世纪的《圣经》、意大利文艺复兴时期普拉东的希腊手抄本，在整个欧洲都是独一无二的。它的地位当然就是价值连城，傲视群雄。

　　我们被领进图书馆正厅旁的侧厅，是个藏室。在那里有一个玻璃柜台，里面摆着一本15世纪的手抄本，书名叫作《圣人传记》，牛皮封面，纸页发黄，笔迹褪色。站在这样古老的书籍面前，即使什么也看不懂，也能感到岁月的分量，感到历史的风在萧瑟吹拂，感到逝去的哲人永远逝不去的睿智目光。

可惜，这本手抄本只是复制品。但即使这样的复制品，也只能隔着玻璃看看，就是国宾来了，也是如此。

走在这样古老的图书馆里，尘土与书页一起纷飞，眼前如同翩翩飞舞着金黄闪光的蝴蝶，能让你产生许多冥想。只有在这样的图书馆里阅读或写作，才能诞生古老的传说、伟大的神话、英雄的史诗以至魔幻鬼怪。每一本书里似乎都藏着一个精灵，一座城市有着这样一座图书馆，城市的上空和人们的心中便飘飞着无数美丽的精灵，在你痛苦时也好欢乐时也好沉思时也好冥想时也好，它们都会飞出来陪伴你，让这座城市变得充满想象力和创造力。

我想起我们有名的天一阁，它只有四百年的历史，而且规模远不如这样大，更没有这样的神奇诡秘的氛围。在这样的藏书楼中，只能产生格律诗、小品文和言情戏。想着三年多前我到天一阁前，望着它像是一艘千疮百孔的木船在落日风中飘摇，再和这里一比，真是小得可怜。木制结构的藏书楼，极易起火（正因为如此才起了这样天一阁的名字，"天一生水，以水制火"），是藏书楼主人和我们最为担心的。在我们号称文字创造最早、纸张和印刷是我们的发明专利、历史文明最为悠久的国家里，没有这样规模的一个图书馆。我不明白是为了什么？我想并不仅仅是因为建筑规模的宏伟，建筑，我们没有巴洛克，却有一点也不逊色的秦宫汉殿明故宫。我们也不缺书籍，我们的书籍汗牛充栋。那么，我们缺什么？我一时说不清。

走出查理大学图书馆，我们来到它楼下的阅览室。图书馆对外不开放，这里是对外开放的。走进阅览室，里面座无虚席，安静非常。阅览室的一头赫然矗立着捷克最大同时也是中欧最大的壁炉，另一头横排摆满一排顶天立地硕大的书架。它们遥遥相对，同时为人们提供热量和能量。书架是捷克一位著名的歌唱家爱玛·法斯蒂诺娃的遗产捐赠的（我国上演过以她的生平改编的电影《非凡的爱玛》）。她懂得书架和书籍的价值，她不捐献别的，只捐献书架，而且要捐献给查理大学图书馆的阅览室。

走出查理大学图书馆，我望见馆顶有一个青铜雕塑，裸体的天神双手托举着镂空的地球仪，地球仪上正旋转着风向标。这是为了纪念曾经站在这里的尖顶上观测过星象的著名科学家吉赫德·布拉格的。

或许，我多少明白了一些为什么在布拉格会有这样一个图书馆了。

普林斯顿校园邂逅

星期天，赶上普林斯顿大学毕业典礼，便赶去看热闹。国外大学的毕业典礼，确实如节日一般热闹，并不只是颁发毕业证书的一个大会而已。它成了老少校友的一次聚会，就像我们这里的校庆。

普林斯顿大学的吉祥物是狮子，吉祥色是橙黄色。于是，刚进普林斯顿的Downtown，满眼便是橙黄色，无论是风中飘动的旗子，还是人们穿的T恤，都是这种耀眼的色彩，旗子和T恤上无一不印着威武的狮子。早已是人流如鲫，大半城都是普林斯顿大学的人，便忍不住想起过去的一句老话：听到国际歌就能找到自己的同志，他们看到这种颜色和狮子，就能找到自己的校友。只可惜我不是他们的校友，看他们犹如隔岸观火，再热闹，也是人家的。

在这群校友里，有很多老人，他们是从各地特地赶来的。看着他们白发苍苍甚至老迈龙钟的样子，能够感受到他们对于母校的感情。母校和母亲这个词是对应的，在英语里和祖国motherland，也是对应的，都是和母亲连在一起的，这样的感情发自肺腑，的确是令人感动的。以前，我想把祖国和母亲联系在一起是对的，学校也和母亲连在一起，有这样的感情吗？那毕竟只是短短几年的时光而已，纵使再美好，也如同一瞬的烟花。

普林斯顿大学的校园很大，但那一天人满为患。到处搭着台子和棚子，是演出的地方和吃饭的临时场所。等我进得校园的时候，天色已近黄昏，人流渐渐散去，连教堂里的牧师在人们的簇拥下，都踏着夕阳步出校园。几乎像是大赛刚刚结束的球场，刚才的激情和欢腾，还在草坪和树丛以及空荡荡的舞台上，随着那里跳跃的阳光一起闪烁着不忍飘逝的回忆。能够感觉到，那该是校园一年最充满感情色彩的时刻。

就在这个时候，一位穿着橙黄色T恤戴着顶棒球帽的老人迎面向我走来，问我现在几点了。我没有戴表，便问同伴，告诉了他时间。他道了声谢谢，似乎并没有要离开我们的意思，而是接着问我们是不是也是普林斯顿大学毕业的？我们都告诉他不是，然后夸赞地对他说：我们没有您这样的幸运，能够从这个名牌大学里毕业。他笑了，话头便由此引开，如长长的流水一般汩汩淌来。

我这时候才仔细看了他一下，大约60岁，个头很高，结实有力，年轻时肯定在学校里打过橄榄球。

他点点头说是的，在大学里能够参加橄榄球校队，是一种荣耀。然后，他告诉我们他20世纪60年代从普林斯顿大学毕业，他是学哲学的，那时候，只有一个工作机会，在内布拉斯加州教书。那时，那里非常荒凉，周围都是荒漠，没有什么人。

他做了一个摆手姿势，我不知道是表示无奈呢，还是表示那是一种值得骄傲的经历。在我的想象中，从这样一个名牌大学毕业的学生，到那里工作，如同我们以前的话剧《年轻的一代》里毕业生去柴达木，或者苏联曾经流行的一部小说，叫作到西伯利亚那《远离莫斯科的地方》。我一时无法理解他的内心，因为他将四十多年的时光一下子跳跃了过来，他告诉我们前不久调到布朗维斯克一所中学里教心理学。我知道，布朗维斯克就在附近，但我不知道他这四十多年是怎样度过来的。我也不知道，萍水相逢，他为什么要把自己几乎大半生的经历告诉几个陌生的中国人。

他似乎看出了我们的猜测，接着对我们说，毕业这么些年一直没有回母校，他今天以为能够碰到老同学，却一个也没有碰到。他特别想和他们说说毕业后这些年的情况，却见到的都是陌生的校友和比他要年轻几十岁的学生，而当年教过他的老师，不是老了，就是已经不在人世了。我看出他有些伤感。校园里正在人去楼空，而往事又如流水难以挽回，未来的日子在紧迫地做着减法而非加法，这种感情无处诉说而渴望找一个渠口流淌出来，特别是在今天这样一个日子，是能够理解的。

老人告别的时候，说了一句话让我感动。他说："我最美好的青春是在这里度过的。"之所以令我感动，因为触动了我曾经想过的问题：一个人在学校里的时间很短，母校和母亲能够联系一起，也拥有这样深切的感情吗？现在我要说，有的，因为和青春联系在一起，学校才叫母校，才会叫人几十年过去了，依然想像回家一样回来看望她。

芝加哥大学的绿树公社

去年从北京飞到芝加哥的第二天，正好赶上复活节。儿子一清早到宾馆接我时说，他们芝加哥大学的同学邀请我去参加他们的复活节聚会。往年的芝加哥，复活节的时候，天气依然很冷，但这一天，天气非常暖和，阳光灿烂得像是满地淌满着金子闪烁的光芒，气温高得令人生疑，以为不该是真的。见到这些年轻人，他们对我说，因为去年的冬天芝加哥实在是太冷了，有几天天气的温度和北极一样低，老天爷这是给他们一点儿补偿，让这个春天温暖些。

聚会在他们的住处，这是芝加哥大学学生公寓，八年前，我来芝加哥住在儿子租的住处离这里不远，都是一样棕褐色的矮层楼房，附近几个街区都是，挺大的一片，像卷心菜一样把芝加哥大学包围在里面。不过，他们这个住处有点儿特别，别处的房子都是一排一排的，这里是围合式，三面有楼，呈不规则 U 字形，每座楼各有三层，算算，住有十几户人家。三面楼中间是一个挺宽敞的空场。另一侧是一排库房，可以存放各家的零用东西，每扇库房门上有巨幅手绘的绘画，一直蔓延出房门，尽情涂抹到了四周的墙上。都是儿童画风格，画的也都是充满童趣的各种动物。对着库房一条小道，通向大门。大门一锁，这里成了他们的一统天下。

住在这里的全部都是芝加哥大学的博士或博士后，他们都已经结婚，并且带着孩子。有的已经毕业，正在等待找工作。这是芝加哥大学特别给予他们的福利，即便有人已经毕业，并没有赶他们走。相比较而言，这里的房子租金要便宜一些。更重要的是，都是芝加哥大学的同学，彼此共同语言多，平常聊得来，来往便非常密切。常常是一家来了客人，其他人一起参与接待，成了大家共同的客人。虽然，他们都已经年过三十，有的人已经往四十奔了，但校园的气息依然很浓，这是在别处难以找到的。我的儿子虽然已经毕业有了工作，早离开了这里，但只要一到芝加哥来，还是愿意住在这里，和同学有着说不完的话。同学，同学，这真的是一个奇妙的称谓，永远充满青春的感觉，所有的回忆都是温馨的。

在我看来，这里更像北京的四合院。因为楼的各家阳台都是相向而建的，又不像现在北京的楼房全都是封闭的，因此，一家人喊另一家人，不用下楼，即可以隔楼相望，听见后招招手，非常像北京四合院里，街坊街邻，抬头不见低头见，一声招呼，满院都听得见，一家炒菜炝锅的葱花味儿，满院能够闻得见。更何况，哪家来了客人，其他几家都下楼来，凑在院子里，奉茶待客，谈天说地，院子成了公用的大客厅。院子里，有几张室外木桌木椅，到了饭点儿，各家从各家的厨房里端出自己的拿手菜，放在桌子上，香气四溢，大家也不用客气，边吃边说，那种集体生活的感觉，特别像我曾经在北大荒时知青的聚餐，大桌前一围，大碗喝酒，大块吃肉。

这一天，因为是复活节，有几家的父母也从美国其他地方赶来。增加了几个老人，更像是家庭聚会，节日的气氛频添。各家都已经早早备好了丰盛的菜肴，凉菜热菜五彩纷呈，西餐中餐各显神通，啤酒红酒排列成阵，还有烧烤，有肉有串。最受大家一致欢迎的是来自法国的一位博士，以前曾经做过厨师，这一天最后出场，亮相一盘烧羊肉，味道鲜美，不一会儿，就被大家一吃而光，又紧跟着上了一盘。

人多，椅子不够，人们坐的坐，站的站，不管坐的还是站的，都需要来回走动，因为，菜多，分散在几张桌子上，聚餐成了自助餐。看他们尽情地吃，尽情地聊，让我感觉，学生时代真的美好，人的一生中，唯有学生时代，人和人之间的感情最为真纯，人和人之间的友情最无功利，人和人之间的关系最清澈如水。尽管校园和社会只隔着一堵墙，而且，如今商业化世俗化的社会刮起的风，长驱直入在校园里横冲直撞。但是校园毕竟是校园，尽管不得已让自己随风而变，内心的一角还顽强地保留着属于青春的清新小天地。

这些博士和博士后，来自法国、德国、美国、荷兰、韩国、我国香港……这么多国家和地区，集中在这里，让这里像一个小小的联合国。但这里不是世外桃源，对于他们，存在着和我国博士生一样的苦恼，学习和生存的压力，毕业之后寻找和选择工作的烦扰，远离家乡漂泊在外思乡的苦恼，孩子上幼儿园读小学择校的麻烦，购买房子需要首付的经济拮据……全世界都一样，这些人生的困扰，影子一样紧紧地跟随着他们，怎么也难以突破重围。他们愿意住在这里，即使毕业了还是赖在这里不走，其中很大的一个原因，便是这些苦恼和忧愁，既是属于自己的，也是属于大家的，大家凑在一起，彼此彼此，便可以相互宽慰，起码不会放大这些烦扰和苦恼，相反可以化解并稀释这些苦恼和忧愁。彼此信息共享，还可以让已经是山重水复疑无路的时候，突然柳暗花明又一村。

在这些博士中间，我认识两位，一位是美国人叫麦斯，妻子是韩国人，他们有两个男孩子；一位是香港人叫真真，丈夫是法国人，他们有一个可爱的女儿。他们的恋爱都是在校园里，他们结婚、生子，乃至现在的生活，都还在校园里。校园成了他们青春的延长线。长期浸泡在校园里的人，和别处尤其是商圈或官场出来的人，绝不一样。他们很少有那种世故与势利，更没有那种铜臭和官架子。他们的学问都非常高，各有各的专长，但他们都非常谦虚，非常真诚，即使遇到了困难，也没有自怨自艾甚至悲观丧气。他们总是那样的乐天，总相信天空中不会每天都出星星，但也不会每天都下雨，因此，他们的行为准则和人生态度总是：莫听穿林打叶声，何妨吟啸且徐行。他们都已经毕业两年多，一直没有找到合适的工作，生活的压力都在另一半的身上。前年，麦斯的父亲病故，只给他留下一辆车和三万美金，还有一个住院的多病的老母亲，需要他定期回去照顾。

复活节这一天，见到他们两人和他们的家人，看到他们依然和以前一样达观。我想起我们的一些大学生，常常会把本该自己对付的困难抛给了父母。不仅是工作，还有房子的购买和孩子的照看，乃至日常的饮食起居，似乎都是父母应该替代他们承担的。他们就像永远长不大的孩子，而麦斯和真真却早已经将自己的羽翼交付给了风雨去洗礼。有时，我会想，我们的教育真的是在哪里出现了问题。因为教育的本质，不仅仅是知识，而是教育一个孩子如何做人并成人。

吃饭的时候，我问麦斯，你们这么多的博士，这么多年，为什么能够这样的团结，这样的热闹？

他告诉我，我们给我们这个院子起了名字，你知道叫什么吗？

我问他叫什么。

他说叫绿树公社。

这是一个有意思的名字，像中国的名字，因为我们有人民公社。

他说公社就是属于大家共有的，在这个公社里，大家像一个人一样，我们和我们的生活就有了意思，你懂吗？

或许，我懂得。在这里，他们可以抱团取暖，彼此给予一些鼓励和激励。这是一种精神的共享资源，心灵上的共有绿洲。

在那一瞬间，我想起了在 20 世纪 30 年代，上海出现的亭子间，或许有些像他说的这个公社的意义。那时候，一些贫穷的大学生或毕了业却失业或刚刚工作的知识分子，没有钱租住好的宽敞的房子，只好挤在亭子间里。但是，在那些亭子间，曾经出现了多少不畏惧困难并且有能力克服困难去创造新生活的有志人才。鲁迅先生就曾经住过这样的亭子间，并写下了《且介亭杂文》。我相信，世上很多事理是相似甚至是相同的，有过这样在公社和亭子间的历练，人会变得更加富于柔韧性，更加增添坚强度，还有亲和力。

我问他为什么把你们的这个公社叫绿树，有绿树郁郁葱葱一

他将长生草留给水

样的含义吗?

他说那倒没有,因为我们这个院子前的街道名字叫 Green Tree。

这真的是一个好名字,不管麦斯和他的这些博士们怎么认为,我是觉得这是一个一语双关的名字。

那一天,阳光真好。在这个芝加哥的四合院里,虽然缺少了一个传统复活节砸蛋的节目,但却充满了节日的欢乐。大人们还在开怀畅饮,孩子们早早吃饱了,正凑在一起追跑打闹,叫声和笑声水珠四溅一样荡漾。墙角的花已经迫不及待地开了,这一年芝加哥的春天,来得早些。

半年之后,我离开美国,从芝加哥乘飞机回国的前夕,听到了麦斯和真真双双找到工作的好消息。他们前后找到了都不错的工作,麦斯已经到了纽约大学去教书,真真也就要赴新加坡南洋理工大学去当老师。我在心里由衷地祝福他们,也祝福他们这个芝加哥的四合院、亭子间、绿树公社。

绿树公社,即使我见过的这些博士生都毕业了,都找到了自己的工作,都离开了这里,我仍然希望芝加哥大学能够保存着这个绿色公社,保留着年轻人心存梦想和清纯的绿意葱茏的一角天地。那样的话,时间久了,就会成为历史,绿树公社就会成为芝加哥大学一道风景,就像当年莱特(F.L.Wright,美国著名建筑设计家)专门为芝加哥大学设计的罗比住宅一样,成为芝加哥大学的骄傲。

第二辑

北国记忆

偶尔，往事不请自来，
纷纷如春水涨潮般涌满心怀。

火车站台

夏天，我在北京火车站的站台接人。我已经好久没有来过这个站台了。

无数次奔波在火车上，尤其是青春时期到北大荒，往返千里长途，火车最是难忘。每一次，上车、下车，都必须经过站台。站台，便像是一位亲人，永远站在那里，守候着你归来，或送你远行。

五十年前的 7 月 20 日上午 10 点 38 分，我离开北京去北大荒。站台上，浩浩荡荡的人群，拥挤成了一锅搅不动巴了底的粥，人头攒动，旗帜招展，锣鼓喧天，高音喇叭里一遍遍不停地播放着毛主席语录歌曲，那种热烈的劲头，几乎能够把火车推动让它如同飞机一样飞上云端。北京火车站的站台，仿佛在不停地震动。

五十年过去了，还是这个站台，已经无情而彻底地把我们遗忘，像是一个背信弃义的情场老手，翻手为云，覆手为雨，将当年煽动起来并施予我们的热情，转手给予了新人。喇叭里正用一种软绵绵的声音播放着火车开出或到来的信息，声音在寂静而显得空荡荡的站台上有气无力地回荡着，轻柔得如同一阵暖昧的抚摸。

　　一切曾经热烈喧嚣的场面，都如同戏剧里转台上的布景，被迅速地置换，被打扫得那样的干干净净，连一点灰烬都不剩。站台上，只有孤零零的灯光在闪烁，虽然是在炎热的夏天，那被风拂动的灯光却让人感到如同凄清而冰冷的秋霜一样，一缕一缕地飘动着。

　　也许，只有在这个时候，你才能够感受到岁月是多么的无情，历史已经残酷地翻开了崭新的一页，而我们的青春已经彻底不在，无论我们是在怎么费劲打捞，也不可能打捞上来什么东西了，我们为什么还在做猴子捞月亮的徒劳的游戏，我们又为什么还在做着普希金那渔夫和金鱼的故事里打捞上来一条想要什么就给我们什么的金鱼的美梦？

　　转眼之间，一代人已经无可奈何地老了。仅仅我们的一个生产队，已经死去了二十几位知青。可是，我们还是不可救药地思念那个曾经埋葬过我们青春的地方。无数知青，还是魂牵梦绕地一次次地重返北大荒。站台，便是我们的必经之路。我也一样，不也是一次次地重返北大荒？

　　站台，像一位沧桑世故的老人，不说什么，却什么都知道，因为每一次去那里，或者从那里回到北京，它都看得清清楚楚。

　　法国哲学家哈布瓦赫曾经说：现在的一代人是通过把自己的现在与自己建构的过去，对置起来而意识到自己的存在。哈布瓦赫又说，现在一起参加一次纪念性的集会，在想象中通过重演过去，以此来再现我们那顽固不化的思想。这就是哈布瓦赫所论述的立足于现在对过去的一种重构来进行集体记忆的普遍的思维模

他将长生草留给水

式。我们这一代人，谁也无法逃脱。我们真的如哈布瓦赫早早就一针见血对我们预言的那样：没有我们这样的重返北大荒的集体集会，没有我们这样在激动的想象中重演过去，过去的一切，就会在时间的迷雾中慢慢地飘散？而那将是一代人的青春。是的，我们不甘心，我们渴望通过这样的集体记忆，在顽强地希望重新找回失去的一切，将已经处于社会边缘位置的我们，重新拉回到广场的中心位置。

但是，我们能够真正地找回来吗？早已经飘零在地上的落叶，可以拾起来夹在书中做一枚怀旧的书签，还能够上演如鸟一样重新飞回枝头的神话吗？广场还在，已经不再是当年挥舞旗帜高唱语录歌的我们，我们不过在那里跳广场舞。

在那些路远天长的日子里，在甩手无边的北大荒的荒草甸子里，想家、回家，成了心头常常念响的主旋律，渴望见到绿色的车厢，又怕见到绿色的车厢，成了那时的一种说不出的痛。火车没有给我们留下任何好的印象，唯独站台给我以亲切感。尤其是回到北京下了火车的时候，站台，让我像是见到了久别的亲人；而我要离开北京回北大荒的时候，站台又仿佛依依不舍。

又想起了五十年前 7 月 20 日上午 10 点 38 分的站台。那一天，阳光灿烂。我再也没有见过那样阳光灿烂的站台。我永远也忘记不了，就是火车像今天有的刚刚驶动，我们的车厢里就有一个同学失声哭了起来。那多少和当时热烈激动的场面显得不大协调的哭声，让满车厢里所有的人都为之一惊。谁都不会明白那刚刚离开北京的哭声，对于我们意味着什么，只有现在，我才多少明白一些，那哭声是对我们青春命定般的一种隐喻或象征。

站台，会像是一个硕大的容器，装下了这些岁月里青春的哭声吗？

我不知道。即使是一个容器，五十年过去了，会不会锈蚀破损而裂开了缝隙甚至掉底，让这些哭声像水一样，跑冒滴漏得一干二净？

火车就要进站，要接的人就到了。铁轨咣当当地撞击中，似乎将历史与现在、回忆和现实，剪接交织一起，有了一种错位和间离的效果。站台，北京站的站台，一如既往，不动声色，处变不惊，立在五十年后的阳光下。

颠簸的记忆

没错，那一年，我9岁。我记得很清楚，那时，我正上小学二年级，火车第一次驶进我的生命里。是那一年的暑假，我坐火车去到包头看姐姐。虽然那时我家住在前门外，紧靠着老的前门火车站，成天看见火车拉响着汽笛跑来跑去，但我还没坐过火车。因为姐姐就在铁路局工作，我对火车充满感情。因为那火车可以带我去看姐姐，就对火车更充满向往。

几乎天天我都在吵吵要去看姐姐。姐姐已经离开北京四年了，她在包头结了婚，有了孩子。我觉得那时我最想的就是姐姐。当然，姐姐也想我，她最后对爸爸说就让复兴来吧，上车托付给列车员应该没问题。爸爸觉得还是有问题。怎么那么巧，我们大院里有一个大姐姐那一年暑假刚刚从幼儿师范毕业，想在工作之前去呼和浩特看望她的哥哥。爸爸把我托付给了她。我很愿意和她一起，因为她长得很漂亮，还会拉手风琴唱歌。平常我们小孩子玩的时候，我总是希望她能够也来和我们一起玩，只是她总是很忙，即使不忙，她也总是很高傲高贵的样子，不大瞧得起我们小孩子。现在，她终于和我一起坐火车了，要坐整整一夜外带半个白天的火车。

我们一起坐上了火车，是硬座，那时的硬座是真正的硬座，光光的木板，一片一片地拼起来，黄色的漆很亮。车开了，能看到火车头喷出的白烟，袅袅地飘荡在我们的窗前。一切显得那么的新鲜。我们上了车没多久天就黑了，当车窗外扑闪而过的灯光如流萤和过山洞幽深莫测的新奇过去之后，我糊里糊涂地睡着了，一觉醒来发现自己的头倒在她的怀里。车厢微醺似的晃动着，她也睡着了，能够感觉到她均匀的呼吸像河面上冒出的温馨的气泡一起一伏着。那时，我特别的幸福，因为这在平常的日子里是根本不敢想象的事情。大概我的醒来惊动了她，她睁开了眼睛，我马上有些不好意思起来，她却伸过一只胳膊搂住我的肩膀轻轻地说了句："就这么躺着别动，睡吧！"

第二天天亮的时候，我醒了，发现还躺在她的怀里。她拍拍我的头说："醒了，快吃点儿东西！"可是，我吃了她准备好的东西就开始吐。夜里睡觉不觉得什么，醒来晕车的感觉潮水似的一阵阵袭来，让我把吃的东西全部都吐出来还不解气，直觉得自己如此狼狈的样子在她的面前没有了一点面子。她开始慌乱起来，给我捶背，给我倒水。列车员也来了，帮助打扫，一直忙到呼和浩特就要到了。火车缓缓进站的时候，她再一次嘱咐列车员，然后嘱咐我，提着行李向车门走去。她下车后还特别走到车窗前再次嘱咐我。因为还有三四个小时我才能够到达包头，而这三四个小时只剩下我孤零零的一个人了。

我已经忘记了那三四个小时是怎么度过来的了，没有了大姐姐的火车只剩下了晕眩的感觉。一个9岁的孩子，就这样完成了独闯京包线的壮举。

以后，京包线成了我许多个假期必走之路，那几次不同时刻的列车对我越来越不陌生，而晕车随童年的逝去而逝去了，而代之在心中清晰记住的是那沿途每一个站的站名，哪怕只是柴沟堡、卓资山、察素齐、土贵乌拉这样的小站名。随着姐姐在京包线上的迁徙，我跑遍了临河、集宁和呼和浩特，沿线播撒种子似的，火车帮我收获着对姐姐的思念。一直到"文化大革命"爆发，我就是到呼和浩特和姐姐告别，然后去的北大荒，风萧萧兮易水寒。

那一列北上的列车，遥远得比塞外的姐姐那里还要遥远，载走我整整六年的青春时光。去的时候，还没有显得远，而每一次从那里回来总觉得天远地远的，好像路没有了尽头。

那时，每一次回家，都先要坐上一个白天的汽车到达一个叫作福利屯的小火车站，然后坐上一天蜗牛一样的慢车才能够到佳木斯，在那里换乘到达哈尔滨的慢车，再到哈尔滨换乘到达北京的快车。一切都顺利的话，起码也要三天三夜的样子才能够回到家。路远时间长都在其次，关键是有很多的时候根本买不到票，而探亲假和兜里的钱都是有数的，不允许我在外面耽搁，因为多耽搁一天就多了一天的花销少了一天的假期。那是我最着急的时候了。

那一年的夏天，我和一个哈尔滨的知青一起回家，在佳木斯买不到火车票，我焦急万分，他对我说："你别急，我有法子。"他是一个大个头的小伙子，以打架出名，我怕他惹事。他一摆手："你放心，这地方我比你熟！"说着拉着我从火车站的售票处走出了老远，一直走到铁轨交叉纵横的地方，货车列车和破车杂陈，像是一个停车场。见我有些疑惑，他说："你跟我走保你今天走成！我前年在佳木斯干了整整一冬，给咱们兵团运木头，这地方我贼熟！别说买不着火车票，就是买得着火车票我也不买，就从这里上车，乖乖儿拉咱回家！"然后他带我穿过那些杂七杂八的车厢，看准了车牌子上写着"佳木斯—哈尔滨"的一挂车，指指车牌子对我说："上，就这辆！"上了空荡荡的车厢，他告诉我这事他轻车熟路，要不是今天跟着我非要规规矩矩买票，他早就奔这儿来了。

那车要在黄昏的时候才能够进站开车。我们俩在车里面一个人占一排长椅子整整眯了一觉，直到车厢轻轻一晃动才醒来。这时候，列车员走了过来，横横地冲我们喊道："谁让你们上来的？"他立刻也横横地回嘴道："车长！"列车员便也不再说什么，没再理我们。而当列车长走过来的时候，我有些紧张，生怕一问我们再和列车员对质穿了帮，但列车长根本连问都没问，只是看了看我们就走了。一直到列车开进了站台，我们还真的相安无事。他跳下车，在站台的小卖部买了点儿面包跑回来说："现在你该踏实了吧？吃吧，吃饱了睡上一觉，明早上就到哈尔滨了！"后来，他告诉我他这样如法炮制坐过好几次车都没问题。我问他为什么有这样大的把握，他说："你告诉列车员是车长让咱们上的车，列车员不说什么了，车长来了一看你都在那儿坐老半天了，肯定是列车员允许了，还问什么？再说了，他们家里谁没有插队的知青？一看咱俩这一身打扮还看不出来是知青，还跟咱较劲？"

在那些个路远天长的日子里，火车没有给我留下任何好的印

他将长生草留给水

象。在甩手无边的北大荒的荒草甸子里，想家、回家，成了心头常常念响的主旋律，渴望见到绿色的车厢又怕见到绿色的车厢，成了那时的一种说不出的痛。因为只要一见到那绿色的车厢，对于我来说家就等于近在咫尺了，即使路途再遥远，它马上可以拉我回家了；而一想到探亲假总是有数的，再好的节目总是要收尾的，还得坐上它再回到北大荒去，心里对那绿色的车厢总有一种畏惧的感觉，以致后来只要一见到甚至一想到那绿色的车厢，头就疼。

也许，人就容易好了伤疤忘了疼，时过境迁之后，过去的日子现在回想起来也有几分回味，毕竟那都是童年和青春时节的记忆，即使是痛苦的，也是美好的。

记得在北大荒插队六年之后我回到了北京，再也不用坐那遥远得几乎到了天尽头的火车了，心里有一种暗暗的庆幸。但是，有一次朋友借我一本《巴乌斯托夫斯基选集》，又让我禁不住想起了火车，才发现火车并不像我想象的那样可恶。那里面有一篇《雨蒙蒙的黎明》的小说，讲的是一个叫作库兹明的少校，在战后回家的途中给自己的一个战友的妻子送一封平安家书。库兹明在那个雨蒙蒙的黎明对战友的妻子讲述了自己乘坐火车时那瞬间的感受，即使过去了已经快30年，我记得还是那样的清楚，他说："您有时大约也会遇到这类情形的。隔着火车车窗，您会忽然看到白桦树林里的一片空地，秋天的游丝迎着太阳白闪闪地放光，于是您就想半路跳下火车，在这片空地上留下来。可是火车一直不停地走过去了。您把身子探出窗外朝后瞧，您看见那些密林、草地、马群和林中小路都一一倒退开去，您听到一片含糊不清的微响，是什么东西在响——不明白。也许，是森林，也许，是空气。或者是电线的嗡嗡声。也或者是列车走过，碰得铁轨响。转瞬间就这样一闪而过，可是您一生都会记得这情景。”

巴乌斯托夫斯基的感受如箭一样击中了我的心，在那六年中每次从北大荒回家的迢迢途中，隔着火车车窗望着窗外东北原野和森林以及松花江，无论是在冬天的白雪茫茫或是在春天的回黄转绿之中，不也有过这样同样类似的情景吗？那曾经美好的一切并不因为我们的痛苦就不存在，就如同痛苦刻进我们生命的年轮里一样，那些转瞬即逝的美好也刻进我们生命的回忆里，在以后的岁月里响起了虽不嘹亮却难忘的回声。

去年，我听美国摇滚老歌手汤姆·韦茨的老歌，其中一首《火车之歌》，听得让我心里一动，不是滋味。他用他那苍老而浑厚的声音这样唱道：“我喝光了我每次借来的所有的钱……现在夜晚的黑色就像乌鸦，一辆火车要带我离开这里，却不能再带我回家。那些使我梦想成空的东西，正在火车站上彷徨。我从十万英里远以外的地方来，没有带一样东西给你看……”他唱得是那样凄婉苍凉，火车真的是这样吗？不是带你哪怕再遥远也能够带你回到温馨的家，就是带你双手空空而无家可归？想想，在那些从北大荒回家或从家回北大荒的火车上，我们的心情不正是如同汤姆·韦茨唱的一样颓然而凄迷？

火车带给我的回忆，也许就是汤姆·韦茨和巴乌斯托夫斯基的矛盾体。

火车颠簸着一代人抹不去的记忆。

树的回忆

严峻日子里的女友

契诃夫在他的剧本《万尼亚舅舅》里，借工程师阿斯特罗夫的口，一再表达他自己的这种思想，即森林能够教会人们领悟美好的事物。森林是我们人类的美学老师。

契诃夫的后辈，巴乌斯托夫斯基在他的小说《森林的故事》里，将契诃夫这一思想阐释得更为淋漓尽致，他说："我们可以看到森林中淋漓尽致地表现了庄严的美丽和自然界的雄伟，那美丽和雄伟还带有几分神秘色彩。这给森林添上特别的魅力，在我们的森林深处产生着诗的真正的珠宝。"他借用普希金诗说森林是"我们严峻日子里的女友"。

也许，只有森林覆盖率达到百分之三十以上国家里的人们，才会和森林有着那样密切彻骨的关系，才会对森林产生那样发自心底的向往和崇敬。森林很少而且越来越少的我们，离美也就越来越远。对于森林，我们更看重的是它的实用价值，最好它被伐下木头直接变成了我们的房子和家具。我们严峻日子里的女友，也就变成了灯红酒绿时分风情万种的女人。

树的语言

我常常想起完达山。其实，我只进山伐过一次木。在北大荒的时候，只要天气好，我几乎天天可以望见完达山，它好像离我们不远，但望山跑死马呀。渴望进山看看，是那时不止我一个人的愿望。

那一次是冬天，我们坐着爬犁去的，几匹马拉着，爬犁飞快地跑着，可以和汽车比赛，雪地上飞起飞落着小巧玲珑的雪燕，那情景有些像童话，仿佛我们要赶去参加森林女王举办的什么舞会。

对于森林，对于树木，我从来都有一种童话般的感觉，它们都是有生命的，这是不用说的了，它们的生命都刻进它们的年轮里。只是它们不会说话，虽然风吹过时它们的树叶也会飒飒地响。但是，它们如果真的成了精，会说话了，还会有今天这样对于我这样童话般的感觉吗？我相信是没有了。

有时候，看见它们尽情地摇摆着枝叶的样子，总让我想起聋哑人的手语，尽管他们说不出话来，但那无限丰富的表情与表达，一点也不亚于我们会说话的语言，他们在手指间，在带动的整个手臂的舞动中，多么像是风中树木摇曳多姿的枝条。

我相信那就是树的语言。

黄檗罗

在北大荒的七星河畔，有一片原始的林子，那里林深草密，杂树丛生。它什么时候就生在那里了，谁也说不清，老人只是说闹日本鬼子时期，那里因为林子密实就有土匪出没了。

到北大荒第一年夏天，正赶上麦收，队里给每个新来的知青发了一个镰刀头，却没有发镰刀把。队上的一个老农对我说：走，我带你找个把儿去！我跟着他第一次到了这片林子里，在一棵高有十几米的大树前，他用刀砍下一根枝子，恰到好处有个弧度，他随坡就弯，用刀子削了削，递给我说：看合不合适？握在手里，还真合适，而且，它的树皮很厚，很柔软，剥去表皮，木栓层那种鲜黄的颜色，让我的眼睛一亮，我还从来没有见过这样黄得灿烂如金的树木。中间的木质部分，依然是黄色。只是淡了一些，不过那种柠檬一般的黄色，让人感到是那样的清新而纯净。

这就是黄檗罗。我第一次见到它。

这是我特别喜欢的一种树。它在5月的春末的时候开花，黄绿色，并不起眼，但到了冬天，万木凋零，一片大雪皑皑，它那种鲜亮的黄色，真是跳跃得格外明目养眼。

那把用它做的镰刀把一直在我手里用，镰刀头换了好几个，镰刀把却一直没舍得换。

我从北大荒调回北京的时候，找了好几块两米多长的黄檗罗的板子，带回北京做了一个写字台。虽然式样老了些，但结实，不变形，我敢说满北京城找不到这样一个用黄檗罗做的写字台。

树在河边

树在河边，比树在路旁让人感到合适。

树在路旁是为他人而活着的。树为他人遮荫，树为他人排队，树为他人开花，树为他人披挂上满身的节日的彩灯闪烁。

树在河边是为自己而活着的。河水里有树的影子，并不是为了顾影自怜，而是写着自己的心事与心情，河水荡漾的涟漪把树写得满满的信笺传去，化为一缕缕湿润的诗行。

哪怕河水结冰了，照不出树的影子了，树的叶子也落尽了，只剩下光秃秃的枝条了，有河在身边，冰层下面涌动着水流，在树的根系下也会有交流和相逢。河永远在树的身旁，就像是树也永远不会离开河一样，而不会像路旁过往的行人，和树相会在匆匆之中，也相忘在匆匆之中。

人向往的是明天。路向往的是远方。树向往的是水。

椴　树

椴树，在北大荒非常常见。夏天，椴树开满一树小白花，在阳光的照射下，满树像是披挂上细碎的银片，风吹来，枝条上飞满闪闪发光的小精灵，带动得树都要飞起来似的。如果是一棵一棵的椴树连成了一片的林子，遮天蔽日的白花飞舞着，那种轻舞飞扬的样子，更是一种壮观。那是椴树一年四季最辉煌的时候。

这时候，北大荒的老乡们常常会放蜂群到树林子去采椴树蜜。椴树的花不香，蜜却很甜，而且有股子独特的清新味。可以说，椴树蜜是北大荒的一大特产。夏天，老乡常常用椴树蜜冲水，把瓶子吊进井水里，这是那时"冰镇"的土法子。收工后，我们常常去井边偷喝一瓶子这样的椴树蜜水，那是那时的可口可乐。

1982 年的夏天，我大学毕业，专程回了一趟北大荒。在我们队里的烘炉前，见到的第一个人是烘炉的老孙，他把手里的活交给徒弟，一把拉着我的手到了他家，赶紧叫他的老婆给我拿水喝。他老婆端上来一瓶子水，还没喝，一股子清香味就从瓶口溢了出来，瓶子的清凉已经通过我的手心渗进我的心里。是刚刚从井水里打上来的椴树蜜水。

几十年过去了，我再也没喝过这样的椴树蜜水。我再也没见过椴树。

柞　树

在北大荒冬天里看柞树，是非常漂亮的。

那时候，几乎所有的树上的叶子都掉得光秃秃了，只有它的树上还会飘着叶子，任再寒冷的朔风怎么吹，摇摇晃晃，摇摇晃晃，就是不肯落下枝头。它那种顽强的劲儿，总让我忍不住想起在电影《保尔·柯察金》里看到的保尔，在朱可来的一次次拳击下倒地一次次摇摇晃晃地爬起来接着再打的样子。这是只有那个时代才会涌起的联想和比喻。

柞树的叶子火红火红的，在平常的日子里，它也不显得怎么特别的红，但到了下雪天，它就像经过了化学反应似的，一下子变得红得耀眼，像是蹿起来的一团团炽烈的火苗，和被风狂吹乱舞的雪花尽情调情似的抖动着自己的身段，与雪花共舞一场《卡门》里的斗牛士之歌——当然，这是现在的联想和比喻。

在那时远离北京而格外想家的日子里，我们常常把它当成香山的红叶，和东来顺的涮羊肉、稻香村的芙蓉饼、信远斋的秋梨膏、六必居的八宝酱瓜之类搅和一起，来一番精神会餐，进行自我安慰。

如今，它已经成为我们青春的一种象征，我们回忆的一种色彩。

垂柳的等待

七叶派的老诗人郑敏写过一首诗，名字叫作《走在深冬的垂柳下》："匆忙赶路的人，/ 走在深冬的垂柳下 / 那悬挂的棕色细条 / 无聊地在寒风中晃荡。/ 它顽皮地将行人的绒线帽 / 刮住、摘下、耍弄，/ 露出那满头青黑的发丝，/ 这就是它们在等待吧 / 刮乱、抚弄那春天的头发吧 / 用它们冬天的，只剩下 / 指骨的细长的手指，/ 渴望、渴望，/ 一次深冬里和春天的拥吻。"

或许，等待是一切生命的天性，树当然也不例外。

或许，生命的本质就在于一次次的等待。

在等待中，生命一点点地延伸乃至完成。在等待中，生命不断地被在等待中产生的想象和向往所滋润，而有了张力与弹性。在等待中，生命有了被时间所磨砺出的水滴石穿一般的力量。在等待中，生命有了被渴望所蔓延出的水漫金山一般的色彩。

只是，树在漫长冬天的等待中需要一点点地回黄转绿。要有耐心。

等待，就需要耐心。一点点的，才终于看到了那一丝丝萤火虫一闪一闪的绿意出现了，却很可能是草色遥看近却无一样的绿意。别慌，就再等待一下吧。

孤独的树

在田野里，在山坡上，在远离森林的地方，常常能够看到孤独的树立在那里，大多是一些老树，盘根错节，枝干遒劲，苍老的枝条在风中抖动着，无声电影一样显得那样的哀婉苍凉，让人想起自己年迈的父母，想起悠长逝去的岁月。

特别是茫茫的戈壁滩上，如果见到这样孤独的树，你会有一种他乡遇故知的感觉，有一种突然的怦然心动，因为在四周一片荒无人烟的寂寥包围中，它就是唯一的生命，伸展着枝条，告诉你即使是在浩瀚无边的荒凉之中，也有着生命的召唤和守候。

那一次，车子在青海的戈壁滩上整整跑了一天，窗外除了浑黄还是浑黄一片，单调得犹如魔鬼一样死死缠着你。这时候，突然看到前方的左侧出现了一棵大树，树枝上没有一片叶子，光秃秃的，黑黝黝的，不知是死还是活着。但是，它的出现让昏沉沉了一天的人们立刻都兴奋起来，仿佛意外地和自己的什么亲人或伙伴邂逅相逢。

车子开远了，孤独的树，还是孤独地站立在那里。夕阳正在它枯瘦的枝桠之间衔着，映照得整个树似乎都在燃烧。那一刻，它老树成精，仿佛成了神话中的一个孤胆英雄。

树的敬畏

古罗马的哲学家奥古斯丁，羞愧于情欲的私缠而想跪拜在神的面前忏悔，他没有去到教堂的十字架前，而是跪倒在一棵无花果树下。

古罗马的诗人奥维德，在他的诗《变形记》中所写的菲德勒和包喀斯那一对老夫妇，希望自己死后不要变成别的什么，只要变成守护神殿的两棵树，一棵橡树，一棵椴树。

在那遥远的时代里，树是那样的让人敬畏。

如今，我们还有这样对树的敬畏之心吗？

也不能说真的一点也没有了。没听说不少的城市里把远离百里千里之外的古树移栽到城里的事情吗？从而不少人从事着这样找树移树的中间商的工作。我们以为把古树请到城里来，就是一种对树的敬畏，好像它们再也不用在荒郊野外去餐风饮露了，可以过上饭来张口衣来伸手的日子了。但是，纵使我们天天为它们浇水施肥，再加以护栏保护，它们很多很快还是死掉了。

以为请来古树就会增加城市的文化与历史的厚重，本是一厢情愿的事情，是为了自己打算而不是为了树的利益。而那些疯狂去找树移树的人，不过像是以前为皇帝或富贵人家找妃子一样，为了钱而不顾树的生命。

在商业时代，在缺乏信仰的时代，树只是一种商品而不再是一种自然之神。我们再也不会跪倒在一棵树下，或希望死后变成一棵树。

那一年，大年初一的饺子

四十年前，1971年，我在北大荒。那时候，还叫生产建设兵团。我被临时调到六师师部宣传队创作节目。春节前，宣传队放假，队里的知青都早早回各自的团或连里去过年了。我因一点事情耽误了，想在年三十晚上吃年夜饭前赶回我所在的大兴岛的二连。我在那里已经三年了，乘同一列火车来的同学都在那里，那里的老乡也都熟，便把那里当成自己的家。好在那里离师部只有四十里，不远，过七星河就是，乘公交车一个多小时就到，便胸有成竹。

谁想到年三十天没亮就把我冻醒了，开始以为偌大的宿舍因为就我一人，屋子太旷，要不就是炉子灭了的缘故，起来一看，炉子里的火烧得挺好，望窗外一瞧，才知道大雪封门，刮起了大烟泡，漫天皆白，难怪再旺的炉火也抵挡不住寒气逼人。心想糟了，这么冷的天，这么大的雪，去大兴岛的车还能开吗？但是，还是抱着一线希望去了汽车站。那里的人说："还惦着开车呢？看看，水箱都冻成冰坨了！"

我的心一下子也冻成了冰坨。天远地遥，天寒地冻，这个年只好我一人孤零零过了。说心里话，来北大荒三年了，虽然艰苦，但每一个年都是和同学、老乡一起过的，便也都是乐呵呵的，暂时忘掉了思家之苦。现在，就要我独自过年了，漫天飞雪，天又是如此寒冷，而且师部的食堂都关了张，大师傅们都早早回家过年了，连商店和小卖部都已经关门，命中注定，别说年夜饭没有了，就是想买个罐头都不行，只好饿肚子了。

大烟泡从年三十刮到了年初一，也没见有稍微停一下的意思，老天爷在玩自以为挺好玩的游戏。我一宿没有睡好觉，大年初一，早早就醒了，望着窗外依然寒风呼啸，大雪纷飞，百无聊赖，肚子又空，想家的感觉袭上心头，异常的感伤起来。我一直偎在被窝里，迟迟不肯起来，睁着眼，或闭着眼，胡思乱想。

大约九十点钟的时候，忽然听到咚咚的敲门声，然后是大声呼叫我的名字的声音。由于大烟泡刮得很凶，那声音被撕成了碎片，显得有些断断续续，像是在梦中，不那么真实。但那确实是敲门声和叫我名字的声音。我非常的奇怪，会是谁呢？在师部，我仅仅认识的宣传队里的人一个个都早走了，回去过年了，其他的，我没有一个认识的呀！谁会在大年初一的上午来给我拜年呢？

满怀狐疑，我披上棉大衣，下了热乎乎的暖炕，跑到门口，掀开厚厚的棉门帘，打开了门。吓了我一跳，站在大门口的人，浑身是厚厚的雪，简直是个雪人。我根本没有认出他来。等他走进屋来，摘下大狗皮帽子，抖落下一身的雪，我才看清是我们二连的木匠老赵。天呀，他是怎么来的？这么冷的天，这么大的雪，莫非他是从天而降不成？

我肯定是睁大了一双惊奇的眼睛，瞪得他笑了，对我说：

"赶紧给我倒碗开水喝，冻得我骨头缝里都是风了！"我赶紧从暖水瓶里给他倒了一碗开水，这是我这里唯一可以吃喝的东西了。他先用双手捂着搪瓷缸子，把手稍稍焐热，开水也就渐渐变温了，他几乎仰着脖子一饮而尽。我赶紧去拿洗脸盆，想给他倒热水洗把脸，暖和一下。他拦住了我："这时候可不敢拿热水洗脸！你先别忙！"说着，他蹲下来，捡起点儿地上刚刚被抖落的残雪，使劲地擦手擦脸，直到把手和脸擦红擦热，他说："行啦，没事了。你去拿个盆来！"我这才发现，他带来了一个大饭盒，打开一看，是饺子，个个冻成了邦邦硬的坨坨。他笑着说道："可惜过七星河的时候，雪滑跌了一跤，饭盒撒了，捡了半天，饺子还是少了好多。凑乎吃吧！"

我立刻愣在那儿，半天没说出话来。他是见我年三十没有回队，专门来给我送饺子来的。如果是平时，这也许算不上什么，可这是什么天气呀！他得多早就要起身，没有车，四十里的路，他得一步步地跋涉在没膝深的雪窝里，他得一步步走过冰滑雪滑的七星河呀！

真的，我过过那么多个春节，吃过那么多次饺子，没有过过那样的一个春节，没有吃过那样的一次饺子。当然，也再没有遇到过那样冷那样大的风雪。

青春雪上共徘徊

今年 10 月 11 日，刘树才病故了。

记得十五年前，他突然打电话给我，问我猜得出来他是谁吗。离开北大荒大兴岛二队那么多年了，我一直没有见过他，一时想不起来。

他接着说：那你听着啊，我给你朗诵一段啊：

> 是的，我们的确爱那——
> 颐和园满园的金壁飞檐，
> 松花江太阳岛浪花飞溅，
> 海河畔八月桂花飘香，
> 龙华塔二月桃花鲜艳……
> 但是，我们更爱这——
> 纷飞大雪把树木装成玉枝琼花，
> 起伏禾苗把春天绣成绿色地毯，
> 无边麦海把金色浪花铺向天边，
> 摇铃大豆把丰收歌声唱入蓝天……

他一口气朗诵了这样长长的一段，在他刚刚朗诵前几句的时候，我就已经猜出来是刘树才了。但是，我没有说，没有打断他。我静静地听他把这一段朗诵完，熟悉的嗓音和熟悉的一切，都从话筒里传递过来，遥远变成了近在咫尺。

这是当年我二十几岁时候写下的幼稚的诗，我们二队组织的毛泽东文艺宣传队，曾经把它排练成节目，慷慨激昂地朗诵到了大兴岛几乎每一个队里。那时，刘树才是宣传队的成员，没有想到这么多年过去了，一首那时写下的充满可笑而且膨胀着情感的诗，本来是苦涩而枯燥的生活却用花间派装点的诗，我自己都羞愧得记不清了，居然能够让他如此清晰地记忆着，并能够脱口而出，将岁月押着韵脚，一下子回潮般涌到眼前。这首诗就像是一份历史的物证一样，不容分说且不容分辩地证实着我们曾经做过的一切。

刘树才是和我们同一年到的北大荒，他和他妹妹是在冬天刚刚来临的时候来到二队的。我们一见如故，成了好朋友。那一年的冬天，伙伴借来一架海鸥牌相机，为我拍摄下在北大荒唯一的一张单人照片，背后，在雪地走路的人，正是刘树才，他背着双手，走得那样潇洒，皑皑的雪原，成为我们两人青春共同的背景。

他和他的妹妹，本可以不来北大荒的，他们是投奔他哥哥来的，他们的哥哥比他们早来两年，在我们大兴岛的修理队。那时，他们都才十七八岁，他瘦小得如同猫，他的妹妹比他个子还高，也长得比他漂亮，保护妹妹不受别人的欺负，是他当哥哥的职责，他把妹妹视若眼珠子。

第二年豆收的时候，中午在豆地里休息，我们烧了一堆黄豆吃，那种连着豆秸的黄豆，豆秸烧成灰烬，豆荚炸开，里面的豆子也就烧熟了，滚落一地，烧得黑乎乎的，却非常的香，由于是刚刚被太阳晒干，豆香味里还有一种地里面的泥土的清新和阳光的味道。豆收时候在豆地里烧黄豆吃，成了我们一种不可缺少的节目。尽管队上的头头一再警告我们不许烧豆子吃，怕整个豆地火烧起来像跑荒火一样蔓延起来，但是，我们还是照烧不误，照吃不误。

那一天，我们吃着喷喷香的黄豆，一边东拉西扯，他和一个上海知青争吵了起来，因为这个上海知青一只眼睛有些毛病，大家给他起了个外号叫作"小林单瞪"，他急了骂人家"单瞪"，小林不干了，也急了，反骂了他一句：我操你妹妹！小林这句骂是专往他腰眼儿上踢，谁都知道，兄妹俩到北大荒相依为命，妹妹是他的眼珠子，欺负他妹妹，比欺负他自己还难以让他容忍，只见他饿虎扑食似的一下子一跃而起向小林扑过去，立刻把小林压倒在地。那时，我正坐在地垄上，都没有反应过来，那么快，他们已经撕扯成一团，等我站起来，赶紧上前劝架，他们已在地上翻滚了好几个回合，豆秸压折了一地，炸开了豆荚的黄豆滚了一地，他们的身上脸上头发上沾满的都是无辜的豆秸和豆粒。

当然，这并没有影响他和小林以及我们共同的友谊，不打不成交，在以后的日子里，我们成了好朋友。他喜欢读书，对我格外崇拜，将我当时写的好多歪诗都当成宝贝抄写在他的笔记本里，让我颇有知音之感，便写得越发的来劲。小林喜欢打鸟捉鸟，夜晚时分在房檐下掏鸟窝，在冬天值完夜班脱完谷后那些缺菜少食饿肚子的夜晚，小林捉到那些肥硕的麻雀，成了我们难得的夜宵。

如今，小林在上海下岗，刘树才兄妹两人也下了岗，过去的一切恍然如梦，让人觉得似乎不真实似的，似乎都是想象中的臆造，徒生无限的感喟。

刘树才的命够苦的，他的哥哥在一次拉石头的时候，车翻石头砸在脑袋上，失语、失忆，成了植物人。刘树才回到哈尔滨，一直和母亲护理着哥哥。艰难的日子里，祸不单行，他父亲又因车祸致死，家里负担越发的沉重。下岗之后，刘树才每月只有100元的工资，他只好另外找了一个地方打工，给人家看仓库，每月有700元的贴补，好给正在上大学的孩子挣学费。

那一年，我重回北大荒，从北京坐火车到哈尔滨，他到火车站接的我，然后对我说：我还得赶去上班，白天我就不能够陪你逛松花江和中央大街了，晚上我再来看你。

几年之后，大约是2014年的秋天，我到哈尔滨的新华书店签售我的两本新书《黑白记忆》和《北大荒三百首》。在书店的门口，看见了刘树才，他早早站在那里。他是那样的瘦削。没有想到，其实那时候，病魔就已经袭身，只是他没有对我说。

那次哈尔滨一别，我再没有见过刘树才。现在，他居然离开了这个世界。我忽然感到无限的悲伤。哈尔滨，没有刘树才，对于我，像失去了什么重要而值得珍惜的宝物。是的，索菲亚大教堂也好，防洪纪念塔也好，太阳岛、中央大街和果戈里大街也好，对于我，都不如刘树才那样的重要，都不如刘树才留给我那样难忘的印象。

那一天晚上，我写下一首诗，发给刘树才的妹妹，寄去我的哀思和怀念——

演唱二连曾并排，青春雪上共徘徊。
秋风无语一夜去，晚菊有情漫地开。
落木忆从山远在，归帆心与水长哀。
淹留岁月多荒草，天失如何我树才。

他将长生草留给水

142

哈尔滨街头

几乎每年过年的时候，袁柏林都会给我打个电话拜年。

他是我北大荒组建宣传队时认识的。那时，我被召去营部负责组建宣传队。和我先后脚报到的，是袁柏林。一个个头不高却很精神的小伙子，哈尔滨知青，我知道他是打扬琴的，我们正缺一个打扬琴的。

我和他睡在营部的一铺炕上，天冷，就睡在一个被窝里，亲如兄弟。在大兴岛乃至建三江大大小小的角落里演出，大部分时间来往，没有车，都要在那甩手无边的荒草甸子或弯弯曲曲的沙石路或泥路上走，都是我和他走到最后，我和他一人在前一人在后，用一个木棍抬着扬琴盒，路远无轻载，走的路长了，扬琴盒便显得很沉。大概，是因为我总和他一起抬扬琴盒，让他觉得本来应该是他自己的事，有人在帮助他，他都一直很感谢我。

他是一个性格内向的人，不大爱讲话，我们彼此之间交流得并不是很多，大多时候都是默默地走，但在夕阳下或在月光中，乃至在细雨蒙蒙和飞雪飘飘中，扬琴在盒子里似乎和我们彼此的心一起在唱，我们都感到很亲近。

那一年，武装营的宣传队要解散了，我分到场部当老师，他留在营里干农活。分手的那一天，他送我走到三队的大路口，默默地，一句话也没有说。我走了老远，回头一看，他还在路口那里站着。再一回头，他还在那里站着。

1974年，我离开了北大荒，我到三队和他告别，留给他我家的地址，对他说，如果以后到北京来，到家里找我。分手的时候，他又是到三队的大路口送我，默默地，一句话也没有说。我走了老远，回头一看，他还在路口那里站着。再一回头，他还在那里站着。

我们再也没有了音信。谁想到，十多年后一次在哈尔滨聚会中见到了他。他告诉我的第一件事情：这么多年，我一直没能够再见到你，我一直在找你。

这句话，一下子让我心动。

他又对我说：我把你这些年出的书，在哈尔滨能够买到的都买到了，我家里摆着你的书有一排。

这话让我感动，便越发的惭愧。

然后，他又告诉我：1982年秋天，他旅行结婚到了北京，到北京的第一天，买了张《北京晚报》，因为他知道我写东西，是想看看报纸上面有没有我写的东西，怎么那么的巧，那天的报纸上正好登载着我写的一篇散文《北大荒归来》。那年，我大学毕业，第一次回北大荒，写了那篇感想。真是阴差阳错，不是早一天，也不是晚一天，就在他刚刚到北京的那一天，北大荒和我的名字一起竟然出现在他的眼前，让他感到分外亲切，也觉得他和我的缘分。按照我留给他的地址，他带着新婚的妻子好不容易找到我原来家的地方，而我已经搬家。

我一直打听你，都过去了整整三十年，今天才又见到你，你知道吗，你影响了我的一生。

他这样对我说，这样的话，说了好几遍。我知道他不是善于言辞的人，他说的话是出自真心，并非是过年话，虽然，这样的话，我是受之有愧的。我不知道，有时一个人看似微不足道的一件小事，却能够起到意想不到的作用。在我的一生中，我还从来没有听到过有人这样对我评价，我会影响一个人的一生？特别是在北大荒，那是一段我狼狈不堪最不堪回首的日子，可以说几乎没有什么人能够看得起我，但是，就是这样，在袁柏林毫不做作的言辞中，他的真诚，他的怀念，让我和他都彼此感动，让我感到那段日子并不都是轻飘飘的而有了些许的分量，让我感到被人惦记着的快乐，以及给予别人和从别人那里得到的快乐。

其实，我也知道，虽然他总是默默地，却一直无言地给予我许多安慰和支持，我对他说，你的友谊让我感到温暖，我一直都没有忘。其实，说出这样的话，我是惭愧的，因为我毕竟并非一直未忘。

有时候，我会想：北大荒并非时过境迁之后我们如今想象的那样尽善尽美。历史的沉重，让往昔的天空布满一片阴霾。但是，真挚的情感，哪怕轻如一茎羽毛，却能够浮上天空，现出一点亮色，让那阴沉沉的空中透明一些。时间毁灭一切，回忆却将那已经消失的一切搭救出来。

我也会想：他说这么多年一直在找我。这么多年，我可曾也一直在找他？真的，想到这一点，我感到惭愧。人生匆忙和烦扰中，让我遗忘了许多人和许多事，记忆如同一件漆皮脆薄的家具，经不起时间的磕碰，斑驳脱落的，往往却是我最应该珍惜的呀。

哈尔滨那一晚的聚会，一直到夜色阑珊。走出餐馆，街道上的行人已经很少，深夜里寂静的哈尔滨，松花江边正在准备哈尔滨之夏音乐会，晚风中，乐器调音和麦克调试的声音，正在从远处隐隐传来，嗡嗡的，像是蜜蜂的声音，那样的轻柔和动听。我的眼睛里一阵湿润起来。

再好再长的宴席，总有结束的时候，分手之后，坐上车子，走了好远，回头看，我看见袁柏林还在餐馆门口站着。车子开远了，再一回头，他还在那里站着。以致很久很久过后一直到今天，只要想起哈尔滨，就会想起那一晚街头站着的袁柏林，想起那一晚街头哈尔滨之夏音乐会调试音响的音乐，仿佛那是为我和袁柏林北大荒悠长的回忆在伴奏。

建三江之夜

我和孙英不熟。但我一直都非常的敬重她，在建三江垦区，她是个名人。从 1968 年到 1976 年，北大荒共有来自北京上海天津哈尔滨等全国各地知青 54 万人，建三江有 4 万人，其中北京上海的知青各有 1 万人左右。十多年前，我再一次见到她。说是再次，其实，我只见过她一次，这是第二次。当时，知青大都返城，云散星去，留在建三江的北京知青只有几十人，上海知青大约有 100 人。孙英就是当时还留在这里的 100 人之一。

她是上海人，曾经是我们知青的典型，我们在建三江的时候，她是以苦干出名的，成了建设边疆的典型；后来，她嫁给了当地的一名青年，成了扎根边疆的典型；粉碎"四人帮"，她成为被清查对象，成了一个反面典型。命运浮沉，生命跌宕，她依然故我，无愧于心，也无愧于北大荒，比起我们这些飞来飞去的人来说，她是真正的把自己的一生都献给了北大荒的人。

1982 年，我第一次重返北大荒，来建三江的时候，她是建三江管局党委的副书记，那次，是她接待的我，我第一次见到了她。

一晃二十多年过去了。现在，她是建三江管局的工会主席，还是她来负责接待我们。大概她自己就是知青吧，所以凡是来知青的话，都是她的活儿。她也非常高兴知青回来，她本来就是个热情的人，也是认真而执着的人。她的孩子已经回到了上海工作，去年结婚，她希望孩子能够到北大荒来，来一个旅行婚礼，孩子真的来了。她陪孩子在建三江转了一圈，她并不想让孩子认同自己，每一代都有自己的价值标准和系统，她只是想让孩子看看伴随着他的母亲从青春走到现在的这块土地，感受一下他的母亲对这片土地的感情。一个人的青春在那里，一个人的爱情在那里，一个人的家在那里，一个人的事业在那里，那里就是她或他的故乡，就是她或他灵魂的归宿。年轻的时候，灵魂中充满风暴，现在，风暴平息了，一切绚烂归于平淡，灵魂安详，和北大荒的这片田野一样，平畴万里，一片宁静。

　　那天晚上，因为宾馆里的热水器出了毛病，孙英特意来到宾馆，来带大家出去找个浴室洗澡。我本不想去的，她的热情相邀，让我不忍驳了她的面子，我知道她的好心。

　　我一直想和孙英聊聊，一直没有找到合适的机会。同为知青，我很想知道那么多知青返城，她独自留在这里的真实原因和真实感受。因为并不是每一个知青都能够选择她这样的一条路的。尤其是绝大多数知青离开了这里，而坚守在这里，会像是面对一个曾经辉煌过的大厦如今却是一片瓦砾一样，内心的滋味该是非常复杂的。

　　走出宾馆不远，路灯就没有了，通往浴室的夜路很黑，也很静，静得仿佛是远离尘嚣超尘拔俗的世外桃源一般。年轻时候在建三江，曾经住过很多的日子，夜晚，也曾经走过这段熟悉的道路，却从来没有这样的感觉，原来建三江之夜还是挺美的。没有月亮，星星稀疏，清风吹来远处田野里青草的芳香，让你想象四周被田野包围的感觉，和四周被水泥森林包围的感觉，是完全不一样的。

一路上，默默走着，我们什么话都没有说。这感觉很好。问什么呢？她又该如何回答呢？经过了漫长岁月的颠簸，人生况味尝遍了，都会是一言难尽的。我不想听她用讲稿上的修辞，回答我们的问题。

浴室非常的简陋破旧，水管和莲花喷头都生了锈，狭窄的房间里返着浓重的潮气。这是她特意带我们来的地方。这就是当时的建三江，还有很多的不如意。

洗完澡，走出来，我看见她在外面正等着我。她对我说：每天下班回家，我都是在这里洗完澡再回家。不知为什么，我禁不住回头又仔细看了看这个在昏暗灯光下的浴室，她的这句话让我非常的感动，怎么也忘不了。因为并不是每一个人都愿意面对这些不如意。

回到宾馆，我还在想刚才她说的这句话，从青春一路走来，我们都老了，所有的经历，都从来没有让我们落空一样，让我们酸甜苦辣都经历过了。按理说，她也是建三江的父母官了，以前当过副书记，现在也是工会主席，在建三江这块地盘，谁都认识她，即使她不到现在已经时髦的桑拿或洗浴中心那里去，起码可以到一个比这样实在是简陋破旧的浴室更好的地方去洗澡。但是，她每天都只去这里洗澡，然后和附近住在这里的人们一样，湿漉漉的从浴室里出来，轻轻松松地回家。她始终保持着一个普通人的角色和心态。她希望自己永远和脚下的北大荒的泥土一样质朴。

并不是每一个人都能够像她这样的。我们每天生活在最普通而底层的百姓之中，但我们的心不见得就一定是和他们在一起，也许正相反，貌合神离，与他们离得很远，自以为比他们高明而高贵，特别是知青，又曾经做过一定职位的官僚，总会在平常的人群中，自觉不自觉地以为自己优越那么一点。难得的是，孙英没有，无论荣辱沉浮，她一直这样保持一个普通人的良好心态。

我说过，并且我一直坚信，来自北大荒这块土地上培育的真挚爱情，和来自北大荒这里乡亲培养我们的人民立场，是我们知青岁月里最大的收获，没有了这样的两点，或者我们抛弃了这样的两点，我们的青春才真的是蹉跎而没有丝毫可以回忆的一片空白。

值得庆幸的是，孙英拥有这样的两点。建三江夜晚这个浴室，为她做了无言的解说。

走到宾馆的大门前，临分手的时候，我对她说了句：建三江的夜晚还挺美的。

她点点头，又反问我：是吗？

红 围 巾

那一年夏天的一个下午，我们哥儿几个从富锦县城办完事情买完东西回大兴岛，车跑到一半路，抛锚了，我们只好下车，徒步走，心想走着回去，也不是不可以的，谁想到越走越累，腿越来越不争气，天也越来越暗了下来。想想，离大兴岛还有二十来公里，这么走下去，天黑了也到不了家。我们商量了一下，停下来，等一会儿有车过来，截一辆便车回去。

只是，那时来往的车辆不多，好容易有车过来了，我们几个人蜂拥而上，纷纷挥手，车却是鸣响着喇叭，冲开人群，扬长而去，就是不停。

一连几辆车都不停，我们意识到问题症结在哪儿了，因为我们几个人一水都是男的，以前要是同伴中有女知青，一般让她们来挥挥手，并没有那么的困难，车都是能够停下来的。以前，我们常常骂司机都是生柿子——一个字：色（涩）！

我对大家说，看来，我们当中必须得有人男扮女装了，要不天黑也截不到车。

大家纷纷说，对，是得有人男扮女装。

但是，谁来男扮女装呢？你推我，我推你的，谁也不肯。没有办法，最后我说，那我就来试试吧。不过，你们谁在富锦给女朋友买了围巾之类的，得献出来给我。

那没问题！有人立刻从书包里拿出一条红围巾递在我的手中。几乎是同时，另一个人也拿出同样的红色围巾递在我的手中。其实，在富锦的时候，我早看见他们两人悄悄地买了红围巾。

我又说：你们得都藏到树后面去，司机一看那么多人，想停也不敢停了。等我要是把车截了下来，你们可得麻利点儿，赶紧上车。他们都立刻藏在路旁的白杨树后面。我把一条红围巾围在头上，把另一条红围巾攥在手里，管不了他们躲在树后窃窃地笑，心想，就看这招儿行不行了，可千万别现了眼。

也赶上天色已经彻底暗了下来，朦朦胧胧的晚雾中，刚刚垂下的暮霭里，一辆大解放卡车远远地开了过来，我豁出去了，赶紧跑到路中央，使劲地挥动着手中的红围巾。那位司机不是眼神差点儿，在暮霭中让那两条红围巾搅得把我真的当成了一个女的，要不就一定是一位好心人。总之，他在我前面几米的地方，一脚踩住了刹车，把车停了下来，明晃晃的车灯照得我睁不开眼。我还没有来得及上车，藏在白杨树后的几个人已经如炸了窝的黄蜂一样，早都飞上了卡车的后车斗里。

不过，我是坐在司机旁边的副驾位置上，不用受风吹了。司机看了我一眼，又看看我摘下的红围巾，没说什么，笑了笑。后面车斗里，已经是一片欢呼声，撒豆粒似的飘荡在得意的风中了。

从那以后，我给大家留下了一个话把：红围巾。我用红围巾男扮女装的事传开了，给大家增添了许多笑料。以致以后我顶撞

他将长生草留给水

了队上的头头在二队挨整的时候，竟然有人旧事重提，将红围巾当成了发面起子，酿造出谣言来，罗织我新的罪名，说我晚上在场院的麦棚里，头上围着红围巾装女的，其实是在和一个女知青搞对象，为的是造成让人以为都是女的在谈心的假象。很多人便很容易地相信了，原来我是如此的狡猾，因为我有过为拦截车而戴红围巾的前科，人们怎么能不相信呢？

　　五十年过去了。日子真的不抗混，眨眼之间，我就从青春小伙变成白发老头了。偶尔，往事不请自来，纷纷如春水涨潮般涌满心怀。我会想，那天暮色中拦车的时候，我挥舞的红围巾，一定像红红的火焰一样明亮吧，要不那么昏暗之中，那个司机怎么能够那么远就能够看见呢？在北大荒，如果我还真的做出过什么意外的惊人之举的话，那天暮色中在那条砂石路中央挥舞着红围巾，大概可以算上是一件吧。

　　1974年的春天，我就是从这条路上彻底离开了北大荒，回到了北京。那时，车子开出这条土路的时候，太阳已经落山，西天的晚霞格外的灿烂，映得北大荒的原野一片火红。这条曾经吞吐过我青春岁月的土路，在车子的西边，路旁白杨树的叶子，被晚霞映照得火红火红的，仿佛树尖上的每一片叶子都有火苗在燃烧。

草 帽 歌

那年的夏天,我在5号地割麦子。北大荒的麦田,甩手无边,金黄色的麦浪起伏,一直翻涌到天边。一人负责一片地,那一片地大得足够割上一个星期,抬起头是麦子,低下头还是麦子,四周老远见不着一个人,真的磨人的性子。北大荒有俗语:割麦和泥垒大坯,是属于磨性子的三大累活。

那天的中午,日头顶在头顶,热得附近连棵树的荫凉都没有。吃了带来的一点儿干粮,喝了口水,刚刚接着干了没一袋烟的工夫,麦田那边的地头传来叫我名字的声音。麦穗齐腰,地头地势又低,看不清来的人是谁,只听见声音在麦田里清澈回荡,仿佛都染上了麦子一样的金色。

我顺着声音回了一声:我在这儿呢!顺便歇会儿,偷点儿懒。径直望去,只见麦穗摇曳着一片金黄,过了好大一会儿,才渐渐地看见麦穗上飘浮着一顶草帽,由于草帽也是黄色的,和麦穗像是长在了一起,风吹着它一路船一样飘来,在烈日的直射下,如同一个金色的童话。

走近一看,原来是我的一个女同学。她长得娇小玲珑,非常可爱,我们是从北京一起来到北大荒,她被分在另一个生产队,离我这里 36 里地。她是刚刚从北京探亲回来，家里托她给我捎了点儿吃的东西，她怕有辱使命，赶紧给我送来。队里的人告诉她我正在 5 号地割麦子，她又马不停蹄地跑到了麦地里。当然，我心里明镜似的清楚，那时，她对我颇有好感，要不也不会有那么大的积极性。

接过她捎来的东西，感谢的话、过年的话、玩笑的话、扯淡的话、没话找话的话……都说过了之后，彼此都拘着面子，又不敢图穷匕首见，道出真情，便一下子哑场。到告别的时候了，最后，我开玩笑对她说：要不你帮我割会儿麦子？她说：拉倒吧，留着你自己慢慢地解闷吧。便和我告别，连个手都没有握。

麦田里，又只剩下我一个人，无边翻滚的麦浪，一层层紧紧拥抱着我，那不是恋人的爱，而是魔鬼一般的磨炼，磨退一层皮，让你感觉人的渺小，然后渐渐适应，让别人说你成熟。

大约过去了一个小时，身后的麦捆都捆好了好多个，战俘一样七零八落地倒伏着。忽然，地头又传来叫声，还是她，还是在叫我的名字。我回应着她，趁机又歇会儿。过了一会儿，看见那顶草帽又飘了过来，她一脸汗珠地站在我的面前。

我不知道她来回走了八里多地折回来干什么，心里猜想会不会是她鼓足了勇气要向我表达什么了，一想到这儿，我倒不大自在起来。

她从头上摘下草帽，一头热汗蒸腾的头发像是刚刚揭开锅的笼屉。她把草帽递给我说：走到半路上才想起来，多毒的日头，你割麦子连个草帽都没有！然后，她走了，望着她的身影在麦田里消失，完全融化在麦穗摇曳的一片金色中，我没有找出一句话，我总该对人家说一句什么才好。

　　往事如烟，过去了将近四十年，日子让我们一起变老，阴差阳错中我们各自东西。但是，常常会让我感慨，有时候，你不得不承认，无论是在记忆里，还是在现实中，友情比爱情更长久。

他将长生草留给水

地 理 课

在北大荒，我在生产队里当过老师，教复式班，是那种一个班里从一年级到六年级的学生都有的班，语文数学地理自然历史美术体育什么课，都得是你一人去拳打脚踢。这样的班自然很难教，常常是按下葫芦起了瓢，那帮学生那么老实听凭你一人摆布？

班里最老实的是队上喂马的老李头的女儿，上六年级了，瘦小得还像是刚上学的孩子，坐在教室里，整天跟个扎嘴的葫芦一样，一句话不说，两只大眼睛，就那么直盯盯地望着你。我教她还没有一个月，她就不来上学了，说是帮家里干农活去了。那时，我一腔热血，自以为可以解放天下三分之二受苦受难的人民，怎么能够让这样一个贫农的好孩子不上学呢？

一天晚饭后，我摸黑找到她家。她家在马号的旁边，是队里的最边上了，老李头喂马方便了，但要找到他家，天黑，路挺难走。走进屋，想好的一切都咽了下去，我什么话也甭说了，屋里破烂得跟猪圈似的，一大帮孩子张着口等着吃饭，她是老大，家里不靠她靠谁呢？

她提着一盏马灯送我出来，一直送我很远。突然，她站住了，我不知她要做什么，她的背后是北大荒苍茫的夜空，没有月亮，一天的星光辉映在她瘦弱的肩头。我刚要问她有什么事情吗，她突然问了我一句："肖老师，你说学地理课有什么用？是不是以后走路就不迷路了呀？"

三十九年过去了，这句话还回荡在我的耳边，还是像针扎一样，让我难受而无言以对。

大学毕业的暑假，我回了一趟北大荒，坐上回二队的长途汽车，车要开一百多里才能够到达。车刚要开，一个胖乎乎的女人嚷嚷着气喘吁吁地跑上了车，起初，我没有认出她来，她那一身装束完全本地化了，晒得黑黝黝的一张脸和一个当地的农妇没什么两样。当时，我只注意她的手里拿着一个帆布做的小书包，书包上面印着颐和园的图案和"北京"两个大字。如果不是后来车上有熟人告诉我，我真不敢认她。

想一想，那一年，我 35 岁，她比我小 9 岁。她是特意跑了一百多里地，来给她家的老大买书包的。她告诉我，她的老大这学期有了地理课，这孩子一个劲儿地非要买一个带"北京"两个字的书包。

她说这话时，让我的心里一动。我忽然想起了她说过的那句关于地理课的问话，心里禁不住一紧。在北京，或在任何一座城市里的孩子，或许对于地理课都不会特别的在意，而在偏远的北大荒，地理课是和外面世界联系的特殊的一座桥。地理课能够给予他们许多想象和向往，那一个个对于他们陌生而永远难以到达的地名，是藏在他们心里或梦里的一朵朵悄悄开放的花。

大前年，我又回了一趟北大荒，想想三十多年前的事，就

他将长生草留给水

跟做梦一样，算算老李头的女儿已经四十多了。特意打听她，得到的消息却让我吃惊，人们告诉我她死了。我问什么病？是精神病。为什么会得这种病呢？谁也说不清。会不会是地理课给了她向往，却也给了她无奈？一朵花还没开就凋零了。

太阳味道的西红柿

日子过去得非常快，一旦成了历史，事情便很容易褪色。鲜亮的颜色总是漆在眼前或即将发生的事情上，而不在如烟的往事上。

在北大荒插队，秋天是最美的，瓜园里有吃不够的西瓜和香瓜，让我们解开裤带敞开地吃。但过了秋天，漫长的冬季和春季别说水果，就是蔬菜都很难见到了。我们要一直熬到夏天的到来，才能终于尝到鲜，第一个鲜亮亮跑到我们面前的就是西红柿。在北大荒，我们是把西红柿当成宝贵水果吃的。想想一冬一春没有见过水果，突然见到这样鲜红鲜红的西红柿，当然会有一种和阔别多日的朋友（尤其是女朋友）相见的感觉。蠢蠢欲动是难免的，往往会等不到西红柿完全熟透，我们就会在夜里溜进菜园，趁着月光，从架上拣个大的西红柿摘，跑回宿舍偷偷地吃（如果能蘸白糖吃，比任何水果都要美味了）。

那时候，我最爱到食堂去帮伙，原因之一就是可以去菜园摘菜。北大荒的菜园很大，品种很多，最好看的还得属西红柿，其余的菜都是趴在地上的，比如南瓜、白菜、萝卜，长在架子上的菜总有一种高人一等的昂昂乎的劲头。但是，架上的扁豆还没有熟，北大荒的黄瓜五短身材难看死了，只有西红柿红扑扑的、圆乎乎的，样子就让人耐看。没有熟的，青青的，没吃嘴里先酸了；半熟不熟的，粉嘟嘟的，含羞带啼般像刚来的女知青似的羞涩；熟透的，红透了从里到外，坠得架子直弯直晃，像是村里那些小娘们儿般的妖冶……

离开北大荒好久了，还是总能想起那里的西红柿，尤其是那种皮是红的切开来里面的肉是粉的，我们管它叫作面瓤的西红柿，有种难得的味道，不仅仅是甜是酸，也不仅仅是清新是汁水丰厚，真的是其他水果没有的味道。吃着这种西红柿，躺在一望无边的麦地里，或是躺在场院高高的囤尖上吃，是最美不过的了。我们会吃完一个扔一个，直至吃得肚子鼓鼓的再也吃不下去为止。那西红柿被晒得热乎乎的，总有一种太阳的味道。

回北京这么长时间了，总觉得北京的西红柿不好吃，酸、汁水少，没有北大荒面瓤的那种。特别是冬天在大棚里靠人造温度长大的西红柿，味道就更差了。而在国外有一种转基因的西红柿，样子很好看，价钱也便宜，但一点儿营养没有，更是无法吃。

想起我母亲还在世的时候，有一年的春天种了一株丝瓜、一株苦瓜，还种了一棵西红柿。从小在农村长大的母亲，对于种菜很在行，夏天，这几种玩意全活了，长势不错，只是西红柿长不大，就那样青青的愣在架上萎缩了，最后只剩下一个终于长大了，渐渐地变红了。我告诉母亲别摘它。就那么让它长着，看个鲜儿吧。夏天快要过去了，整天晒在那里，它快要蔫了，母亲舍不得看着它蔫下去烂掉，从困苦中熬出来，一辈子总是心疼粮食蔬菜，最后还是把它摘了下来，在母亲的手里，西红柿虽然蔫了，却依然红红的格外闪亮。那一天，母亲用它做了一碗西红柿鸡蛋汤。说老实话，我没吃出什么味儿来。

　　唯一一次西红柿鸡蛋汤吃出味道的，是弟弟的一位从青海来的朋友请我到王府井的萃华楼吃饭。那时他们在青海三线工厂工作，比我们插队的有钱。我是第一次到这样的饭店来吃饭，是冬天，是在北大荒没有水果没有蔬菜的季节，这位朋友点菜时说得要碗汤吧，要了这个西红柿鸡蛋汤。那是一碗只有几片西红柿的鸡蛋汤，但那汤做得确实好喝，西红柿有一种难得的清新。蛋花打得极好，奶黄色的云一样漂在汤中，薄薄的西红柿片，几乎透明，像是几抹淡淡的胭脂，显得那样高雅。我真的再也没有喝过那样好喝的西红柿鸡蛋汤了，也许，是离开北大荒太久了。

七星河记忆

从北京到哈尔滨 1300 公里，从哈尔滨到建三江 600 公里，从建三江到七星河 43 公里。过七星河到大兴岛我们二队，还有 9 公里。一共将近 2000 公里的路，那时每次从这里回北京或从北京回到这里，走的路都要这样的远，远得好像到了天尽头。

五十年前，1968 年的夏天，拉满我们知青的一辆辆解放牌大卡车，从福利屯火车站开过来，停到了七星河边。七星河水是那样的宽阔而清澈，岸边的芦苇丛是那样的茂密而葱茏。已经是黄昏的时候，太阳还在辉煌地照着，映照得河水发红发亮，安详得如同平滑的镜子。

我们从车上下来后，每一个人都被当地的老乡接走，跟着他到他家吃饭，然后住上一夜，第二天过河到大兴岛。我永远也不会忘记，当时真是让我惊讶万分，迎面向我走来一个年纪不算大的汉子，光着脊梁，胸膛的正中央，挂着一枚毛主席像章。如果仅仅是一枚毛主席像章，不会让我惊讶，因为那个时代胸前挂着一枚毛主席像章，是一种时髦，或者是一种革命的身份的证明。但是，他的那枚毛主席像章实在是硕大无比，足足有一个吃饭的大海碗的碗口那样大，而且是别在自己胸膛的肉上面啊。

现在，站在七星河边，映在我脑海里的，首先是这幅画面：他别在肉上一枚硕大无比的毛主席像章，向我迎面走来。他和那枚毛主席像章以及七星河，一起叠印在我的记忆里。只要一想起七星河，我总会不由自主地想起他和他的那枚毛主席像章。那记忆便显得格外的深刻，甚至有些惊心动魄。

于是，以后关于他的所有记忆，便也总是显得那么的深刻而难忘。我跟着他来到离七星河不远的一座拉禾辫的草房子里，一间屋子半间炕，炕上早摆好了红漆木炕桌，桌子上已经摆好了热腾腾的饺子。我以为是要吃饭了，而且一路的颠簸，我的肚子还真的有些饿了，便赶紧脱下鞋要上炕。他一把拉住我，什么话也没有说，自己先对着炕的对面墙上贴着的一幅毛主席画像，拿起一本毛主席语录，握在胸前，背诵了一段毛主席语录：领导我们事业的核心力量是中国共产党，指导我们思想的理论基础是马克思列宁主义。我跟着他背诵完毕，然后，他举起语录本，喊道：敬祝我们伟大的领袖毛主席万寿无疆，万寿无疆，万寿无疆，我跟着也敬祝了三遍之后，他接着敬祝林副统帅身体健康，身体健康，永远健康，我跟着也敬祝了三遍之后，这才跟着他上了炕。其实，这一切，对于我并不陌生，"文化大革命"刚刚开始的时候，这样的敬祝是我们每天早饭午饭和晚饭必修的功课，只是到了去北大荒那时，在北京这样的繁文缛节已经开始减弱，不再每餐前还要这样的敬祝了。显然，节奏上，北大荒比北京慢了半拍；虔诚与盲目的程度，北大荒和北京一样不分彼此；革命的渗透力，竟然普及了这样偏僻的角落。

第二天清早，我们坐船过的七星河。那时，河上还没有桥。

我们坐的是那种汽船，燃烧着柴油的马达轰隆隆地响着，船头的旗子呼呼地吹，一艘船上能够坐不少人，起码也得有几十人吧。一艘接着一艘的汽船，往返来回拉着知青过河的壮观场面，飞溅起的浪花，惊飞起的天鹅和野鸭子，大概是七星河有史以来从来未曾见识过的。在人与大自然的较量与交往中，人总是这样气宇轩昂，不可一世。其实，人与大自然的较量，和人与大自然的交往，是完全不同的两码子事，较量，把大自然放在对立面的位置上，而交往，则是把大自然当成了人类的朋友。

那时的七星河，不动声色，面对着眼前那浩浩荡荡的船队，它的不动声色，不是已经饱经了沧桑，就是充满着无奈。不过，有一点是很清楚的，它比现在要清，是真正的清澈见底，蓝天和云彩，在水中是那样的透亮，就连我们自己倒映在河中的影子，也显得那样的透明，没有一点的渣滓。水草和游鱼，看着是格外的清晰，好像就在水面游动一样，但你伸手去捉的话，它们离你的距离很远，水其实很深，你根本够不着它们。从此以后，这是我衡量水是不是清澈的一个简单易行的标准。

那时的七星河确实很宽，宽得让目光在河面上能够飘荡很远，才能够如鸟一样飞几个回合飞到河的对岸栖息。再加上河边是密密的芦苇荡，像是七星河长出的一圈长长的眼睫毛，更是无形中加宽了河面的宽度。那时，河的两岸遍布沼泽湿地，自然形成的河道弯弯曲曲，不仅现出几分身段的婀娜来，也让我们在船上迂回蜿蜒地足足行驶了一个多小时，最后，才在一个叫作杨万子的地方拢了岸。杨万子是那时大兴岛的码头，是我们以后要想坐船过七星河的必经之路。在它的旁边，建起了一队。那应该是大兴岛的第一个生产队了。

大兴岛是当年垦区的三大岛之一（另外两大岛是雁窝岛和长林岛），总面积 800 多平方公里，耕地 36 万亩，牧草地 30 万亩，地表黑土层达到 30 多公分厚，可谓土地肥沃，真正的黑土地，当年说北大荒的土地插根筷子就能够开花，应该说的就是大兴岛这样的土地了。

比别处更多的是，大兴岛有水有林，林中有花，水中有鱼，曾经有过北大荒的小江南的美称。大兴岛北被七星河、南被挠力河这样两双手臂怀抱着，两河在大兴岛的东边相汇，如同情人相会，激发得水量充沛。河两岸是厚厚宽宽的漂筏甸子，那时候，我们不知道漂筏甸子就是湿地，而且是原始湿地。现在知道了，湿地就是大地的肾，具有调节大自然无可取代的功能。可是，知道得有些晚了，当年，六师师长王少白带领我们开荒种地，开的主要的地就是这样的湿地。

那时候，六师是新建师，就是为开荒而组建的师，浩浩荡荡地开进了三江平原，喊出的口号就是向荒原进军。大兴岛的开荒进程，比六师还要早，它是 1965 年开始建的农场，真正大规模的向荒原进军，是 1967 年和 1968 年先后来了我们两拨知青之后才开始的，和六师的开荒是前后脚。当时垦区因开荒失去大约 300 万亩的湿地，占垦区湿地总面积的百分之六十，主要是在我们三江平原。那时，荒原成了湿地的另一个名词，词名的不同，代表着时代的不同，更代表着时代的价值标准和价值取向的不同，大自然就这样在人的手中翻来覆去。

2004 年的夏天，我再次来到七星河边。七星河依旧清澈地流着，却瘦了许多，我目测了一下，最多也就有十几米宽了，窄的也就几米。以前河边那浩浩荡荡的芦苇几乎已经荡然无存，七星河曾经拥有的漂亮的眼睫毛，被我们像是宰鸡煺毛似的一根根地拔光。

想想当年一腔热血开发荒原的时候，我们曾经写下的那首有名的歌《绿帐篷》："绿色的帐篷，双手把你建成，它像那花朵，开放在荒原中……"那时六师师长王少白喜欢组织文艺宣传队，他还特意从天津买来了一架钢琴，带领着我们把开荒的这首《绿帐篷》歌，唱遍整个荒原。哪里知道，荒原大部分就是湿地，把湿地开垦出来种了粮食，湿地减少了，河流怎么能不瘦呢？历史就是这样充满着悖论，我们以为是在建设，其实却是用我们自己的手在进行着诚心诚意的毁坏。

值得庆幸的是，虽然河水瘦了，并没有受到什么污染，像是一个老处女，虽然肌肉萎缩，有些苍老清癯，毕竟还保持着难得的天真未凿，眉眼还是那样的清秀，宛若瘦骨伶仃的张曼玉，依然风姿绰约。

如今的七星河和挠力河合流一起，成了整个东北唯一一条没有受污染的河流，一直流进乌苏里江。也许，到了这时候，人们才知道，老祖宗给我们留下的这条七星河，本应该是藏在深闺里受我们仔细呵护的一个宝贝。七星河周围现存的2万多公顷的湿地，成了现在国家级湿地自然保护区的核心区，什么事情一到了要下气力如此保护的地步，说明问题的严重性已经到了迫在眉睫的时候了。我们老祖宗留给我们这样一块不可再生的宝地，似乎到了这时候才让我们清醒一些认识到七星河流域，是北大荒的一块多么重要的地区。

其实，早在汉魏时期留下的古代遗址，在七星河流域就有426处，农业时代的文明，在我们知青开荒之前就镌刻着我们祖先劳作的痕迹和历史，我们并不比我们的祖先聪明，相反是自作聪明在破坏祖先为我们遗留下来的东西。我们千里万里而来，不是七星河的求爱者，却成了七星河的征伐者。我们给予七星河的不是花瓣一样温柔呵护的手和爱的心，相反却是抡起了狼牙棒一样的镐头，马踏青草一样驰过的拖拉机。是什么时候才摔了跟头捡个明白，知道在七星河流域的湿地和沼泽中，在芦苇、菖蒲、薹草和小叶樟的灌木丛中，现在还保存着野生丹顶鹤、中华秋沙鸭、白头鹤、白鹤这样四种国家一级重点保护的野生动物呢？至于国家二级保护动物，灰鹤、白枕鹊鸭、小天鹅、雪兔……就更多了。是什么时候这一切曾经被我们捕杀、最起码也是被我们冷漠的生灵，才重新和我们相亲相近、飞来飞去起来的呢？我不知道，我只知道，1991年，七星河流域开始建立了自然保护区，2000年被国务院批准列为了国家级自然保护区。

当我看到这样的材料，心里很不是滋味，我们自以为在大兴岛生活了那么多年，对大兴岛和七星河了解得很，以为那只是一座荒岛，那只是一条普通的河，说实话，我们那时根本就没有把它们放在眼里。我们是多么的无知。我们隔膜了它们悠久的历史，我们又误读了当时"文化大革命"膨胀的历史，当一代人闪失过去了这样前后两段历史的时候，我们的青春该是多么的可悲与可怕。

2004年，我来这里的时候，七星桥还是老样子，那是1970

年建成的，是我们经过两个冬天的苦战修成的。34年过去了，桥墩上"反修桥"的字样还在，那也是当年我们刻上去的。只是桥墩已经破损得厉害，桥面也显得窄了许多，桥的栏杆更是斑驳不堪，像是长满老年斑的老人那枯瘦的手臂。

如今，七星河上已经建起了新桥。七星河两岸的湿地保护了很多。七星河湿地不远的地方，新修了一个机场。再去那里，不必如当年我们屈指行程两千了。只是，五十年过去了，我们付出了五十年的代价。

荒原的第一个婚礼

王国兴原来是我们大兴岛的名人，他从富锦县城下乡，比我们早到一年，在我们大兴岛的医院里当药剂师。因为他人长得精神，又能歌善舞，场部只要组织文艺宣传队，肯定是要把他从医院里抽调出来的。我们和他认识，不是在医院里，而是在宣传队里。

王国兴比我大一岁，结婚比我们都要早。1973 年，是我到北大荒的第五年，7 月 1 日那一天，他和宣传队《沙家浜》里演卫生员的小郑结婚了。婚礼就在大兴岛举行，在大兴岛，那大概是举行的第一次知青的婚礼。新房都似乎没有来得及准备好，只能够委屈一下，是一间拉禾辫的草房，就在医院的东边一点，孤零零的，旁边靠着农场的牛号了，满圈的老牛，睁大好奇的眼睛，哞哞地叫着，奏响他们的婚礼进行曲。

再往外面一点，就是荒原了。

由于是我们整个农场来自北京上海天津哈尔滨等地几万名知青中第一对人结婚，那天的婚礼格外隆重，引人注目，农场的领导悉数出席，许多知青都大老远地从各个生产队跑来看热闹，当然，怀着的心思是不一样的。看热闹的，羡慕的，嫉妒的，跃跃欲试的，心怀疑虑不甘心就这样扎根边疆的，等等，不一而足。

小郑，比我小两岁，上海人，和王国兴一样，长得都是一表人才，在全农场不能说是第一第二，也得属第三第四，可谓郎才女貌，符合传统审美和择偶的标准，也符合当时鼓励知青扎根的新潮流。他们都是我很熟的朋友，自然是要去祝贺的。婚礼上，少不了大家忙前忙后的张罗和捧场。

对于我们知青而言，平常都是些日出而作日落而息庸常琐碎的事情，日子过得像白开水一样，淡而无味。他们的婚礼，尤其又是知青中的第一个婚礼，对于我们确实如平地炸雷一样，是一件大事。简直像是一场大戏，让大家尤其是我们知青憋足了劲儿去看。

那一天婚礼的情景，我当时详细地记在笔记本上，也许，现在抄录下来，不仅可以看出当时的一份存真写照，也可以触摸到当时我自己和周围人一些真实的心情——

这是我们大兴岛上第一对知识青年的新婚夫妇，女方来自黄浦江畔，男方来自松花江旁，像是两股小溪汇聚在北大荒。男方的父亲特地从家里赶来，风趣地说："这是插队落户、扎根边疆暂告一段，基本落实了吧？"

婚礼没有开始就已经很热闹了。领导为他们的生活筹备了必需的用品：大至柜子，小到簸箕。知青更是把商店里能买到的东西差不多都买完了：镜子、脸盆、暖瓶、水桶、水缸……没什么可买的了，有人热心地跑到两百多里地的富锦县城买回来半导体收音机、毛毯等。正在上海探亲的同学特意从南京路上买回带有城市风味的一束五彩缤纷的纸花,点缀他们的新房。他们自己呢,没有耽误工作,忙里偷闲,抓早晚时间把房子收拾了一新。都从来没有干过这活,得从头学起:糊棚、刷墙、垒炕……木匠特意把他们两人从城里带来用了四年多的箱子翻新、刷漆。再想想,还缺什么?什么都齐了,应该满足了,应该感谢大家。哦,还缺一把烧开水的壶,以后大家少不了常来串门,还不得喝点开水?正想着,门推开了,细心的伙伴正送来一把钢精壶,还送来了南方的龙井、祁红散发着醇厚香味的茶叶。

结婚典礼,大家纷纷赶来,热情诙谐的司仪宣布婚礼开始,并让新郎新娘上前入座。新郎大方地走上来,新娘却羞羞答答地还挤在女知青堆里不上来,似乎还舍不得离开这些年朝夕相处的同学。大家连推带搡地把新娘拥上前。新娘和新郎互相戴上大红花,脸上顿时也红得像胸前的花一样了。领导、家长、同学代表分别讲话后,暂时的安静又被搅破了,男知青让新娘点烟时,故意用嘴使劲吹气,让新娘点不着,弄得满屋子烟云缭绕,笑声四起。女知青也憋不住了,纷纷让新郎和新娘讲恋爱经过。无可奈何,半推半就中,新郎先简单地讲述了几句,兴致正高的同学嚷嚷开了:"不行,不行,还得让新娘说说!"新郎假装急了:"一个人说还不行呀?两人说也是一个事嘛!""那也让新娘表个态!""表什么态,要不同意她能来吗?"是啊,问者被新郎反问得哑口无言,底下发出一阵更热闹的笑声……

应该祝福他们,他们是现实的,也是乐观的,前景已经在他们的眼前展开，他们暂时先不管那前景到底会是什么，只管眼前，便也真的少了许多烦恼和忧愁。新的生活即将开始了，大家在祝贺着他们幸福的时候，心里也默默琢磨着自己。也许是我杞人忧天，生活的帷幕已经拉开。好戏在后面，想中途退？还是一直演到底？谁能预测未来？

我忘不了他们那天婚礼的情景，也忘不了事过将近五十年之后，重新翻出尘埋网封的笔记本，看到上面已经浑黄变色的字迹时的情景，王国兴和小郑当时在婚礼上讲的话，还那么清晰地响在耳边。触动往事的心情，尤其触动的是自己青春时节的往事，总有一种心惊落木，夜坐秋风的感觉。而今再来想想小郑和王国兴，突然兜上心头的感觉，是唐诗中写过的"画君少年时，如今君已老"的一种惘然和苍凉。

之所以这样说，需要稍微回顾一下知青的历史。知青刚到北大荒时，恋爱是被当成资产阶级思想来批判的，如果男女之间恋爱的话，也得偷偷摸摸的，被发现者，轻则批评，重则批判，知青自己将情书上缴领导，领导私自偷拆知青信件乃至翻抄知青日记，然后在大会上公开抖搂出来进行批判，都不是什么怪事。恋爱成了过街的老鼠。谁想几年之后，为鼓吹扎根边疆，同样是我们北大荒的领导，突然开始鼓励知青结婚了，一下子，知青恋爱结婚成了风，过街的老鼠成了讨人欢喜的猫咪了。大兴岛，就是王国兴和小郑打的头，如同婚礼上燃放的鞭炮一样，开头点燃起来了，紧接着的是一连串的噼里啪啦地响了起来，各个生产队新婚的知青房雨后春笋一样冒了出来，成了当时的一大景观。有一段时间，谈婚论嫁的比肩接踵，结婚的知青与日俱增，知青房都不够分配的了。

我们的恋爱和我们的青春一样，就是这样总也脱离不开时代潮流的裹挟，不是短暂的几乎忽略了恋爱的过程，马不停蹄地立刻麻利儿地结婚成家，热闹的婚礼成了扎根边疆的仪式；就是漫长得熬到知青大返城之后，还要在苦苦的等待中期盼着工作和房子，迟到的婚礼成了苦涩青春的祭品。

其实，现在想想，1973年小郑和老王的婚礼上和婚礼之后，我的心情并不像他们两位一样的烂漫，对未来充满向往，在很长一段时间里，索性干脆不去想，甚至害怕去想什么未来。

热闹的婚礼过后，独自一人的时候，甚至会有一种兔死狐悲的凄凉袭上心头。我知道，许多和我一样的知青，在婚礼上开心放肆地凑热闹、起哄，只是一时的花开掩饰着落花流水的无奈。即使什么都没有说，大家的心里都在拨拉各自的小九九，以后怎么办？就这样也和他们一样结婚，在这里扎根一辈子？别的不说，王国兴和小郑结婚的新房，是那种用泥和拉禾辫盖起的土房子（就是那样的房子，也是对他们的特殊照顾呢），每年秋天都要往墙上抹一遍泥才能够保温度过寒冷的一冬，而且每年秋天都要在房子后面码起小山一样的柴火垛，好烧一冬一春的灶台和暖炕。光是这两样活儿，都会让许多如我一样畏惧的知青望而却步。因此，我知道，更多的人和我一样，对他们的婚礼只有祝福和隐隐的担忧，而没有更多的羡慕，心里漾出来的更多的是几分伤感。他们的婚礼，并不是一朵祥云，只是大家渺茫未来的一面镜子。

未来，对于我，就是拉禾辫土房子和房前小山一样的柴火垛。这两样东西，足以让我望而却步。

这样的想法，在我当时记那则笔记时，就已经流露出来。只是那时我不敢深想未来，或根本不去想，完全采取一种鸵鸟一样回避的态度。但说实在话，参加他们的婚礼后，我真的隐隐有些害怕，怕自己有一天，也走上和他们一样的道，在那样的土房子里结婚，然后如他们一样每天从门口的柴火垛上抱一把豆秸或松木样子做的柴，塞进灶膛里；在冬天到来之前，再挖好地窖，往里面储存好一冬的白菜土豆和胡萝卜"老三样"；然后，生下一个或几个孩子，一直到老……田园风光和风情，倒是田园了，不过，我真的有些怕，甚至怕结婚，我真的有些不甘心，难道一辈子就真的在北大荒扎根不可了吗？北京城就真的把我们彻底地抛弃不管了吗？而这将是我们每一个知青必须的选择吗？那一年，我已经 26 岁，青春只剩下一条并不粗也不长的尾巴了。

在以后的日子里，我曾经参加过许多知青的婚礼。无论是如王国兴和小郑样早早办下婚礼的，还是推迟到返城之后草草结婚，没有心情更没有经济实力操办婚礼，是都有一颗红亮的心，也都有一本难念的经。前者，不过有些像是暴饮暴食，将青春早早挥霍干净；后者，不过是钝刀子割肉，被岁月慢慢地蚕食。

荒原的那第一个婚礼，如今成为一张褪了色的老照片。

北大荒邂逅

在北大荒，曾经邂逅一位老队长。

这个老队长可不是一般的队长，可是原来我们大兴岛的名人。他是原来一个队的队长，那是当年全建三江树立的学大寨的标杆大寨队，老队长是全建三江树立的模范标兵，他的名字和这个生产队一起上过报纸和电台。

那阵子，我在建三江的宣传队，负责创作，队上给我一个任务，就是到他的队上写一个节目，歌颂老队长和他的大寨队。我第一次到这个队，正是豆收的时候，我几乎在那里住了整整的一个豆收，回到建三江写了一个小话剧《大兴岛的大寨花》，那是我们宣传队自编自演的第一个话剧，演出的效果还算不错。宣传队里原来在北大荒话剧团里当过专业演员的老刘（曾经在话剧《北大荒人》和电影《老兵新传》出演过角色）扮演老队长，我演剧中的一个知青，过了一把戏瘾，虽然没有几句台词，大概只是挑着扁担，跟着队长到地头上送过一次饭。

我已经记不清楚那个小话剧的内容了，但我知道老队长当时干得确实不错，他最大的特点是能吃苦，常常是自己天不亮就带头起床下地割豆子，自己把着一条垄，唰唰唰的，总是割在最前面。克服了当时的暴雨大涝，他带领大家把豆子都收获归仓，创建了奇迹。那时，他的年龄有 40 多岁，正是年富力强的时候，能吃能喝能干，在大寨队里，属于振臂一呼，应者如云的厉害主儿，知青见了他都跟耗子见了猫似的，但没有人对他不服气。在大兴岛上，只要一提大寨队，没有不知道他这个老队长的。那一阵子，天天在大寨队和老队长摸爬滚打在一起，白天下地干活，晚上上炕喝酒，当然和他很熟。

谁想到，第二年的豆收的时候，老队长就出了事，立刻被添油加醋，传得沸沸扬扬，满大兴岛没有不知道的。说他和一个北京的女知青出事了。正是全队奋战豆收的节骨眼儿上，没有人敢请假，唯独一个女知青有病没出工，显得特别的乍眼。坏就坏在这个女知青是队上的卫生员，卫生员在各队都有一间卫生室，兼做卫生员的卧室。屋子里，放个简单的药品，小伤小病，打个针方便。如果她不是卫生员，就和其他的女知青一样，都住在知青集体宿舍里，十好几个人都睡在那一铺大通铺上，也就没有那天晚上的事情了。

其实，这个女知青只是有些懒，那时，全队学大寨，又有了这个"大寨队"的光荣称号，响鼓重锤之下，人们更得玩命干活，老队长抓得更紧，累得人跟孙子似的，收了工倒下来就不想再起来。她只是有些娇气，想不再那么没完没了地起早贪黑地干农活。不该埋怨她眼眶子太浅，那时，她太年轻。马克思说年轻时犯的错，上帝都能够原谅。但马克思忘了说，年轻时付出的代价太昂贵，一生都没法弥补。想想，多少有些不值得。为了少起几个早，少割几垄豆子，她付出了代价，也让老队长付出了自己刚刚赢得的模范称号。人们不再管老队长叫大寨队的队长了，却给她起了个外号"大寨花"，借用的是我写的那个话剧的名字，原来的褒义变得暧昧甚至贬义。我的那出话剧，很快就被人们忘了，但这个"大寨花"的外号，和老队长这段风流韵事，却被很多人记住了。

老队长出事的时候，我在二队，因为有为了队上三个所谓"反革命"鸣冤叫屈得罪了队上的头头的"前科"，建三江宣传队要调我去，被队上的头头死死地卡住我的档案不放，狠狠地报复我了一把。那一年，调动没有成功，我已经灰溜溜地打着铺盖卷回到了二队。而那时候的老队长，正在场部政治部的一间办公室里灰头土脸写检查呢。真的是世事茫茫难预料。

老队长在大兴岛的辉煌历史，到了那里也就告一段落了。没有想到，几十年过去了，我重返北大荒，竟然在场部新修的大道上又能够见到他。一切都已经风流云散了。一切又是那样的机缘巧合。

他戴着一顶草帽，开着手扶拖拉机，身边是他的老伴，正笑眯眯地望着我。显然，他早看见了我，停下手扶拖拉机，站在那里老半天了，轰隆隆的马达声都熄了火。大概也是在犹豫，是见见我呢？还是装做没看见，就在一旁看看我和一帮朋友在说笑照相，扒拉扒拉人头猜猜我身边的人是谁，然后开着拖拉机和我们擦肩而过，让过去的回忆和拖拉机喷吐的烟雾一起很快散去？

过去的那段事情，虽然说起来也算不上什么，后来，他很快调到别的队上当队长去了，也就雨过地皮干了。但是，他是个好脸面的人，好强而自尊，那段事情，对于他总觉得像是身上的

"红字"一样，特别是一见到了知青，会格外的不好意思，可能他觉得那种羞辱，那既是对自己的，也是对知青的吧？

由于我是朝着他直奔而去的，让他意识到此次的意外邂逅，是躲不开了，便立刻伸出手向我走了过来。我们的手就很快地握在一起，他显得有些苍老了，一脸沟壑般的皱纹，将岁月一起深深地刻印在脸庞和脑门上，一道一道都是那样的明显，每一道里藏有太多的风霜和沧桑，因为他一直是笑着向我走来，脸上的笑纹凝结成了一朵菊花瓣似的，越发得显得密，显得深。算一算也是过 70 岁的人了，能不显得苍老吗？我们也都已经老了，他再不老，可就真的成仙了。

让我惊讶的是，他的记性还是那么的好，居然不仅记得起我的名字，还一一记得旁边其他人的名字。

意外的邂逅，让几十年前的记忆迅速得以浓缩版的再现。一个双重含义的"大寨花"过去的词汇，一个可悲又可笑的时代的投影，以及许多场景，都次第出场一般，重新演绎出新的感慨和意思出来。

我越发的感到，北大荒，大兴岛，无论对于我们，还是对于老队长这样当地的农户，都已经是固化在彼此的记忆里了。我现在无法揣测如此固化的记忆，对于今天的我们，到底有什么样的意义，是不是只是风中的树叶或飘带，不过是那么一闪一闪，闪过去也就闪过去了，并没有改变树叶或飘带什么，也没有带走树叶或飘带什么；还是确实改变了什么，带走了什么，让树叶或飘带已经不再是原来的树叶或飘带了？我不清楚。我只清楚的是，我刚才在见到老队长而迅速地想起过去的一切曾经发生的事情的时候，那曾经发生过的事情和现在我的回忆，已经不完全是一个样子了。因为为那个女知青而倒霉的老队长当时的心境和日子，也许并不像我想象得那样轻松，而我们对于大寨花的陨落，当时也不见得就没有一点惘然若失甚至幸灾乐祸。只是一切事过境迁之后，重新想起的那些往事，回忆中的是一个重构的画面，那个过去的画面在现实中重现，加入了今天的反思、淡化、宽容和一些有意无意的遗忘，很容易使得那过去的画面已经变形、失色、倾斜，乃至颠倒。

同样，我相信老队长在突然之间遇到我们之后而闯进他脑海里的那些记忆，肯定也不仅仅是对于我们知青友情的感动和回潮，或是对知青给予他遭遇的怨恨和懊悔。他对知青的感情一定是复杂的，如果没有那么多知青来到大兴岛，他的生活将是另外一种样子。知青来了，而且是要接受他们这样的人组成的贫下中农的再教育，让他有了一展身手的机会，让他跳蚤成龙种一般，成为了大兴岛上一时的风云人物。也是由于知青来了，而且来了那么多他从来没有见过的城里漂亮的女知青，让他有了另外一种机会，让他品尝都市的风花雪夜而不再是乡间大楂子的味道，对于他，那是区别乡村与城市的一种转喻。他也许会恨知青，他也许会感谢知青。知青让他的履历跌宕起伏，让他的回忆荣辱与共，让他的心里恨爱交加。对于他，真是成也知青，败也知青。

当然，所有这一切，都是我的揣测。也许，他根本没有想那么多，如果真的想那么多，他也就不会挺到今天，一下子老当益壮，承包那么多亩地的大豆了。

其实，他和知青一样，在那个年代里膨胀成了氢气球，又一起因那个年代而迅速萎缩成了瘪茄子。他所回忆的那些画面，便一定和我们一样，肯定也是重构的，加入了他多年以来冲淡或添加的，如今被我们的到来而重新搅拌的浓度和色彩，以及被他自己加重和忽略的细节，涂抹的是另外一幅图画了，就如同画家凡高在割掉自己的一只耳朵后重新描绘阿尔郊外的菜圃、麦田或巴旦杏的时候，和原来的完全是两种想象了。

　　从这一点意义而言，我们和老队长都不是凡高，却又都是凡高，具有凡高绘画的同样功能。记忆是我们共同的画，即使重构的画面不尽相同，但其中的北大荒是相同的，大兴岛是相同的，大寨队是相同的，这样三点相同，便构成了记忆稳定的三角支架，支撑起过去不会坍塌成眼前的宣传队的旧房子一样，成为记忆的一片废墟。

　　因此，相见甚欢，表现出来都是一些表象，或者只是心情宣泄的一种形式。人们渴望意外的邂逅或阔别的重逢，其实，是渴望用现实重构过去，用相逢一笑来慰藉自己的心灵罢了。

　　但是，无论怎么说，我们和老队长的邂逅相逢，像是天意一般，安排我们重新回忆各自的一面，这各自的一面，即知青和当地的农民的一面，每一面都有着各自的双重性。

　　我没有想到的是，老队长虽然这么多年来上下起伏，历经颠簸，而且年龄已是70多岁了，居然一个人承包了2000亩地，种的全部都是大豆。这实在不容易，而且出乎我的想象。这就是当地的农民超出知青的东西，这东西就是韧性，也就是乡亲们所说的：皮实。

　　我知道，如今在大兴岛上，像他这样大年龄还要承包土地种庄稼的人，已经是绝无仅有了。不要说年龄老的人，干不动这一下子几千亩地的庄稼，就是年轻人，也干不了，或者不愿意干了。一般人，都会把地转包出去，像是城里的二房东一样，将房子转租出去，挣一把坐享其成不劳而获的钱。再能干的人，已经买下拖拉机康拜因等农机具，到春耕秋收的季节向老队长这样的土地承包户租用，获取比种庄稼要多得多的利润，而且是旱涝保收。而老队长这样 70 多岁的人，还要整天脸朝黑土背朝青天那样的苦干。同时，他再也没有大寨队队长指挥千军万马的那样威风凛凛了，他连自己的孩子都指挥不了，只能够指挥自己和老婆两人了。

不过，他干得自得其乐。不干这个，干什么去？知青走了，舞台没有了，大寨也不时兴了。他英雄无用武之地。

知青到农村来回这一趟，像是刮起的旋风一样，国家动荡了一回，知青各家跟着也动荡了那么多年，其实，当地的农民就没有跟着一起动荡一回吗？只是我们在回顾往事的时候，常常想起自己的动荡，而忽略了他们，似乎我们的动荡是不可以容忍的，而他们的动荡则是没什么的，是可以忽略不记的。知青在的时候，让那场"革命"气儿吹的，一副鱼翔浅底，鹰击长空的劲头，踩在浮云上一样飘飘然，他们成为了知青的教育者，便也跟着踩在浮云上一样飘飘然。知青走了，浮云散了，把他们撂到旱地上了，更让他们无所适从，受到伤害的不仅是知青，也应该包括他们啊。

所幸的是，老队长他身体好，还能干这样强度极大的农活，就多干几年吧。伺弄土地，尤其是浩浩荡荡 2000 亩的土地，收割的季节，大豆摇铃，面对豆地里那排山倒海的气势，让他多少还能够找回当年的一些感觉，哪怕是一些模糊而晦暗的感觉。

我问他：你种2000亩地大豆，今年能赚多少钱？

他告诉我：刨去农药和农机具，能剩下几十万元钱吧。

我说：那你挣得够多的啊！就是城里的干部也挣不了你这么多钱呀！

他笑着说：今年老天爷好，风调雨顺的，年初中央又有一号文件，农业税减了不少，才会有这样的收入。去年，我也是承包了2000亩地，地都涝了，一分钱没挣，还欠着银行里贷款的钱，到现在还没还上呢！

我倒是真的佩服了他，不管收成好坏，不管赚钱赔钱，他都是坚持种他的庄稼，而且胃口那么的大，一下子就种好几千亩地。你不能不佩服他老当益壮的劲头。这劲头，还是当年他当大寨队长时候的劲头，雄风还在，他的性格，让我想起当年他的样子。他就应该是这样的一个人，只要有土地在他的手里，在他的脚下，他就能够找回他的这股子劲头来，一切人生沉浮、命运跌宕，对他就都不在话下，都没有土地让他感到实实在在、踏踏实实。

对于北大荒，对于大兴岛，我们是把它们放在我们的回忆里，像是诗分成一行一行，一段一段，让我们自己慢慢地咀嚼，只是和我们的情感相关联。而老队长他们却是把它们放在土地里，像是一垄一垄的大豆，或是遭到灾害，或是有望收成，是和他们的实际生活密切联系在一起。我们离开了这里的土地，变成了鸟，飞回到了城市，他们离不开这里的土地，这里的土地，是他们的神，是他们的魂。

我们的记忆是不同的，我们的命运也是不同的。在过去的年代里，我们信奉知识青年要走和贫下中农相结合的道路，梦想着和他们的融合。其实，水乳交融只是我们天真而且是一厢情愿的梦想。在北大荒的这块土地上，曾经寄托着我们多少乌托邦式的梦想。不过，虽然是梦想，是乌托邦式的梦想，毕竟是梦想，那梦想让我们在青春时节有了一次难忘的试飞，在我们年老的时候有了一次意外的邂逅。

雁窝岛之诗

碧云天，荒草地，西风紧，北雁南飞，挠力河上烟水蒙蒙，挠力河边芦苇茫茫。一个人，站在那样的大自然中，显得是那样的渺小，那样的无助。

高建国，我的高中同班同学，就曾经这样一个人，面对着苍茫而浩瀚的挠力河，和河对岸的雁窝岛。

那时候，他在七队。七队，在大兴岛的最南面，紧靠着挠力河。按现在的说法，那里是风光不错，挠力河上的大桥已经修好了，将来还准备在那附近开发一个旅游点呢。在当时，谁还关心什么风光。风光从来都不只是和金钱挂钩，还是和心情挂钩的，没有了心情，再美的风光，也只是一片光秃秃的山水而已。

建国的性格有那么点与众不同的倔劲，他到北大荒本身就与众不同，颇富有传奇色彩。1968 年，我们来北大荒的时候，他的命还不如我，怎么努力和争取，最后写下血书，还是没有被批准。一咬牙，他和我们商量好了，却没有告诉家里，只是背着一个简单的书包，离开了家，来到了车站，在大家的掩护下，偷偷地登上了我们去北大荒的那辆列车。上了车，立刻一头藏在了厕所里，解下裤子上的皮带，就把门反着紧紧地闩死，躲过列车员的查票，也躲过北大荒带队人的盘查。从北京出发，一路迤逦，路过哈尔滨、佳木斯，到达福利屯，要颠簸两天多，吃喝拉撒睡，都在厕所里，吃的东西喝的水，都是我们从窗口递给他。我们是谁也甭再想上这个厕所，遭受点儿困难算小，他这一路上遭的罪，可想而知。不说别的，正是 7 月末的炎热夏天，光是憋在厕所里的味道，就够他受的了。到达福利屯火车站，别人拉开厕所的门，他差点没有虚脱晕倒在那里，人们看着他那样子，都惊呆了，指着厕所不敢相信地问他：你就是在这儿从北京来到这里的？北大荒的人感动了，破例留下了他。

1972 年的夏天，他心血来潮，忽然想起过挠力河到对岸看看那里的雁窝岛，便约好一个伙伴，准备一次勇闯挠力河参谒雁窝岛的壮举。

雁窝岛，在北大荒是非常有名的，名气远远超过我们大兴岛。我们最开始知道它，都是从林予的长篇小说《雁飞塞北》和电影《北大荒人》里。那里面有一个最初开发北大荒十万转业官兵中的一位拖拉机手，在雁窝岛开荒，为了去对岸取回拖拉机的零件，在返回雁窝岛的路上，突然遇到暴雨，挠力河河水上涨，没有了船只，也没有人接应，他只好背着零件，游泳过河。河水翻滚着、冲撞着，他却怎么都舍不得丢下零件，沉重的零件就这样一点一点拽着他下沉，沉入了挠力河。他是为了开发雁窝岛牺牲的第一个人，人们在雁窝岛上为他竖立起了一个纪念碑。他就是想看看那块纪念碑。那时候，人的心思就是这样单纯，为了这样一个单纯的念头，就可以冒风险。当然，也可以说，那时候人就是这样的傻，傻小子睡凉炕，全凭火力壮。

那天，建国约上伙伴，穿着一双农田鞋（就是胶底的军用的球鞋，那时我们下地干活穿的都是这种鞋），挽起裤腿，就这样从七队出发了，走到挠力河边，浑身都湿得透透的。说是七队紧挨着挠力河，是指的七队的地号，从七队的住处到挠力河，要先到一个鱼梁子，那个鱼梁子是为了给七队的知青食堂打鱼的，住着两个人，成了他们的接应。从七队到鱼梁子，有十几里地，人用腿走着去，也不是近路。而且，这十几里路，有一半是水草地和漂筏甸子交错，前一半的羊肠小道多少还好走一些，后一半的水路，必须每一脚都要踩在水草地上已经被人踩出来的一条老路上，如果一脚踩偏，就有可能踩进漂筏甸子，陷进烂泥塘，或淹没在深水中，那些地方是越动换越陷，越陷就越深，后果不堪设想。想想那时候，人真是胆子够大的，明知山有虎，偏向虎山行，是那个时代的流行语，也是那个时代的时代病，人们像是膨胀的氢气球，以为可以如鲲鹏展翅一样绕世界尽情地飞翔。但是，那时候的勇气，是盲目的，却也是真诚的，现在，盲目没有了，事先的企划，未雨的绸缪，自然加大了保险的系数，却也让那一份真诚变成了利益最大化的斤斤计较和鼻子尖下锱铢必较的算计。人就是这样，狗熊掰棒子，难得两全。

　　如果是现在，你还会去闯这个挠力河吗？

　　我曾经这样问过建国。他笑笑，没有回答我。

　　我在设想他，想找到一个他现在回答的方案。按照他的性格，他没准还会选择几十年前那样的举动。在漫长的时间淘洗下和历史的磨砺下，有的人的性格如同经过了抽脂减肥而变得平滑如同少女的肚皮，没有了孕后或年龄遗留下的斑纹、皱褶和起伏；有的人的性格却依然故我，像树木一样，让风雨刻进沧桑的年轮，并不在意历史曾经给予自己的种种幼稚而狼狈的痕迹。建国无疑属于后者，我开玩笑说他是吃冰棍拉冰棍那种顽固不化的理想主义者，他并不企图吃下冰棍拉下的是能够开满鲜花的大树，更不会害羞地回避当年确实曾经吃过冷冰冰的冰棍，而不像有的人那样愿意移花接木把当年的冰棍重新描绘成一朵美丽动人童话里的七色花。

"那天，我们在鱼梁子住了一宿，好家伙，我逮了21个跳蚤！"

他还是像当年一样笑着说，那21只跳蚤让他记忆犹新，耿耿于怀，跳蚤的新奇有趣，替代了当时一路水路上的惊险与紧张。

第二天一清早，雁窝岛的船来了，接他们上的船，让他们有了这样一次免费旅游。挠力河河水上涨，高出了河道许多，蔓延到了两岸，一片汪洋。昏暗的天空云彩低垂，压迫得小船一叶扁舟一样的渺小，很有些"飘飘何所似，天地一沙鸥"的感觉。挠力河比七星河还要显得迂回曲折，如果没有好的技术，在这样涨水的季节，根本看不清河道在哪里，船就不知道会划到什么地方去，很有可能被深水和水草打翻，和那个扛着零件的拖拉机手一样，死无葬身之地。不过，这一切，没有让他感到恐怖，只加重了探险的乐趣和勇气，那时候，讲究的不就是"到中流击水，浪遏飞舟"的诗句的慷慨吗？

一直到现在，建国都不后悔自己25岁时的那次冒险。人的一辈子冒险的机会并不多，而且一般都是发生在年轻的时候，错过了这样的机会，是过了这村就没这店了。人越是到了老年，越是贪生怕死，宁愿十步远，不冒一步险了。

人的一辈子没有冒过一次险的人，就和一个人一辈子没有谈过一次恋爱一样，总是一件遗憾而无法弥补的事情。没有经过冒险而成功的人，和没有经过恋爱就结婚的人一样，结果并不代表一切。冒险，其实是不满足现实的生活，而渴望在冒险之后见识到一种自己从来没有过的新的生活或体验。因此，从本质上讲，幸福和快乐，就像建国冒险去挠力河对岸的雁窝岛一样，不是在此岸，而是在彼岸。彼岸可以是回头看的后岸，也可以是抬头望的前岸，后岸充满着过多的昏昏欲睡的平庸和糖化后腻人的怀旧，前岸则充满着勃勃欲起的欲望和花开一般想象中的期待，那么，无论是后岸还是前岸，都可以激发人们幸福和快乐的可能。但是，很重要的一个区别是，一般人老的时候，都是让船往后划，收敛起了风雨，划到后岸去，长闲有酒，一溪风月共清明；而人年轻的时候，总愿意把船往前划，一篙情怀，总做天涯万里梦，彼岸再远再荒唐，总在前面诱惑着他。冒险，在这往前划船的途中，自然就不可避免；幸福和快乐，自然也就在其中了。

建国对自己25岁的那次冒险并不后悔，甚至也没有觉得那么后怕，不是因为膨化起的青春无悔，把它当成了磨砺人生的一种夸夸其谈的示范，而是觉得许多人生的经历和滋味，并不因为时代洪流的浑浊便也变得浑浊甚至污浊，一样一起随之抛弃。许多人生的经历和滋味，也不应该只是当成历史捕获的战利品一样，把它们放在天平上称称其重量，以显示历史的沉重。许多个人的人生经历和滋味，对于历史，也许打不起一点分量，但对于个人却可能是一辈子的营养基，和停靠在此岸与彼岸那结实而牢靠的铁锚。

建国终于看到了雁窝岛，看到了那块纪念碑，看到了礼堂上董必武题写的"雁窝岛"三个字，因为岛字的鸟下面写上了四个点之后再写的那个山字，他回来开心地告诉我说是"雁窝鸟山"。

曾经在北大荒那么多年，也曾经去过北大荒那么多地方，我从来没有去过雁窝岛，只有建国一个人去过。他比我们很多知青多了一次冒险的经历。他比我们多一个回忆的岛屿。

"我们从雁窝岛回来的那天，到了七队鱼梁子的时候，都已经是晚上了，我的那个伙伴被来时候的跳蚤吓怕了，不敢住在鱼梁子，非要连夜赶回七队。"即使到现在，建国念念不忘的还是鱼梁子的跳蚤。而在城里，小孩子们已经不认识跳蚤为何物了，他们只会在词典里电脑上或在电子宠物上见识那些动物了。

"那天回去的路，可真有点儿险，幸亏有月亮，要不，看不清水路，踩到别处，麻烦就大了，就是你喊救命，连个救你的人都没有！"建国说。

我问他：那天，你遇到危险没有？

到鱼梁子刚下船，我一脚踩偏，水立刻淹到我的胸口。

再一脚踩偏，你的小命就危险了！

现在，谈起来，显得轻松得很，充满着弹性，在我们的嘴皮上蹦蹦跳跳。回忆就是这样容易把曾经发生过的真实的事情淡化、诗化，甚至戏剧化，让挠力河一处平淡无奇的地方，成了列维坦一样的风景画。但对于建国是不一样的，这段往事因为他亲身经历而刻骨铭心，和我们的诉说我们的想象是不完全一样的。

可以这样的说，他这样的经历，是他性格的使然，同时也坚强了他这种性格的发展，他的性格在雁窝岛上滚了一个更大的雪球。否则，他以后的路，也许会是另外一个样子，或者，他不会那样坦然面对生活给予他的意外袭击。

我一直是这样认为的。因为几乎大兴岛上所有知青都知道，在知青返城的高潮中，他接到回京准签证的时候，妻子刘娜还有十几天就到了预产期。这是他们本来根本没有想要的孩子，偏偏在这时候来了。他们的第一个孩子还在哺乳期的时候，突然有一天孩子在刘娜的怀里再也吮吸不出奶汁来了。到医院检查，晚了，只好让孩子生出来了。他们两口子谁也没有想到，一生还是双胞胎。

在一个独生子女横行的时代，一个家庭能够拥有三个孩子，该是多么让人羡慕的事情。可是，事非经过不知难啊，当时，建国和刘娜是在办理回京手续最关键的时候啊，别说三个孩子，就是带一个还不满周岁的孩子，也够他们折腾的呀。刘娜把双胞胎生下来，刚刚出满月，就离开了大兴岛，正是数九严寒的冬天，抱着三个孩子，挤上开往北京的火车，建国再不放心，也只能把心放在肚子里了，他把刘娜和三个孩子托付给一起回北京的七名知青。拥挤的硬座车厢里，七个人轮流抱着孩子，给孩子找水，冲奶粉，不亦乐乎地把大人孩子平平安安地送回了北京城，只要想想，都显得有些荒诞。建国一个人在大兴岛料理后事，他可不敢像很多知青那样，离开大兴岛的时候，把东西送人或廉价处理得干干净净。破家值万贯，他把凡是能够带走的东西，哪怕是锅碗瓢勺都带走。回到北京，马上面临的待业，他知道自己比别人多一番压力，他一念之差就一下子成了三个孩子的父亲呀！

如今，几十年过去了，他的三个孩子已经长大，孩子的小孩子都早已经落生。一切艰辛困苦，都已经是两岸猿声啼不住，轻舟已过万重山。这么多年来，我一直这样认为，是建国的性格帮助他度过了这样的日子。如果是换一个另外一种性格的人，去面对同样这么多年的日子，那些日子的内容也许是另一种样子的书写。建国的性格，得益于他的坚定，得益于他的倔强。坚定，所以他过去才敢冒险，现在面对困难才不会轻易服软；倔强，所以他认准的事情，总要去做，而且要做成。最初，想到北大荒来，他不就真的来成了吗？后来，他想看看雁窝岛，他不就是真的看成了吗？现在，退休之后的他把目标定在要带好三个孩子的孩子，让他们长大成人，送他们到他们认为理想的彼岸，难道还会实现不了吗？

那年，建国从雁窝岛回来后，曾经写过这样的一首诗，抄给我看，我还记得其中这样几句："飞舟挠力河，初临雁窝岛。霞红心亦红，水遥情更遥……完达低，清河浅，麦海小。纵有万里白纸，难把壮志描……"

我问他还记得吗？

他还只是对我笑笑。

会不会是忘了？

其实，那时候，我也写过好多这样的诗。

诗从来是一个人心灵虚妄的回声，一个人思想模糊的影子，一个时代略带情绪化的感叹词。该怎么诠释这首诗？是有些脸红？还是不悔少作？如何洗尽岁月的铅华？如何衔接并不遥远的历史和现实之间的反差?

好多年前，我曾经写过这样的一段话：年轻人是诗，中年人是小说，老年人是散文。从诗到散文的衍化，我们确实成熟了，却也确实的老了。

单纯得像真理一样

在二队，我对那些堆放在房前房后的豆秸垛，充满着格外的感情。

现在的二队，这样的豆秸垛似乎少了许多，我看见的零星几个，被扒拉得到处散花，像是披头散发的埋汰女人，少了些清爽的生气。我们在的时候，每家的房前屋后最起码都要堆上这样一个豆秸垛的，我们知青的食堂前面，左右要对称地堆上两个豆秸垛，高高的，高过房子了，高得快赶上白杨树了。圆圆的顶，结实的底座，像是金字塔，阳光照射下，一个高个子又挺拔的女人似的，丰乳肥臀，那么给你提气。用豆秸，其实也是有讲究的，会用的和不会用的，差别大多了。会用的，一般都是用三股叉从豆秸垛底下扒，扒下一层，上面的豆秸会自动地落下来，填补到下面来，绝对不会自己从上面塌下来，坍塌得一塌糊涂。就是一冬一春快烧完了，豆秸垛还会保持着原来那圆圆的顶子，就像冰雕融化时候那样，即使有些悲壮，也有些悲壮的样子，一点一点地融化，最后将自己的形象湿润而温暖地融化在空气中。因此，垛豆秸垛，在北大荒是一门本事，不亚于砌房子，一层一层的砖往上垒的劲头和意思，和一层一层豆秸往上垛，是一个样的，得要手艺。一般我们知青能够跟着车去收割完豆子的地里拉豆秸回来，但垛豆秸垛这活儿，都得等老农来干。在我看来，会垛它的，会使用它的，都是富有艺术感的人。在质朴的艺术感方面，老农永远是我们的老师。

我对北大荒的豆秸垛，始终充满格外的感情。

那一年，就是工作组整我，说我是过年的猪早杀晚不杀的时候，一时，我成了不可救药的坏蛋，二队上几乎所有的人都不敢再理我，躲我唯恐避之不及。

就在那一年开春时节的一天黄昏，我独自一人拿着饭盒垂着头往队上的知青食堂走，忽然觉得四周有许多眼睛聚光灯似的都落在我的身上，那种感觉很奇怪，其实我并没有抬头看什么，但那种感觉像是毛毛虫似的，一下子爬满我的全身。抬头一看，一个娇小玲珑的姑娘站在我的面前不远食堂的豆秸垛的围栏旁等着我。是的，就在那个豆秸垛前等我，那个褐色有些像是经冬后发旧的鹿皮的豆秸垛前，却被晚霞照得格外的灿烂，晚霞无遮无拦地都从西边的天际挥洒在豆秸垛上，映照得像着了火一样的红。

食堂前是两大排知青宿舍，那一刻，宿舍所有的窗户里都探出了脑袋，露出了一双双惊愕的眼睛，望着我们，仿佛要演什么精彩的大戏。我的心里都有些发毛，觉得芒刺在身，站在那里一动不动，她就那样向我走了过来，在众目睽睽之下一直走到我的面前，向我笑了笑，我才注意到她的脸上绽开了一对漂亮的酒窝。

那时候，我知道，工作组找她谈过话，让她交代出我对她讲过的有什么问题的话。她没有说什么，工作组请来了场部保卫股的人，腰里别着手枪，在晚上夜深人静的时候，把她找到队部的办公室里，突然把手枪拍在桌子上，拍着桌子让她交代问题，非要她说出我和她有什么不正当的男女关系问题不可。她还是没有说什么。她觉得她没有什么问题，她也觉得我没有什么问题，她不想平白无故地落井下石。他们拿她没有办法。我记住了这些人的卑鄙，也记住了她的勇敢和可爱。

那时候，她才仅仅 17 岁啊。

我记得很清楚，当时，她的手里拿着一个铝制的长方形的饭盒，但我记不得她都对我讲了些什么，我的脑子里一片空白，只是在想她的胆子也太大了，这种时候还和一头早晚要杀的过年的猪那么亲热地讲话，就不怕沾包儿吗？

什么叫作旁若无人？那一刻，我记住了这句成语，也记住了她和那个北大荒落日的黄昏，并且记住了那个在晚霞映照下像是着了火一样的豆秸垛。

在二队，我对那片开着淡蓝色土豆花的土豆地，充满别样的感情。

我们这次来得正是时候，土豆花开得正旺，但是，土豆花不大，也不显眼，要说好看，还赶不上扁豆花和倭瓜花。扁豆花，比土豆花鲜艳，紫莹莹的颜色，而且是一串一串的，梦一般串起小星星，紫嘟嘟的，随风摇曳，很优雅的样子，不那么大众化，好像自以为是的假贵族似的。倭瓜花，黄黄的颜色，本身就跳，格外打眼，花盘又大，远远的就能够看见，而且常常会有蜜蜂在它们上面飞，嗡嗡的，好像它们自己很得意地在唱歌。土豆花和它们一比，就比了下去，一下子就站在下风头。但是，不知为什么，我总也忘不了二队的土豆花。在别处许多地方，我见过无数次扁豆花和倭瓜花，乃至其他菜的花，离开二队这么多年以来，我还就是一次也没有再见过土豆花。

来北大荒插队之前在北京，我常常吃土豆，从来没有看过土豆花。到北大荒第一年的夏天，也是现在的季节，队上的朋友们不知从哪儿借来一台照相机，拉着一起照相，照遍了队上的角角落落，把自认为好景色的地方，都当成了背景照上了。最后，来到队里最西头，是菜园子的地边上了，一片绿色的叶子中间，开着星星点点的淡蓝色的小花。那时，我还不知道它们就是土豆花，只是觉得还挺好看的，就拉上李龙云和老朱，蹲在地头上照了一张相片。然后问别人，才知道这是一片土豆地，也才认识了土豆花。

那时候，我们二队有女知青暗暗地看上了我的高中同班同学老朱，老朱人长得帅，又是好脾气，自然有好人缘。看上老朱的，肯定不少，只是敢于表露的，当时只有这么一位，是从印尼归国的华侨。那是我们来二队的第三年，土豆花开的时候，这位女华侨听说老朱病了，特意在食堂做了一碗病号饭，其实就是一碗热汤面，端着碗到处找老朱，老朱硬是先躲到人家老农家里，又躲到更远的土豆地里，不敢露面，一时传为笑谈。

前些年，老朱出国到法国，回来路过香港，老朱这个人念旧，知道这个女华侨现在定居在香港，心想买卖不成情意在，毕竟在二队曾经一起待过，好不容易路过香港一次，应该去看看她。老朱还特别买了一套景德镇的瓷器，从北京带到巴黎，又从巴黎带到香港，准备送给她作为阔别重逢的小小的礼物。到了香港，老朱给她打通了电话，说是到她家拜访，她连连说她家远，你人生路不熟的，还是我来看你。老朱觉得她说得也对，想得也周到，便牺牲了和同事一起到女人街买东西的时间，开始等她，却是左等右等，一直等到星星出来了，一直等到月落西天了，人家也没有来。

我曾经开玩笑说他：我一直不明白你是怎么想的，不买别的，偏买怕磕怕碰的景德镇瓷器。你买这玩意儿，就预示着不吉利，没见成人家是必然的了。

那一年，我和龙云老朱一起重返大兴岛的时候，发现土地都承包给个人了，也就没有必要整个队上种一个大菜园子了，像当年一样专门还得由老李头一个人负责伺弄，现在都是各家自己房前屋后种的小菜园子了。没有走到西边的地头，早早就看见了一块地里种的是土豆，看那叶子，我是看不出来，但那淡蓝色土豆花，立刻泄露出它们的秘密。

我忙叫来了老朱和李龙云，赶紧站进土豆地里，让别人给我们哥仨照张相。

照完后，我问起30多年前，我们哥仨在土豆地照的那张相片，当时那张底片一式三份洗印了三张，我、李龙云和老朱，一人一张。一问，他们都还保存着呢。这让我们都很开心，许多事情，就是这样叠印在我们共同的岁月里，默契一般，获得了某种特许权似的，破例允许进入我们相同的记忆里。

在二队，我对那些拉禾辫的泥草房子，充满特殊的感情。

我以为年头过去这样久了，我们都离开二队30来年了，这样的房子该不会剩下多少，没有想到在二队我看见那么多的拉禾辫的房子，还顽强地站立在那里，我们走之前是什么样子，现在还是什么样子。当年我教过书的小学校，还在那里，被一家从富锦来的麦客住着，似乎30来年的日子像数码照相机里照过的相片，可倒片回放一样。

在北大荒，那些拉禾辫房子的房檐，一般都会留得比较大，因为每天开春冰雪融化的时候，房顶上的积雪和房头的冰凌，化开之后，都得从房檐流下来。房檐留得窄，冰水滴答下来，都打在自己的门前和窗户上了，出门不小心会滴答到自己的头上，也会把门前弄得很脏。冰水流得离门和窗都远一点，好清扫，也显得干净一些，毕竟开春的北大荒化雪的时候是埋汰的季节。

我们谁也不会想到，这样宽绰一点的房檐，有一天对我们竟会派上用场，而且让我们是那样的难忘。

那一年，也就是工作组整完我们"九大员"之后，他们撤兵了，我们"九大员"被分到了六个地方，打得七零八落，如星云散去，省得我们聚在一起惹事。那时，李龙云和同一台康拜因的一个北京女知青有那么一点意思，临别的时候，对那个女知青说：我走以后希望你能够给我写信。那女知青连想都没仔细想，几乎是本能反应一般脱口而出，回答得实在有些拙劣：你要给我写信我就给你写。这样的回答，很让李龙云心里撮火。什么事呀，本来挨整让人家给棒打分散心情就不好，还是鼓足了勇气才对你说的这番话，你倒好，拿着豆包不当干粮，还说什么我给你写信你就给我写信？

龙云到了别的队后，没有和她再联系，彼此的自尊，都像是一把钝锯拉扯着时间和距离。时间一长，只好大家帮忙，从中做一番穿针引线的工作。那时，李龙云已经调到了建三江的宣传队，我和老朱自告奋勇，过七星河去找李龙云，当一回蒋干过江的说客。李龙云心里并不情愿，看着我和老朱大老远的来了，没有驳我们两人的面子，只好跟着我们回到了二队。

我们的中学同学秋子当时在 25 队，晚上，就把我们三人和那位女知青一起拉到 25 队，把龙云和那位女知青放在他们队部办公室里，让他们两人交谈，我们其他人都跑到外面边聊天边等。正是夏天，我们在野地喂蚊子还好说，那天晚上，偏巧突然下起的暴雨劈头盖脑地向我们浇来，25 队是刚刚建起来的新开荒点，周围连一棵树都没有，躲都没处去躲，一下子非常的狼狈。四周逛摸了一番，唯一可以躲雨的地方，就是拉禾辫盖成的办公室的那个比较宽敞一些的房檐下。几个人你看看我，我看看你，虽然都觉得人家正在里面进行重要的会谈，躲到那里去，是有些不大合适，但是，面对越下越大的暴雨，而且看来一时半会儿没有停下来的意思，最后，我们不得不跑到那房檐下躲雨了。

其实，那一夜莽撞如牛的暴雨，已经把我们淋得浑身连裤衩都湿透了，再躲在房檐下已经没有什么意义了。但毕竟那房檐下有灯光从屋里透过来，给了我们一点温暖，远处传来的隆隆的雷声显得不那么可怕。暴雨如注，敲打在荒原和房顶上那激越如鼓的声音，也显得温柔了许多。

我曾经和李龙云多次说起这段往事，开玩笑地说他那时候雨下得多大呀，你们两人在里面愣是不知道外面下雨，把我们淋得跟落汤鸡似的。而别人则替李龙云说：你们躲在房檐下是想偷听吧？欢笑和玩笑，掩盖了当时我们多少的尴尬和无奈。

而今，将近五十年过去了。青春时期再尴尬无奈的往事，也变得让人无比的怀念。

而今，龙云和这位女知青，都已经先后去世。只有青春的那场豪雨至今倾泄不停。

许多往事都只是如烟过去而没有踪影，许多事情都只是无花果而没有结局。我们的青春的初恋，大部分发生在北大荒，无论什么样的结局，那时的感情真的是格外清纯。在那个并不清纯的革命年代里，许多毫无人道与人性的残酷事情，在我们的眼前频频发生着，我们的爱情却是那样对比鲜明的清纯，像是唯一可以安慰我们自己那开放在污浊中洁白的睡莲。那时候，我们真诚地相信并追求那种清纯，清纯中含有的天真、单纯与清白，可能使我们的青春显得有些质地单薄和色彩单一，但我还是无限怀念那时的那种清纯。

那个时候，我特别喜欢列宁说过的一句话，这句话，在以后的日子里，我也常常的想起。列宁说："你单纯得就像真理一样！"每逢我想起列宁的这句话，我都忍不住在后面加上一句："你单纯得就像婴儿的眼泪一样！"

你单纯得就像真理一样！

你单纯得就像婴儿的眼泪一样！

我的二队的豆秸垛！

我的二队的土豆花！

我的二队的拉禾辫泥草房的房檐！

那一刻，不敢再回头

车子在七星河前停了下来。过了河，再走 18 里，就到了当年我在北大荒插队的大兴二队。8 月刺眼的阳光下，远处那一片迷蒙的杨树荫中，就应该是二队了。

从北京到哈尔滨 1300 公里，从哈尔滨到建三江 600 公里，从建三江到七星河 40 公里。一共将近 2000 公里的路，那时每次从这里回北京或从北京回这里，都没觉得怎么远。怎么这一次感到是那样的远，远得好像到了天尽头。几度青春老，千年白日长，年轻时的感觉，和现在真的是不一样，日子如水一样流逝走了一代人的青春。

七星桥还是老样子，当年我们修的，桥墩上"反修桥"的字样还在。那年冬天炸土方修桥时，飞溅起的冻土块砸伤了我腿的迎面骨，那情景仿佛就在眼前。如今，桥破旧了许多，七星河也瘦了许多，当年开发荒原，其实是把周围的湿地开垦出来种了粮食，湿地减少了，河流怎么能不瘦呢？当年车子也是在这里停了下来，浩浩荡荡的队伍坐船过河，宽阔清澈芦苇浩荡的七星河，只在遥远的梦中了。

一路，似乎都变得似是而非，恍然如梦。一路，我都在想，为什么我要再一次回来？而且是约好了在二队插队的 15 个知青一起回来？我在那里插队 6 年，其实时间并不长，离开它以后，大学毕业那一年曾经回去过一次，算算 22 年已经过去了。往来千里路长在，聚散十年人不同，更何况 22 年？一切变得面目皆非，是可能的。何必再回首过往的一切，青春的记忆是最不可靠的，因为年轻的时候即使是痛苦，也容易人为的诗化而美好。旧梦，尤其是年轻时的旧梦，最好还是把它埋在自己的心里，打捞旧梦，往往只会是猴子捞月亮一般空手而归。

一路，我对自己都悄悄地这样说。

回到了二队，我发现我的想法错了。青春的旧梦是埋在岁月里的一粒种子，即使隔开再长的日子，也能够在突然之间萌发，而且能够迅速地长成参天大树。因为那粒种子不仅埋在你的心里，也埋在别人的心里，更何况它还埋在北大荒那么肥沃的黑土地里。

回到二队，过去的一切迅速复活，召唤着同来的伙伴如星云散去。我先到猪号。我曾经在那里和一群善良的猪八戒共同生活了一年多的时间，那时，是我人生走背字的时候，为队上三个被错打成了"现行反革命"的老农鸣不平，得罪了队上的头头，我被发配在荒凉的猪号。猪八戒不会欺负我，猪号的班长老王更不会欺负我。那里是队上最边远的地方，现在也是，只是外面不再是荒原，茂密的玉米和大豆，浓郁的绿色平铺到了天边的地平线，淡蓝色的土豆花开得正烂漫，想开到哪儿就开到哪儿去。

我没有找到猪号和猪栏，没有找到那口井，也没有找到老王。

当年，就是在猪号炜猪食的大柴灶里，老王总爱往里塞进南瓜，那种只有北大荒才有的又面又甜的南瓜，常常是老王送给我晚上写作时的夜宵——我就是在紧靠着炜猪食大灶旁那间用拉禾辫盖成的草屋里，写下了我的处女作。冬天，我最怵头那口井，井沿结起厚厚的冰如同火山口，又滑又高，我打水时常常把水桶掉进井里，都是老王帮我把桶捞上来，我的尴尬面对的常常是他抖动结满冰霜胡茬上宽厚的笑。那年的冬天，呼啸而至的暴风雪吹开了猪栏，猪崽子跑了出来，老王带着我追猪，一起掉进荒原里的雪窝子里，冻成了雪疙瘩，老王的老婆抱着在自己家热炕头上早就烫好的大衣裹着我焐热我。

我找到老王的家，老王刚刚和一群知青到队部去了，那里已经备好了杀猪菜，老王的孩子主厨，中午大家要在那里好好聚聚。家里只剩下了老王的老婆一个人，她走近我的身边，用眼睛凑近我，仔细瞅了瞅，认出了我，一把拉住我的手，连声对我说："我的心脏不好，眼睛也不好，一只眼睛是假的了，我不敢和老王去队部看你们。"我说不出一句话，因为我看见她的昏花而浑浊的眼睛里含着泪花，我看见她家墙上挂着的镜框里还摆着我和同学当年在这里照的照片。我忽然明白千里万里地回来为了什么，遥远的二队正因为有老王和老王老婆他们这样的人在，才让我觉得再远再荒僻也值得回去，但也只是回去看看他们而已，能为他们做什么呢？什么也做不了，因为我们都不过是候鸟，飞来了，又离去了，而他们却一辈子在那里，在那个被七星河和挠力河包围的大兴岛上默默无闻地生活着。做不了什么，就别那么轻易地忘掉，我们的青春是和这些人对我们的关爱连在一起的。

走出老王的家，老王的老婆一再坚持要送我，我说您的眼睛不好，又有心脏病，就不要送了。她坚持送，刚刚送出院子，一屁股就坐在地上，大口喘着气，毕竟 70 多岁了，那天，阳光格外的强，热浪涨涌。我赶紧扶她起来，想送她回家，她摇摇头说："让我送送你，送你到路上，我看不清，能感觉着你走远。"她就这样一直把我送到队里的土路上，走了老远，我回头看见她站着站着一屁股又坐在土路上，向我使劲地挥着手，又摆着手。那一刻，我不敢再回头。

森林之火

那一年，重返北大荒，一路奔向东北，直指抚远边境，朝乌苏里江奔去。车子在一个十字路口停了下来。绿色的路牌上指示着，往西是银川，往东是抓吉。这样的路牌，在公路上常常可以见到，谁也没有太注意，只有妻子探出车窗的头稍稍地动了一下，几乎是自言自语地说了一声：抓吉？显然，这个抓吉的地名，像针刺了她一下，似乎不敢完全地确定，她问司机：这个抓吉是原来东方红农场在的那个抓吉吗？司机肯定地告诉她：是，就是那个抓吉。就打了一把方向盘，把车一弯，从主路拐到了往东的土道上。

妻子显得一下子激动起来，连连问司机：您这不就是往抓吉开吗？咱们真的能够路过抓吉呀？

司机告诉她：没错。咱们必须经过抓吉镇，然后才能够到乌苏镇。

这是我们的行程，到乌苏镇看乌苏里江，那里有东方第一哨，祖国最东北角的边防哨所，那里是最先能够看到太阳升起的地方。

妻子有些情不自禁地对一车的人说：我刚来北大荒的时候，

到的就是东方红农场一队，就在抓吉！

司机回头告诉她：待会儿就路过你们东方红一队。

她没有想到，今天的行程中竟然有这样的巧合，让自己和青春相逢一把。此次重返北大荒，因为抓吉这个地方太远，远得到了乌苏里江江边一个小得不能再小的小镇上了，怎么可能去那里呢？她是想都没有想能够到这里来，却实在是有福之人不用想，得来全不费工夫，让抓吉一个跟头似的就跌进她的怀中。

这时候，车子行进在漂亮的林间小道上，两旁的小白桦，夹道次第迎来，一株紧接着一株，密密实实，一直延伸到视线之外。树干并不粗，也不高，却是那样的清新爽目。天虽然有些阴，白桦树洁白的树干，还是明亮得闪着光，亭亭玉立的姿态格外的秀气，迎风摇曳的叶子，迎着光的一面，被树干映得泛白，背光的一面，绿得特别明朗。在此次重返北大荒一路几千公里的路途中，这是我看到的数目最多也是样子最漂亮的白桦林了。

可是，妻子却说：原来的树可比这多多了，也好看多了！就是这路和原来的差不多，还是土道，一下雨，翻了浆，根本没法子跑车。那时候，我们只有用拖拉机拉着爬犁出来办事或买东西。就是拖拉机也打误，有一次，拖拉机在泥地里趴了窝，你不知道，以前这里的林子里有许多沼泽地，拖拉机趴了窝，越动陷得越厉害，一点儿办法没有，只能等再来一台拖拉机帮助把我们这台拖拉机拉出来。那天，我们就在这路上，缩在拖拉机里等了整整一宿，连拖拉机都不敢下……

说起以前的生活，她来了情绪，兴奋地站了起来，和大家讲起她的东方红农场。那是当年祖国最东北角的农场了。

1969 年的春节刚过，她是和几个同学从友谊农场来到了这里的。那时，王少白带领大家向荒原进军，从各个农场抽调人马组建新的六师，浩浩荡荡开了进来，像突然的入侵者一样，进军到了这里的深山老林，那是建三江的腹地了，紧紧挨着边防线。东方红农场就这样新建的农场，东方红一队就这样新建的开荒点。那时，这里除了抓吉镇和乌苏镇有少数当地人和几个温州知青之外，几乎荒无人烟。也许，正因为太荒凉了，这里倒像是一个与世隔绝的童话的世界。特别是冬天，这里是真正的林海雪原。白桦林是那样的高，那样的密，高得像是和天连在一起一样，密得根本走不到边似的，皑皑的白雪厚厚的有腿那样的深，阳光从树叶间落下来，跳跃在雪上面，映照得雪像是染上了一层绿色一样，特别的明快。偶尔能够看到从林子里窜出的小松鼠或傻狍子，一串小脚印印在雪地上面，花瓣一样串起了那样精致的花环。

这样美丽的童话，注定是长久不了的，只能在森林里自生自灭。春天来了，白桦树叶绿了，雪开始融化了，一片片金黄的蒲公英在阳光的照射下闪着耀眼的光了。灾难来临了。

那一年的 4 月，一场突如其来的大火，让我永生难忘。那是我有生以来经历的最恐怖的大火了！

她说到这里的时候，全车的人都安静了下来。

那天中午，我因为在林子里抬木头压伤了肩膀没去干活，我的一个好朋友肚子疼得小脸蜡黄也没有去，我们两人正好做伴躺在帐篷里休息，正聊得高兴呢，就听到一声变了调的喊叫，像伐倒的一棵大树似的压进帐篷里来："不好了，大火烧过来啦！"是我们杜队长的声音，他牙疼得脸肿了好几天，那天中午，大夫来给他拔牙，拔牙之前他出去方便一下，一走出帐篷看到东南边的天都黄了，马上意识到老林子那边的荒火烧过来了，也顾不上牙疼了，边向帐篷跑边声嘶力竭地喊："大家快出来呀！大火烧过来了！……"我立刻穿上鞋钻出了帐篷。被眼前的情景吓坏了，森林大火冒着浓浓的黄烟，那天风特别的大，火苗借着风力，铺天盖地地从四面八方朝我们的驻地压了过来。我们驻地两个帐篷就建在林中的一块小高地上，帐篷左侧的一个小棚子是伙房，帐篷前坡对面大约 50 米的地方有两个油罐。关键是这两个油罐，火要是烧到油罐，油罐一爆炸，后果不堪设想。几头平日里四处闲溜达的老黄牛"哞哞"地叫着，恐惧万分地直往两个帐篷之间钻。所有留在家里干活的和我们两个病号一共十几个人都吓傻了眼，不知所措地站在帐篷前。我当时心想：完了，我们肯定没救了。跑，火从我们的后面追过来，我们跑得过它吗，又能跑到哪儿去呢？

这时候，只听杜队长一声喊："快回去拿脸盆，拿水桶……救火！"我们一个个下意识地箭步冲进帐篷，拿起脸盆跑了出来，跟着连长舀起了帐篷边泡子里、草丛里、草墩之间的水向火泼去，幸亏开春雪化之后雪水积满这些地方，不过心里却想，这么大的火，就我们这十几个人，能救得了吗？可是，当我端起一盆水向火泼去，眼前的一小片火被我扑灭时，我一下子震惊了，一下子感觉有希望了。大家就像战场上杀红了眼的士兵，跑着，爬着，跌跌撞撞地不顾一切地把一盆一盆的泥水泼在帐篷周围的火上。一台拖拉机正好也在家，一个师傅迅速地启动了机器，开

第二辑 北国记忆

209

足了马力在油罐周围跑着，草被压倒了，形成了一圈一圈的泥水道，也就是一圈一圈的防火道。记不得用了多长时间，那汹涌的大火从我们帐篷旁边，我们的身后，油罐旁形成的水道边转了好几圈，不敢也无奈再窜过来了，打着旋儿跑走了。我们胜利了，我们还活着，大家拥抱在一起，我们几个女的都哭了。再看看我们大家，个个都成了泥猴，泥水顺着两条裤腿往下流，有的人的裤腿已经被撕成了两个大片，扇风耳似的，带着泥水来回地甩。脚上穿的鞋，也没有了一点儿鞋样，整个一个泥包，有的人还在奔跑中甩掉了鞋子，一直在光着脚呢，也没有觉得。只是很短的平静，大家马上又紧张了起来，因为在林子里伐木的那些人，还都没有回来呢。

后来在林子里伐木的那些人怎么样了？

大家都揪着心，纷纷地问。车子正在白桦林中行走着，天阴得突然厉害了起来，浓密的乌云说来就来，无声地流动着，压迫着林子，林间的土道上越发的昏暗，风把树枝和树叶摇摆得飒飒作响。抓吉的这条老道似乎和她一起在回忆，想起那场大火，禁不住也动了感情。

她接着说：杜队长叫司务长把队里仅存的一些"农田鞋"发给大家。我们换了衣服，穿着一色的绿解放鞋，齐刷刷地坐在帐篷前，脸朝着远处林子的方向沉默地坐着，没有一个人说话。炊事员做好了饭让大家吃，没有人应声。因为那时我们还不知道去林子里伐木的那些人怎么样了。天渐渐地黑了，人们依然坐在那里，心随着夜色一起一阵阵地往下沉。在林子里伐木可不像我们现在的驻地一样，周围有一些湿地，从草棵子中间很轻易地就能够舀出水来，那可是一片原始森林呀，里面没有一点水，他们可怎么救火，怎么躲过这场突如其来的大火呀！越想越不敢想，心紧张得提到了嗓子眼儿。

到底怎么样了呀？有人沉不住气在问，有人叹气不住地摇头。大家都知道，那段开荒的日子，是最容易出事的日子，特别在开春的时候，意想不到的荒火，曾经夺走了多少知青的性命啊！

天已经是彻底黑了的时候，拖拉机的隆隆的声音从远处传来，隐隐地能够看到爬犁上坐着的模模糊糊的人影，我们所有的人都从帐篷前跳了起来，欢呼了起来。真的，那就跟我们在电影里看到的人们欢呼胜利的情景一样。我们欢呼着，跳跃着，拥抱着，都哭了起来。

后来我听同伴们说，在林子里伐木的那些人，突然面对大火，当时也跟我们一样，吓得团团转。有人说爬树上去吧，有人也像我们一样想顺着风跑，都被带班干活的老师傅制止住了，他是个从友谊农场来的有经验的老农垦，是他指挥大家迅速地把自己待的一片地先放火烧了，烧出一条防火道，然后他冲大家喊道："抱着脑袋，赶紧趴下！"真的是说时迟那时快，大家抱着头刚刚趴下，那无情的大火呼啸着飞快地从他们的头顶上，从他们烧过的地方的周围冲了过去，一眨眼的工夫，就席卷到别的地方去了，像是没看见他们，饶了他们一命。我们全队30多人，在那场大火中都活了下来，真是绝无仅有的奇迹。

她讲完了，松了一口气。车上静得出奇，大家都像沉在水底的鱼一样，憋了好大好长的一口气，半天才缓了过来。只听李龙云叹了一口气问她：这件事你对肖复兴说过吗？

我理解李龙云的意思，这么惊心动魄的事情，为什么你一直没有写出来过呢？

司机一直也在听，他对我说：那年那场火，真是大！吓人啊！

我问他：那年你在这里干过活？

是，我也在这里，那时，这里附近百里，一直到乌苏里江边，全都是原始森林。那林子老了去啦，现在你看的都是这些年来后补种的树。那年那场荒火把这片林子几乎都烧光了。好家伙，那火烧的，从这里一直烧到了乌苏里江边，滚着火龙，愣是滚过了乌苏里江的江面，烧到江对岸，你说厉害不厉害吧？

也许，没有亲身经历，是无法感受那场大火的惊心动魄的。在人与自然的关系中，我们那时讲究的是斗争哲学：与人奋斗，其乐无穷；与地奋斗，其乐无穷；与天奋斗，其乐无穷！斗争的结果，伤害了自然，最终伤害的还是人自己。其实，大自然是神，是需要保护它的，它便也会保护我们。当我们多多少少明白了一些的时候，这片那么美那么密的原始森林已经没有了。

不是在这场大火之后，就是在这场大火之后不久，王少白在建三江向荒原进军的计划收缩了。当时有这样一则传说，曾经广泛流传，几乎每个建三江的知青都听说过，说我们兵团司令员到这里视察王少白领导我们六师开荒的时候，就是在东方红农场。司令员上厕所，那时都是临时搭建的简易厕所，两块木板搭起了一个蹲坑，司令员一脚没有踩稳，掉进了茅坑里，一怒之下，撤销了这几个开荒点，说就这样的条件，还想开荒！当然，这只是传闻，不知是真是假，但是，包括东方红农场在内的几个已经深入抚远的农场都被撤销了，却是事实，是司令员颁发的命令。我的妻子就是在那时候从这个叫作抓吉的地方来到了我们大兴岛。

车子驶过抓吉小镇的时候，雨已经下了起来，而且越下越大。几间农屋一闪而过，过去的记忆，也迅速地闪在后面的一片风雨迷蒙中了。

车子开到乌苏里江江边，正是大雨滂沱的时候，天低浪高，雨急云飞，所有的雨都泼洒在江面上了，江面却只是一片苍茫，烟波浩渺，处世不惊那样，显得很平静，所有的雨都被它吸纳进去，变成了它清澈的江水了。这样的情景，让我吃惊，这是我看到的三江中最清的一条江。雄浑中的肃穆，涛声里的安详，乱云飞渡中的从容，也是三江中最让我感动的，最让我感到亲近的。江边的山丁子树结满红红的小果子，是给乌苏里江最明亮的点缀了，仿佛是献给这条江的礼物，或是这条江自己心情最美好的展示。

别人去参观展览馆或爬瞭望塔了，我和妻子一同来到乌苏里江边，这里离她当年在的东方红农场很近，她和伙伴一起来过这里，指指高高的瞭望塔边一个矮矮的瞭望台，她告诉我，我们爬上去过，当时觉得挺高的，现在显得这么的矮。

江风猎猎，豪雨飘飘，站在江边，左边是被俄罗斯占去的我们的黑瞎子岛，对岸是俄罗斯的大赫黑齐乡，由于雨太大，什么也看不见，只有雾气浓重的影子影影绰绰。裹胁着瓢泼一样雨水的江水，从遥远的地方能够一直拍打在我们的脚下，非常奇怪的是，从江心翻涌而来的汹涌的江水，抵达这里，已经逐渐地平缓，将那击筑弹筝一般的壮怀激烈，化作了绕指情柔。那种感觉，真的是在别的水边，没有过的。

我们又想起了那场旷古未有的大火，真不敢相信就是在它的江边发生过的，蔓延开来的。当曾经发生过惊心动魄的一切，变成了可以讲述的故事的时候，其实，过去曾经发生过的那惊心动魄的一切，也许已经没有那么的惊心动魄，或者说，那种惊心动魄只是成语词典里书面语言的意味了。我已经越发的清楚，包括我自己在内，都在此次重返北大荒的过程中，一点点地回忆，一点点地沉思，一点点地反刍，但也会在回到北京的日子里，一点点地淡漠，一点点地忘却，一点点地抛弃。

每一次重返北大荒，其实都是一次重返青春、重返记忆的过程。如果我们真的能够从重返北大荒的过程中，留存在心里一点什么而没有让一切成为过眼烟云的话，那么，那样的记忆才有价值，才会在从一个记忆跳跃到另一个记忆中，连接起一些仍然没有随时间流逝而死去的生命。在那些纷至沓来的相同或不相同的表征中，让我们看到的，与其说是关于我们昨天的回忆，不如说是我们今天的思考。从某种意义上讲，思想的本质必然是一种记忆。那样，能够拥有记忆，才是幸福的，我们重返北大荒才不会无功而返。那场曾经发生过的乌苏里江边的大火才没有白白地燃烧。

乌苏里江，我不知道，以后还会不会有机会再来到你的江边。站在你的江边，望江水茫茫，滚滚向前，忽然觉得心里一片苍茫。雨又开始下了起来，而且，越下越大，怦然敲打在江面上，像擂起千万面小鼓，让人一时无处可躲。

他将长生草留给水

第三辑

他将长生草留给水

人向往的是明天，路向往的是远方。

甪直春行

一

1977年的5月，叶圣陶先生有过一次难忘的故乡之行。在这一年5月16日的日记里，他这样写道："宝带桥、黄天荡、金鸡湖、吴淞江，旧时惯经之水程，仿佛记之。蟹籪渔舍，亦依然如昔。驶行不足三小时而抵甪直。"

那是一艘小汽轮，早晨8点从苏州出发。

今年的开春4月，我也是清早8点从苏州出发，也是沿旧路而行，不到一个小时就直抵甪直了。我很奇怪，那一次先生是55年后的重返故地，55年了，那里居然"依然如昔"，难以想象。如今，先生所说的"惯经之水程"没有了，"蟹籪渔舍"也没有了，代之而起的是宽敞的高速公路。宝带桥和黄天荡，看不到了，金鸡湖还在，沿湖高楼林立，已成为了和新加坡合作开发的新园区。江南水乡，变得越来越国际大都市化，在这个季节里本应该看到的大片大片平铺天际的油菜花，被公路和楼舍切割成了一小块一小块，如同蜡染的娇小的方头巾了。

先生病危在床的时候，还惦记着这里，听说通汽车了，说等病好了自己要再回甪直看看呢。不知如果真的回来看看，看到这样大的变化，会有何等感想。

这是我第一次到甪直。来苏州很多次了，往来于苏州上海的次数也不少了，每次在高速路上看到甪直的路牌，心里都会悄悄一动，忍不住想起先生。我总是把那里当作先生的家乡的，尽管先生在苏州和北京都有故居，但我总是先入为主地认为那里才是他的故居。先生是吴县人，甪直归吴县管辖，更何况年轻的时候，先生和夫人在甪直教过书，一直都是将甪直当作自己的家乡的。

照理说，先生长我两辈，位高德尊，离我遥远得很，但有时候却又觉得亲近得很，犹如街坊和蔼可亲的老爷爷。其实，只源于1963年，我读初三的时候写过一篇作文，参加了北京市少年儿童作文比赛而获奖，先生亲自为我的作文进行了逐字逐句的批改和点评。那一年的暑假，又特意请我到他家做客，给予很多的鼓励。我便和先生有了忘年之交，一直延续到"文革"之中，一直到先生的暮年。记得那时我在北大荒插队，每次回来，先生总要请我到他家吃一顿饭，还把我当成大人一样，喝一点儿先生爱喝的黄酒。

先生去世之后，我写过一篇文章《那片绿绿的爬山虎》，记录初三那年暑假我第一次到先生家做客的情景。可以说，没有先生亲自批改的那篇作文，没有充满鼓励的那次谈话，也许，我不会成为一个以笔墨为生的人。少年时候的小船，有人为你轻轻一划，日后的路会有意想不到的变化。后来，这篇文章被收入小学语文课本。无疑，强化了这样变化的意义，渲染了少年的心。

能够去甪直看看先生留在那里的踪迹和影子，便成为了我一直的心愿。阴差阳错，好饭不怕晚似的，竟然一推再推，迟到了今日。密如蛛网的泽国水路，变成了通衢大道，甪直变成了门票一张50元的旅游景点。

二

和周围同里、黎里这样的江南古镇相比，甪直没有什么区别，可以说是大同小异。一条穿镇而过的小河，河上面拱形的石桥，两岸带廊檐的老屋……如果删除掉老屋前明晃晃的商家招牌和旗幌，以及不伦不类的假花装饰的秋千，也许，和原来的甪直没有什么两样，甚至和1917年先生第一次到甪直时的样子一样呢。

叶至善先生在他写的先生的传记《父亲长长的一生》中，提到先生最主要的小说《倪焕之》时，曾经写道："小说开头一章，小船在吴淞江上逆风晚航，却极像我父亲头一次到甪直的情景。"尽管《倪焕之》不是先生的自传，但那里的人物有太多先生的影子，和甪直的影子，小说里面所描写的保圣寺和老银杏树，更是实实在在甪直的景物。

1917年，先生22岁，年轻得如同小鸟向往新天地，更何况正是包括教育在内一切变革的时代动荡之交。先生接受了在甪直教书的同学宾若和伯祥的邀请，来到了这里的第五高等小学里当老师。人生的结局会有不同的方式，但年轻时候的姿态甚至走路的样子，都是极其相似的。或许，可以说这是属于青春时的一种理想和激情吧。否则，很难理解，在"文革"中，先生的孙女小沫要去北大荒，母亲舍不得，最后出面做通她的思想工作的是先生本人。先生说：年轻人就想过一种全新的生活，就让小沫自己去闯一闯，如果我年轻五十几，也会去报名呢。或者，这就是当年先生用直青春版的一种昔日重现吧。

穿过窄窄的如同笔管一样的小巷，进入古色古香的保圣寺，忽然豁然开朗，保圣寺旁边是轩豁的园林，前面是唐代诗人陆龟蒙的墓和他的斗鸭池、清风亭，后面便是当年五高小学的地盘了，女子部的教室小楼，作为阅览室的四面亭，和生生农场，都还健在。特别是先生曾经多次描写过的那三株参天的千年老银杏树，依然枝叶参天。有了这些旧物，就像有了岁月的证人证言一般，逝者便不再如斯，而有了清晰的可触可摸的温度和厚度。

生生，即学生和先生的意思。原来这里是一片瓦砾堆和坟场，杂草丛生，是学生和先生共同把它建成了农场。当年这一行动，曾在用直古镇引起轩然大波，这在先生的小说《倪焕之》中有过生动的描述。那时候，先生注重教学的改革，注重学生的实践活动。其实，农场很小，远不如鲁迅故居里的百草园，说是农场，不过是一小块田地，现在还种着各种农作物，古镇里的隐士一般，只问耕耘不问收获似的，杂乱而随意地长着。

教室楼和四面亭的门都锁着，透过窗户可以看到，前者里面的课桌课椅，当年先生的妻子胡墨林就在这里当教员，还兼着预备班的主任；后者当年是学校的小小博物馆，展览着他们的展品，现在陈列有先生临终的面模，隔着窗玻璃可以看到。四面亭的前面，是后建的一排房，作为叶圣陶先生的纪念馆，陈列的实物不多，是一些图片文字的展板，介绍着先生的一生。空荡荡的，中间立有先生的一尊胸像，脖子上系着一条鲜艳的红领巾。

五高小学应该是当时中国教育改革的先驱学校了。在这个小小的学校里，先生和他一样年轻的朋友一起，不仅建立了农场，还办了商店，盖了戏台，开了小型的博物馆，并亲自为孩子们编写课本，不用文言文，改用新的语体文教授……这一系列的变革，现在看来都很简单，在近一个世纪以前的岁月里，却要付出心血和勇气，和沉重的社会和几乎与世隔膜几乎呆滞的古镇，是要做抗争的。看到它，我想起了春晖中学，那是叶至善先生岳父夏丏尊先生创办的学校，年头比五高要晚一些。五四时期，中国文人身体力行参与教育的变革实践，可以说是空前绝后了，和我们如今的坐而论道，指手画脚，或事不关己高高挂起的无力感的形象大相径庭。

先生在五高教书九个学期，一共四年半的时间。应该说，时间不算长。但这是青春期间的四年半，青春季节的时间长短概念不能和日后用同样数学公式来计算的。它在人的一生中的作用常常会被放大或延长。更何况，在这四年半中，先生的父亲故去，五四运动爆发，文学研究会成立，这样几桩大事发生的时候，先生都在甪直，却一样心事浩茫连天宇，便让这个青春之地，不仅属于偏远的古镇，也染上了异样的时代光影与色彩。五四运动爆发之后的第三天晚上，先生才从上海的报纸上得知消息，他和朋友们在报刊上发表宣言，在学校前的小广场前举行了救国演讲，表示对遥远北京的支持和呼应。文学研究会成立之后，先生在甪直写下了小说《这也是一个人》，投寄北京，在《新潮》杂志上发表，获得鲁迅先生的称赞。父亲去世的那一年里，先生蓄须留发，很长都不剪，遵循当地的习俗，表达对父亲的怀念。

事后先生曾经在文章里说过："当了几年教师，只感到这一途的滋味是淡的，有时甚至是苦的；但到了甪直以后，乃恍然有悟，原来这里也有甜甜的味道。"在我看来，这其实就是青春的味道。这种味道，独属于青春，更何况这样的青春中，融有了从自己家事到学校的变革一直到时代的风云变幻，味道自然就更加异常。难怪以后无论走到哪里，先生都会说甪直是我的第二故乡，都会在自己的履历表上填写自己是小学教师。

三

先生的墓地在四面亭和生生农场的一侧，墓道前有一座小亭，叫未厌亭，显然是后盖的，取自先生的一本文集的名字。墓前有几级矮矮的台阶，有一围矮矮的大理石栏杆，没有雕像，也没有墓志铭之类的文字说明，长长的墓碑如一面背景墙上面，只有赵朴初先生题写的"叶圣陶先生之墓"几个大字。

这里原来是五高的男生部楼，后来变成了校办厂。自1977年5月那一次难忘的故乡之行后，先生再没有能够重返故乡。尽管那一次先生写下了这样的诗句："斗鸭池看残迹在，眠牛泾忆并肩行；再见再见沸盈耳，无限殷勤送别情。"但是，先生无法再见故乡和乡亲这一番深情厚谊了。

先生弥留之际，口中断断续续吐露出的话，是生生农场、银杏树、保圣寺、斗鸭池、清风亭……他把自己埋在了自己的青春之地。他把自己对故乡的这一番深情厚谊，深深地埋在了这里。

我走到墓前向他鞠躬，看见一旁是甪直的叶圣陶小学送的花圈，鲜花还很鲜艳。清明节刚过不久。另一旁是老银杏树，正吐出新叶，绿绿的，明亮如眼，好像先生就站在旁边。那一年，先生重回到这里的时候，手里攥着一片从树上落下的银杏叶，久久舍不得放下。

白马湖之春

出浙江上虞十里，山清水秀的白马湖扑面而来，风也似乎清爽湿润多了。正是早春二月，想起朱自清先生在《白马湖》一文中曾经说过的："白马湖的春日自然最好。山是青得要滴下来，水是满满的、软软的。小马路的两边，一株间一株地种着小桃与杨桃。小桃上各缀着几朵重瓣的红花，像夜空的疏星……"心里不住的想，此次来白马湖的时间真是选对了。

白马湖，想念它多年了。

如同任何一场大革命退潮之后一样，拔剑四顾的茫然，都会让为之献身的人们无所适从。轰轰烈烈的五四运动落潮了，迎来的失望和落败的景象，让一群有理想有追求的文人，心中充满迷惘，他们不想在城市里醉生梦死浑浑噩噩，跑到了无论离杭州还是离宁波都偏远的上虞，寻找到白马湖这样一块世外桃源，去做点他们想做的又能够做的事情，给曾经在革命大潮中急剧澎湃的心找一块绿洲。想起他们，总会不由自主地想起柔石在小说《二月》里写到的萧涧秋，那样的五四热血青年，现在的人们早就嘲笑为"愤青"了。

真是想象不出了，1922年的春天是什么样子了。为什么经亨颐先生在白马湖畔一招呼，那么多的文人，现在听起来名声那样显赫的文人，一下子就抛弃了都市的奢靡与繁华，都来到了荒郊野外的这里办起了这所春晖中学？当时号称"白马湖四友"，除了夏丏尊年长一点，1922年是36岁了，朱光潜只有25岁，而朱自清和丰子恺才只有24岁。现在，真的是难以想象了。那毕竟不是暂短的观光旅游。

走出校园的后门，过了树荫蒙蒙的小石桥，终于走到了经亨颐先生和夏丏尊等诸位前辈曾经走过的白马湖畔了。二月春光乍泄，阳光格外灿烂，真的如朱自清先生所说的那样："山是青得要滴下来，水是满满的、软软的。"一种说不出的感觉，从遥远的历史中涌出，漫延在白马湖中，荡漾起波光潋滟的涟漪，晃着我的眼睛。

经亨颐的"长松山房"、何香凝的"蓼花居"、弘一法师的"晚晴山房"、丰子恺的"小杨柳屋"、夏丏尊的"平屋"……一一次第呈现在眼前。虽然"晚晴山房"是后来新翻建的，"蓼花居"已成废墟，但毕竟还有夏丏尊、朱自清、丰子恺的房子保持着原来的风貌。房子都是依山临湖而建，按照眼下的时尚，都是山间别墅，亲水家居，格外时髦。但现在的房子所取的名字，能够有他们这样的雅致吗？"富贵豪庭""罗马花园"……那些俗气又土气得掉渣儿的名字，怎么能够和"小杨柳屋""平屋"相比呢？

名字不过只是符号，符号里却隐含着一代人心里不同的追求。小院里原来是种着菜蔬的，要为日常的生活服务，现在栽满花草，还有郁郁青青的橙树，越冬的橙子还挂在枝头，颜色鲜艳的如同小灯笼。屋子都很低矮，完全日式风格，因为无论经亨颐还是夏丏尊，都是留日归来，当年他们是春晖中学的创办者和主要响应者。走进这些小屋，地板已经没有了，砖石铺地，泥土的气息，将春日弥漫的温馨漫漶着。简朴的家具，能够想象出当年生活的样子。书房都是在后面的小屋里，窗外就是青山，一窗新绿鸟相呼，清风和以读书声，最美好的记忆全在那里了。

在世风跌落、万象幻灭之际，世外桃源只不过是心里潜在理想的一种转换，散发弄扁舟，从来都是猛志固常在的另一种形象。上一代文人的清高与清纯，首先表现在对理想实实在在的实践上，而不是在身陷软椅里故作的姿态之中。在谈论白马湖和春晖中学的时候，现在的人们都愿意谈论他们的文化成就，夏丏尊确实在他的"平屋"里翻译了亚米契斯的《爱的教育》、朱光潜的美学处女作《无言之美》，和丰子恺的漫画处女作《人散后，一钩新月天如水》，也都完成在白马湖畔。在回顾历史时，白马湖确实成为了一种象征。其实，相比较其文化成就，上一代文人在历史转折的时候走向乡间的民粹主义和平民精神，是让现在的人更加叹为观止的。道理很简单，现在谁愿意舍弃大都市而跑到这样的乡村里来呢？跑到藏北的马骅，只是一个另类。而当初却是一批真正的文化精英，他们愿意从最基础做起，而不是舌灿如莲，夸夸其谈于走马灯似的各种会议和酒宴之中。

他们确实是在实实在在做事，夏丏尊建造"平屋"时的一个"平"字，就是寓有平民、平凡、平淡之意。仅朱自清一人每天上午下午就各有两个小时的课要上。而丰子恺一人是又要教美术又要教音乐在拳打脚踢。现在，在我们的教室里，却难得见到我们的教授一面了，我们的教授正在忙着让自己的学生帮助自己攒稿出书卖文赚钱了。

走进夏丏尊的"平屋"，这种感觉更深。这是他用卖掉祖宅的钱在这里盖起的房子，他要把根扎在这里，他的妻子一直住在这里，一直到80年代在这"平屋"里去世。在他的那间窄小的书房里，暗暗的屋子，低矮得有些压抑，只有窗户里透过山的绿色和风的呼吸，平衡了眼前的一切。想象着当年的冬夜里，松涛如吼，霜月当窗，夏先生在这里拨拉着炉灰，让屋子稍微暖和一些，自己把头上的罗宋帽拉得低低的，在一灯如豆的洋灯下艰苦工作到夜深的样子，直觉得恍如隔世。

夏先生的一个侄孙正在院子里，他已经60多岁，在看守夏先生的"平屋"。院子里夏先生亲植的那株紫薇还在，那时，夏先生常常邀请朱自清到这株紫薇树下喝酒，把酒临风，对花吟诗，他们最大的享受就是这些了，而他们最美好的寄托也就存放在这里了。

"它长得很慢。夏先生在的时候，就是这样子。"夏先生的侄孙指着紫薇对我说。

走出"平屋"小院，就是朱自清先生说的小马路，小马路前面就是白马湖。如今，小马路的两边，还是一株间一株地种着树，却不是小桃与杨桃，而是杨柳。杨柳在暖风中不住地摇曳，白马湖水在阳光下不住地闪耀。想起朱自清先生写白马湖的诗句："湖在山的趾边，山在湖的唇边。"也想起当年看到湖边系着一只空无一人的小船时候他说过的话："我听见了自己的呼吸，想起了'野渡无人舟自横'的诗，真觉物我双忘了。"也许，可以这样说，前者是他们这一代人心中常常涌起的诗意，后者是他们追求的境界吧？只可惜，这两样，如今的我们都缺少了，而且不以为渐渐失去的弥足珍贵。

朱自清先生在回顾白马湖的时候，还曾经说过这样的一句话："我喜欢这里没有层叠的历史所造成的单纯。"这话让人沉思。倒不仅是单纯已经离我们越来越远，而是层叠的历史和心头层叠的灰尘污垢，越来越厚重，让我们无法清扫干净。白马湖，便在他们的生命中，而只能在我们的想象里。

春天温暖的水

　　还有两天就是惊蛰了。民间说法，病床上的老人如果熬过惊蛰，就能够复苏。叶至善先生去世了。叶先生的女儿小沫打电话告诉我这个消息的时候，我安慰她说，老人88岁了，是喜丧。叶先生的父亲叶圣陶先生活到94岁，他们都是长寿之人。

　　话虽这么说，放下电话，心里还是充满悲伤。毕竟我和叶家三代交往了43年，而且，得到他们一直的关怀和帮助。1963年的暑假，我还只是一个初三的学生，第一次走进东四八条那座西府海棠掩映的小院，因一篇作文获奖而得到叶圣陶先生的亲自批改之缘，去见叶圣陶先生。那天下午，是叶至善先生站在门口，和蔼地掀开竹门帘，带我走进叶圣陶先生的客厅。想想，那时，他45岁，高高的个子，显得很年轻。日子真的是如水一样，逝者如斯，留下的只有记忆。

　　"文化大革命"中，我和小沫都去了北大荒。那年的冬天，因为得罪了生产队的头头，我被发配到猪号喂猪，成天和一群猪八戒厮混，无所事事，一口气写了10篇散文，寄给了叶至善先生。怎么那么巧，那时，他刚刚从河南干校回家，一时没有什么事，认真地帮我修改了每一篇单薄的习作。我们便有了整整一个冬天的信件往来，他对每篇都提出了具体的意见，有的还帮我一遍遍修改，怕我看不清楚，又特意抄写一份寄我。他在一封信里这样对我说："你的朋友之中，有没有愿意和你一样下功夫的，如果他们愿意，可以寄些文章给我看看。我一向把跟年轻作者打交道作为一种乐趣。"盼望着叶先生的来信，是那个寒冷的冬天最美好的事情了。

前年，我在《新民晚报》上发表了记述这段往事的文章《那个多雪的冬天》。叶先生看到了，夸奖我说写得不错，邀请我到他家做客。我这人一直以为敬重别人，就悄悄地记在自己的心里，喜欢读别人的作品，就自己买一本他的书回家认真读，因此总怕打搅人家而懒于走动。对于叶先生，更是如此，我知道，那时他正在加紧写作回忆父亲叶圣陶的长篇回忆录，而且，身体也不大好，更不好意思叨扰。

是秋天的一个下午，我去得早了些，打扰了他的午睡，看着他从他父亲曾经睡过的床上下来，走出卧室的时候，我惊讶了一下，他满脸银须飘飘，真的是一个老人了，便才惭愧地想到已经好多年没有来看望他老人家了。

那天，我们是伏在他家的旧餐桌上交谈着。我说：就在这张桌子上，我和您全家一起吃了顿饭呢，是我插队回家探亲的时候，那时，叶圣陶先生爱喝一点酒，还特意给我倒了一杯。他说对任何人都是这样的。我又说起那年冬天他为我的习作改了一遍又抄了一遍的事情，他还是那样平静地说：好多文章，都这样的，这样做有好处，抄一遍的时候又可以改一遍。

那天，他精神很好，聊了许多。他说他和父亲不一样，父亲一辈子写日记，他不写；父亲的写字台干净，他的桌子上总是一堆书和稿子。也说起他家的老朋友俞平伯先生，我问他：听说俞平伯先生爱吃，曾经吃遍了北京城所有的馆子。他告诉我：那倒也不是每个馆子都去，他来我家吃饭，喜欢的菜，他把盘子拿到自己的面前。他说俞平伯对他说：都说《红楼梦》这梦那梦，我是红楼怕梦。

对于我和小沫插队，他去干校，我们有了分歧，他说他不反对，他认为很好，多了和劳动人民接触的机会。他告诉我在干校里放牛，负责20多头，每天夜里要拉牛出去撒尿，借着星光，他认识了许多树木花草和虫子，他说我对这个感兴趣。

说起了"文革"时他家西厢房被军代表占着，我问：在您父亲的回忆录中写了这段吗？他说没写，我说：为什么不写呢？应该写，起码是"文革"社会的一个侧面。他摇摇头：都写还有完？这也不典型。

他知道我写了本《音乐笔记》，他说他喜欢古典音乐，临告别的时候，他送了我一本《古诗词新唱》，这是一本非常有意思的书，他用了外国的曲调为中国150首古诗词配乐的歌曲集。那些外国的曲子有勃拉姆斯、舒伯特、德沃夏克、圣桑等名家之作，也有世代久传的民歌俚曲，可谓熔中外于一炉的新颖尝试。这本书1998年出版，我问他这么好的尝试，怎么没有歌唱家唱这里的歌呢？他笑笑：得要出场费呢。

那天，叶先生的情绪特别的好，思维也特别的活跃，记忆力很强，哪里像一个86岁的老人？而他的平和恬淡，对晚辈的鼓励与亲切，都和叶圣陶先生一样，让我如沐春风。聊了一个多小时，怕他累，我提出告辞，他一再挽留，意犹未尽。他的回忆录《父亲长长的一生》刚刚校完三校。他对我说：每天500字，最多一天一千字的速度，整整写了20个月，一共写了30多万字。我看得出来，他很高兴，他说他的妻子让他等书出来多买点书送朋友，哪怕自己花钱。我知道，他的妻子已经双目失明，是小沫下岗的弟弟在照顾她，而小沫的哥哥前些年去世，所有这一切困难，叶先生从没有向领导提出来过。那天，小沫哥哥那一对可爱的双胞胎，正在院子里玩，把刚刚从树上掉下来的枣泡在水碗里。

　　小沫送我到大门口，悄悄地对我说：老爷子最后才开口向国管局要房，也许有人提出以后要把这院子改为叶圣陶故居，老爷子说他自己不会提，也不让我向别人提。我知道，这是叶家的家风，叶圣陶先生在世的时候，有人曾提出将叶圣陶先生在苏州住过的老屋辟为故居，叶圣陶先生曾经专门立下过字据，并委托苏州的作家陆文夫："做什么用场都可以，就是不要空关着，布置成故居。"这和现在有活人就搞故居展室或吃父辈名声之类，有霄壤之别，前辈清洁的精神与清白的心怀，总会让我面对每一位故去长辈的时候，涌起一种"夏日里最后一朵玫瑰"的感慨。

　　去年的春天，小沫打来电话，告诉我她父亲不行了，正在进行抢救。我赶往北京医院，老人躺在病床上，喉咙已被切开，人事不省，只有腿偶尔动一下。小沫告诉我，前几天就昏迷了，昏迷的时候还在断断续续地说：我喝水……喝春天的水……喝春天温暖的水。

　　其实，老人大年三十就住院了，住院八天之后，他的最后一部书《父亲长长的一生》的样书到了。躺在病床上，拿着新书在看，一页看了一个多小时，孩子们劝他：别看了，太累了。他说：看来还得再看看，改改。

过去了一年，又到了春天，叶先生离开了我们。

忧郁的孙犁先生

　　一晃，孙犁先生已经去世五个月了。我一直想写写孙犁先生，却又不知从何写起，面对电脑，枯坐半天，总是一片空白。这让我非常痛苦，我才发现有的事情有的人真的想写却突然没有词了，那感觉就像欲哭无泪一样吧！

　　我常常想起孙犁先生，想起先生和我通过的那么多的信。我很想把这些信件都整理出来，为先生也给自己留一份纪念。可是，我不忍心触动那些难忘的、而且只是属于我们两人的岁月。那是一段多么难忘的岁月，在我的一生中，恐怕再也找不回那样恬静而温馨的岁月了。我表达着一个晚辈对他的景仰，他是我德高望重的前辈，却是那样的平易朴素，那么大的年纪却常常关心我的生活和写作，竟然来信说："您在各地报刊发表的短文，我能读到的，都拜读了。"而且按先生的话是"逐字逐句"认真地读，然后写来长信，提出批评，给予鼓励，文学变得那样的美好而纯净，远离尘嚣，我和先生仿佛与世隔绝一般，只谈读书，只谈往事。现在还会有那样的岁月和心境吗？

　　在孙犁先生活着的时候，我常常想去看望他，北京离天津并不远，况且在天津还有我的亲人和认识孙犁先生的朋友，我也经常去天津。但我还是一次次忍住了这个念头，我怕打扰一个喜欢安静的老人，说老实话，也怕和我想象中的样子出现偏差。心仪一位自己喜爱的作家，就老老实实地读他的作品吧。我知道我既不是他的学生，不是他的研究者，也不是他的部下，而只是一个敬重他的作者和喜爱他的读者。本来离孙犁先生就很远，即便走近了，也不见得就能够看得清楚，就还是远远地保留一份想象吧。

孙犁先生去世之后，我读过了不少人写过的悼念文章，有些和我想象中的一样，有些和我想象中的不一样。我便问自己：我想象中的孙犁先生是什么样子呢？想了许久，我得出的结论是：晚年的孙犁先生是忧郁的。我不知道，我的想象是不是对。那却是我的想象。没错，孙犁先生的晚年是忧郁的。

孙犁先生的忧郁，和他衰年独处有关。他文章中不止一次流露出"故园消失，朋友凋零，还乡无日，就木在期"的感慨，他是一个情感极其细腻的人，他沉淀了岁月，洞悉了人生，所以在琐碎生活中特别珍时惜日，所以在秋水文章中格外取心析骨。

记得他读完我的《母亲》一文，知道我小时候生母去世后父亲回老家又为我和弟弟娶回一个继母的经历，来信说："您的童年，无论如何，不能说是幸福的，使我伤感。"然后，又驰书一封特别说："关于继母，我只听说过'后娘不好当'这句老话，以及'有了后娘就有了后爹'这句不全面的话。您的生母逝世后，你父亲就'回了一趟老家'。这完全是为了您和弟弟。到了老家经过和亲友们商议、物色，才找到一个既生过儿女，年岁又大的女人，这都是为了你们。如果是一个年轻的、还能生育的女人，那情况就很可能相反了。所以，令尊当时的心情是痛苦的。"

前一封信，让我感动，我知道孙犁晚年很少再动感情，他自己在文章里说过："我老了，记忆力差，对人对事，也不愿再多用感情。"他却为我的一篇文章为我的童年而伤感。我能够触摸到他敏感而善感的心，便也就越发明白为什么在他早期的文章中充满对那么多人细致入微的感情描摹。我有一种和他的心相通的感觉，这不是什么攀附，只是普通人之间普通情感的相通。我相信他是不愿意去世后被人称作大师的，他只是一个始终保持着普通人感情的作家，就像他始终喜欢布衣麻鞋粗茶淡饭一样。

后一封信，让我没有想到，因为在我写文章时候到文章发表之后，都没有曾经想到父亲当年那样做时内心真实的感情，而只是埋怨父亲。孙犁先生的信提醒了我，也是委婉地批评了我。真的，对于父亲，我一直都并未理解，一直都是埋怨，一直都是觉得失去母亲后自己的痛苦多于父亲。也许，只有经历过太多沧桑的孙犁先生，对于哪怕再简单的生活才会涌出深刻的感喟吧，而我毕竟涉世未深。过去常看到别人说孙犁先生善于写女人，其实，他也是那样善于理解男人。我也隐隐地感觉到晚年的孙犁和年轻时的心境已经不大一样，便总觉得有一种忧郁的云翳拂过他的眼神，善意地注视着我们，伤感地回顾着往昔。

我不大清楚孙犁先生到底是如何看待自己晚年的文章的。我只知道在和我通信中，他特别提到过的这样两篇文章，一篇是1989 年写的《记邹明》，一篇是1994 年写的《读画论记》。在他晚年的著述里，这两篇文章都算比较长的了。我是觉得他自己格外看重这两篇文章的。《读画论记》，他不计利钝，不为趋避，知

他将长生草留给水

人论世，裁画叙心，深刻道出对文坛的悲哀。在这篇文章中，他说："没有大智大勇，很难逃出这个圈子。"

我想起先生在给我的信中不止一次地流露出这种情绪："贪图名利于一时，这是很容易的。但遗憾终生，得不偿失，我很为一些聪明人，感到太不值。"在信里，他对文坛许多现象给予了批评，比如对那些冒充学问的所谓注水书籍的一再批评："这不能说明他有学问，是说明当前的'读者'都是'书盲'，能被这些人唬住，太可怜了。"面对这些现象，最后他只有在信中感慨地说："据我的经验，目前好像没有人听正经话，只愿意听邪门歪道，无可奈何。"我便忍不住想起他在文章中一针见血批评的话："文场芜杂，士林斑驳。干预生活，是干预政治的先声；摆脱政治，是醉心政治的烟幕。文艺便日渐商贾化、政客化、青皮化。"也是，这样的话，谁能够听得进去，谁又愿意听呢？

晚年的孙犁，唯一能够给予他慰藉的只有读书了。他在信中对我说："我读书很慢，您难以想象，但我读得很仔细，这也是年轻人难以想象的。"在另一封信中，他又说："读书烦了，就读字帖；字帖厌了，就看画册。这是中国文人的消闲传统，奔波一生，晚年得静，能有此享受，可云幸福。"孙犁是以这样的心境退回书斋之中的，既有中国传统文人之习，也有无可奈何之隐。孙犁先生的去世，我是感到这样一代文人和文风已经基本宣告结束了。那种忧郁的太息和气质只存活在他的文字中了。

我知道孙犁晚年喜欢临帖书写，曾经请他为我写一幅字，他写来的第一幅录的是杜甫《寄彭州高三十五使君适虢州岑二十七长史参三十韵》中的诗句，诗里有"心微傍鱼鸟，肉瘦怯豺狼"

和"竹斋烧药灶，花屿读书床"的句子，我不知道是不是先生的自况？他写来第二幅字是"千秋万岁名，寂寞身后事"。我是感到他的旷达和超脱之外一丝忧郁。他出的最后一本书，取的书名竟是《曲终集》，我隐隐感到不大吉利，曾经写信问过他，先生回信却没有回答，也许，是觉得我岁数还小不大懂得吧。

《记邹明》，有他自己人生的感慨，那是一则邹明记，也是一篇哀己赋。在那篇文章中，他说："是哀邹明，也是哀我自己。我们的一生，这样短暂，却充满了风雨、冰雹、雷电，经历了哀伤、凄楚、挣扎，看到了那么多的卑鄙、无耻和丑恶。这是一场无可奈何的人生大梦，它的觉醒，常常在瞑目临终之时。"我不知道别人是如何看这篇文章的，我是感到了一种往昔的梦魇与现实的无奈，交织成一片深刻的忧郁，笼罩在晚年孙犁先生的心头，拂之不去。

孙犁先生一生不谙世故宦情，以他的资历和成就，他完全可以像有些人爬上去的，但他只是如自己所说的："我的上面有：科长、编辑部正副主任、正副总编、正副社长。这还只是在报社，如连上市里，则又有宣传部的处长、部长、文教书记等等。这就像过去北京厂甸卖的大串山里红，即使你也算是这串上的一个吧，也是最下面、最小最干瘪的那一个了。"

在一次孙犁先生《耕堂劫后十种》书籍出版座谈会上，我曾经讲过这样的话：我很想把这段话作为这篇迟到的悼念文字的结尾——

孙犁先生是中国真正的、有点老派的古典文人。知识分子是干什么的？就是干与知识相关的事情，孙犁先生的一生就是这样干的。面对这样的一个人，我们很惭愧。因为我们很多知识分子干的不是知识分子的事情，或为官，或为商，或争名于朝，或争利于市，这是孙犁先生作品中不断批判的。而孙犁先生的一生，干的是知识分子的事情，他不为官，也不为商，然而不是他没有为官的途径和条件。孙犁先生是一个真正的文人。回眸孙犁先生20年，实际不止20年，50年或者更长，把他的50年、60年，一生的作品都展示出来，孙犁先生可以面不改色，不用脸红，每篇文章包括每封信件都可以和读者见面。现在有多少作家可以把自己所有的作品更不要说每一封信件，摊出来和读者见面呢？包括所谓的大家。正如孙犁先生在《曲终集》中所说：人生舞台，曲不终，而人已不见；或曲已终，而仍见人。孙犁先生50年的作品，不仅一直保持着这种创作的势头，而且保持着真正文人的这种态度。所以我说孙犁先生是真正的文人，做的是真正文人的事情，愿意称自己为文人的人，都应该有发自内心的深省。

他将长生草留给水

240

今天，看到樊发稼先生的信，才知道郭风先生去世的消息，1月3日，就在两天前。1月29日，就是先生92岁的生日，按理说，应该算是喜丧，心里还是充满着悲伤。

1月3日，北京下了一天一夜的大雪，是北京60年的历史中从来没有过的大雪。就像32年前先生在他的那篇曾经被选入小学语文课本的代表作《松坊溪的冬天》里写过的雪，"像柳絮一样的雪，像芦花一样的雪，像蒲公英的带绒毛的种子在风中飞的雪"。没有想到，先生就在这样的大雪中走了。32年前，先生说他看到了一个"发亮的白雪世界"，在这个世界里，他看见了一群彩色的溪鱼。真的希望，先生离开我们到的那个世界里，还能够看到一个"发亮的白雪世界"，和一群彩色的溪鱼。先生一辈子都是用童话般的眼睛看待生活和世界的，他一定会看到这样的情景的。

发稼先生说"郭风先生是他敬重的前辈作家"，这正是我要说的话。往事如水，岁月如风，很多回忆一下子拥挤在脑子里。论年头，我和郭风先生交往不是最长的，也不敢说读他作品是最早的，却也颇有些年头了。

1962 年，我读初中二年级。在北京东安市场的旧书店，我买了郭风先生的《叶笛集》。这本散文诗集，收录的是郭风先生 1957 年冬天到 1958 年夏天写下的作品。当时，我仅仅花了一角钱。

我很喜欢书中描写的红色的香蕉花、米黄色的荔枝花和月白色的橘子花，以及那"美丽的好像开花的土地"的榕树，"腊月里蜜蜂还出来采蜜"的故乡。我还曾经抄过、背过书里面那些散发着豆蔻香味一样的散文诗句："雨点敲打着远处一大群一大群相互依偎的绵羊似的荔枝林，那林梢仿佛在冒着白色的烟雾。""云絮浮在空中，好像一只蓝酒杯中泛起的泡沫。太阳挂在空中，好像一朵发光的向日葵。""明媚得好像成熟麦穗的天空"……

心想，只有拥有童心的人，才会有这样鱼鸟皆遂性，草木自吹香的心性，才会在笔下流淌出这样新颖而明朗的语言，才会有小孩子的心思一样充满奇思妙想，把荔枝林比作相互依偎的绵羊，把云絮比作蓝酒杯中的泡沫，把天空比作成熟的麦穗。那样的透明、清澈。当时让我的心里充满花开一般的向往，如今遥远得犹如一个梦，一个怅然的梦。

我从来没有想到会有一天能够遇见这本书的作者郭风先生。即使以后曾经多次到过福州，曾经到过郭风先生住过的黄巷老街徜徉，但我从没想要打搅先生，我一直以为真正喜欢一位作家，就老老实实买他的书，读他的作品。

18 年前，也就是 1992 年的 4 月，我再次来到福州，我的朋友当时在福建作协的秘书长朱谷忠，来我住的于山宾馆，接我去和当地的文学爱好者座谈，一边往外走，他一边对我说："郭风先生也来了。"我的心里一动，怎么这么巧，想见的人就在眼前了。这时，已经看见一位精神矍铄的老人正站在 4 月龙眼花开的树下，我紧跑几步，向他跑了过去，蹦在脑海里第一个镜头就是那本《叶笛集》，便先忍不住对他讲起了 30 年前我花一角钱买过的那本《叶笛集》。他微微地笑着，望着我，和蔼地听我说着。

如今，虽然已经过去了 48 个年头，这本《叶笛集》，现在还保存在我的书架上，伸手就可以摸到，常常还会拿过来翻开。就像一位老朋友，相逢的时刻和回忆的味道，总是交织一起。

今天，写这则文字的时候，书就在身边，我再一次拿过来翻看的时候，才发现一本书对于一个人成长的作用和分量。虽然，这只是一本仅仅有 93 页薄薄的小书。

我曾经把它带到插队的北大荒，很多同学都借去看过。当时，书放在荒原上的马架子里藏着，纸页已经被北大荒的雨水浸蚀得发黄，骑马钉脱落，封面被我用胶条粘着。动荡的生涯中，几经迁徙，许多书都丢失了，这本《叶笛集》却从北京到北大荒，又从北大荒到北京，还有多次的搬家，竟然奇迹般地保留下来。我知道，人的一辈子，像会遇见过许多人一样，也会买过并读过许多的书，但真正能够在 48 年漫长的岁月里一直保留在你身边的，正如你不会太多地记住曾经见过的那些过眼烟云的人一样，也并不会太多。

我格外珍惜这本《叶笛集》。看到它，我就会想起我的学生时代，想起我在北大荒，更会想起郭风先生。

想起郭风先生，有这样两件事情，拔出了萝卜带出泥一般，不由自主地跳了出来。

一件是第一次见到他时，在和文学爱好者的座谈会上他讲的话，给我的印象很深。其实，那一次，他一共就讲了两句话，一句是"我出了三十几本书，没有一本满意的，到了老年才好像刚刚进了门。"一句是"作家的自我感觉不要太良好，要应该总像失恋一样，心里总有些怅惘。"他不是一个善于讲话的人，因此不像有的作家能够舌灿莲花，但他讲的很真诚，他的这些言简意赅的话，对于今天仍然有着警醒的意义。

另一件事情，是前几年我在信中向他询问法国象征派诗人果尔蒙的《西茉纳集》，我没有读过，知道先生年轻时就喜欢这位诗人，便向他讨教。没想到很快我就收到先生复印的厚厚一大摞《西茉纳集》，是戴望舒翻译的。想想他那样大年纪跑去为我复印，并替我邮寄，让我感动的同时，也真是感到不安。

西茉纳，太阳含笑在冬青树叶上，/四月已回来和我们游戏了，/他将长生草留给水，/又将石楠花留给树木，/在枝干生长的地方……

想起这样的诗句，是因为我想起了那年的4月第一次见到郭风先生的情景。他将长生草留给水，又将石楠花留给树木，多么美的诗句。如今，郭风先生已经离开我们了，忍不住想起了《叶笛集》，想起这些往事，想起先生那如圣诞老人一样慈祥的面容。

他将长生草留给水，又将石楠花留给树木，他将岁月留给了他的文字。

有人总会让你想起

鲁秀珍已经去世好长时间了。退休之后，和外界联系很少，消息闭塞，前不久我才知道她过世了。记得她退休几年之后有一年的春节前夕，她给我写来一封信，信中寄来她手绘的贺年卡。她画得不错，退休之后，她喜欢上了丹青，以后，几乎每年的春节前夕，我都会收到她寄来的手绘贺卡。

看到第一封信的信封，是从上海一个叫作万航渡的地方寄来的。当时，我还有些奇怪，她家一直在哈尔滨，怎么跑到上海去了？看信才知道，退休之后几年，她一直忙乎搬家，最后，终于卖掉了哈尔滨的房子，住到她先生家乡上海万航渡的新房子里。

我给她回了信，附了一首打油诗：人生草木秋，转眼白谁头。今日万航渡，当年一叶舟。烟花三水路，风雪七星洲。犹自思老鲁，黄浦江旧流。

诗中说了一件我和她都难以忘记的往事。那是1971年的冬天，我在北大荒，在大兴岛上一个生产队里喂猪，在猪号寂寞的夜里无事干，写了一篇散文《照相》，发表在我们《兵团战士报》上，怎么那么巧，被她看到。当时，她正参与筹备《黑龙江文艺》（即原《北方文学》）的复刊工作，觉得我的这篇散文写得不错，但需要好好打磨，便独自一人跑到北大荒找我。

她比我正好大一轮，那一年，我24岁，她36岁。怎么那么巧，都是我们的本命年。

虽都在黑龙江，但从哈尔滨到北大荒我所在的三江平原上的大兴岛，路途不近。那时，交通不便，我回家探亲时，要先坐汽车过七星河，到富锦县城，从县城可以在福利屯坐火车到佳木斯，也可以坐长途汽车到佳木斯，然后再搭乘火车到哈尔滨，最快也需要一天半的时间。我不知道她是怎么找到我所在的那个偏远的猪号的。因为我没有见到她，当时，我正休探亲假回到北京。不过，我可以想象，那个正满天飞雪刮着大烟泡的冬天，她一个人跑到那里是不容易的。我的诗里说"当年一叶舟"，肯定是没有的了，冰封的七星河上，她孤独的身影，在我的记忆里，永远是一幅画。有哪一个编辑，为一个普通作者，一篇仅有两千多字的小稿子，会跑那么远的路吗？幸运的我，遇到了。

她给我留下一封信，按照她很具体的修改意见，我将稿子改了一遍，寄给了她。第二年的春天，我的这篇《照相》刊发在复刊的《黑龙江文艺》第一期上。这是我发表在正式刊物上的处女作。

她写信给我，希望能够继续写，写好了新东西再寄给她。我想，要好好写，不辜负她。过了一年，1973年的夏天，我写了一组《抚远短简》，一共八则，觉得还算拿得出手，满满抄了36页的稿纸，厚厚一叠，寄给了她。谁知一直没有收到她的回信。猜想，大概是我写得不好，没有入她的法眼。

这一年的秋末，父亲突然脑溢血去世，家中仅剩老母一人，我从北大荒赶回北京奔丧之后，没有回北大荒，等待着办困退回京。这一年的年底，她给我写来了一封挂号信，信中寄回我的那一组厚厚的稿子《抚远短简》。可惜，这封信转到我手里的时候，已经是第二年1974年的开春。

我没有保存旧物的习惯，这封信和这篇稿，能保存下来，是因为我想按照信中所提的意见和要求，改好稿子，便没有丢。幸亏有她的这封挂号信，将她的这封信和我的这一组稿子，保留至今。这是我仅存的她写给我的一封信，也是我自己在北大荒写的稿子中仅存的一篇。我用的是圆珠笔，她用的是钢笔，居然一点颜色没有减退，43年过去了，依然清晰如昨，这真的是岁月的神奇。

我很想把她的这封信抄录下来。尽管信中有那个时代抹不去的旧痕，但也看得出那个时代编辑的真诚与认真，对一个普通的业余作者的关心和平等与期待。雪泥鸿爪，笺痕笔迹，至今看来，还会让我眼热心动，相信也会让今天的人心生感慨——

肖复兴同志：

您好！实在对不起，您的稿拖了这么久，一方面是忙于定稿，组稿，办学习班，未抓紧；另一原因，感觉此稿有些分量，要小说组传阅一下，结果就拖了下来。特向您致以深深的歉意！

您的《照相》在我刊发表后，引起较好的反应，认为您在创作上不落旧套，敢于创新，无论在内容上还是表现手法上，都力求有自己的特点，这点很可贵，希望发扬光大。创

他将长生草留给水

作本不是"仿作"嘛！

《抚远短简》也有这个特点，是有所感而发，在手法上也有新颖之处：比较细致、含蓄、形象。

我们初步看法，提供你修改时参考：

《路和树》，在思想上怎么区别当年十万官兵开垦北大荒？你们毕竟是在他们踏荒的基础上迈步的，但又要有知识青年的特点。这个特点显得不足。路——是否应含有与工农相结合的路之意，现在太"实"了。

《水晶官场院》，如何点出人们不畏高寒，并让高寒为人民（打场）服务的豪情？没有从中再在思想力量上——给人思想启发的东西，如何加以发挥？

《珍贵的纪念品》，要点是衣服为什么今天穿？如写他今天参加入党仪式时候穿，好不好？——以这身衣服，连接起知识青年的过去和展示入党以后如何以此作为新的起点？……现在感到无所指，就显得有些造作了。

我们初步选了这三则"短简"，望您能把它改好，如有可能，最好在一月底、二月初寄来，以便我们安排全年的发稿内容。

其他五则：

《第一面红旗》，寓意不十分清楚，谁打第一面红旗？写人不够。《普通的草房》，较一般，语言较旧。《战友》，亦然。《荒原上的婚礼》，场面多，思想少。《家乡的海洋》，较长。

这些就不用了。

最后，再嘱咐一点：修改时，要力求调子铿锵，时代感鲜明，现在，此文有时显得小巧、柔弱了些。

还有，要在每文和全文的思想深度上，多下功夫，通过形象来阐述一个什么哲理。现在，感到叙述抒情多了一些，思想力量不够。

祝作品更上一层楼！

这封信的最后只有"1973年12月23日"的日期，没有署上鲁秀珍自己的名字，而是盖了一个"黑龙江文艺编辑部"的大红印章。也算是富有那个时代的特色吧。

遗憾的是，我很想重新修改这篇《抚远短简》，但是，在北京待业在家，焦急等待调动回京的手续办理，一时心乱如麻，已经安静不下来修改稿子了。

我和她再续前缘，是八年后的事情了。1982年的夏天，我从中央戏剧学院毕业，和梁晓声等人一起组织了一个北大荒知青回访团，第一站到的哈尔滨。《黑龙江文艺》（已经更名为《北方文学》）接待的我们。我第一次见到了鲁秀珍，我应该叫她大姐的，因为她和我姐姐年龄一样大，但是，习惯了，总是叫她老鲁，一样的亲切，尽管是第一次见面，却没有陌生感，一眼认出彼此，好像早已相识。

那一天中午，《北方文学》接风，长如流水的交谈伴着不断线的酒，热闹到了黄昏。本来我就酒量有限，那天，我是喝多了，头重脚轻，走路跟踩了棉花一样，摇摇晃晃。散席归来时，她始终搀扶着我的胳膊，尤其是过马路时，车来车往，天又忽然下起雨来，夕阳未落，是难得的太阳雨，很是好看，但路面很滑。她紧紧地抓住我，生怕有什么闪失。那一天细雨街头哈尔滨的情景，让我难忘，只要一想起哈尔滨，总会想起那一天黄昏时分的太阳雨，和紧紧抓住我胳膊的老鲁。

事后，她对我说：你喝得太多了，你的同学还等着你呢，我得把你安全地交到人家的手上啊！

那天，我的同学，也就是我在《照相》里写的主人公，从下午一直坐在《北方文学》编辑部老鲁的办公桌前等着我，等着我到她家去吃晚饭。老鲁把我交到她的手上，仍然不放心，又紧紧地抓住我的胳膊，把我们两人送到公共汽车站。

人生在世，会遇到不少人，从开始的素不相识，到后来的相识，以致相知。相识的人，会很多，但相知的人很少。相知的人，彼此相隔再远，联系再少，也常会让人想起，这就是人的记忆的特殊性。因为在记忆中，独木不成林，必须有另一个人存在，才会让遥远过去中所有的情景在瞬间复活，变为了鲜活的回忆。对于老鲁的回忆，我总会有两种语言，或者两种画面：一种是雪（44年前北大荒的雪），一种是雨（35年前哈尔滨的太阳雨）；一种是画（退休后手绘的贺卡），一种是笔（43年前的信）；一种是我，一种是你，亲爱的老鲁！

从菱窠到慧园

菱窠并非真的有菱角，而是形状如菱角的一片水塘。1938年，李劼人买下这块地方，是为避日本飞机的空袭，将全家从成都市里的桂花巷搬到这里。那时，这里已属于农村，是姓谢的一家的果园，因是战争期间，很便宜便买了下来。再外面倒是有一片菱角堰。李劼人便把自己这个新家取名叫作"菱窠"。

如今，菱窠成了李劼人故居，对外开放。就在川师大附近，城区的扩大，已经离城不远了。在故居的展览室里，看到了一幅老照片，李劼人的夫人领着他们的小女儿站在菱窠的门口。看那时的菱窠，门是柴门，墙是铁蒺藜蔓上竹子编的，只能叫作篱笆，想大概与当年杜甫的草堂类似，所以当年李劼人自己说是"菱角堰前一茅舍"。取名"菱窠"，与见惯的各种"堂"呀"室"呀，便大不同，窠就是窝而已。门前便是状如菱角的水塘，绣满一池荷花，不管战火纷飞，没心没肺地开放着。

如今的菱窠，大门和墙都气派了许多，道士门式样的大门虽然不大，却有着门楣、门墩和瓦檐，还有醒目的"菱窠"的匾额。门前的水塘没有了，但有一块小小的停车场，再往前紧连马路的空地，正在紧锣密鼓地大兴土木，据说是要建一片公园。以后的菱窠，便成为园中园，会有沧海桑田之感了。

走进菱窠，左侧是花草树木掩映，建筑都是白墙灰瓦铁锈红的柱子，典型川西风格。正面是一座带环廊的二层木楼，坐南朝北，西侧面是一排厢房，楼后有李劼人夫人的墓地。楼前开阔的草坪上，立有一座汉白玉的半身塑像，想一定就是刘开渠雕塑的李劼人的像了。东面有一方不大的小湖，湖边有水榭、亭台和游廊。紧靠大门的一侧，则是李劼人曾经开在指挥街上的"小雅菜馆"。院落里面除了几个工作人员围坐在藤椅桌子前在喝茶下棋，没有一个游人，偌大的菱窠幽静得很，风闲花落，空翠湿衣，仿佛远避万丈红尘的一个隐者。

显然，故居是经过精心的整修，才显得如此的花木繁盛，完全园林化了。现代作家中，能够以自己的稿费买下的故居完好地保存下来的，已不多见。北京的郭沫若和茅盾的故居，是解放以后政府划拨的。老舍故居是自己买下的，尚在，但远不如这里的轩豁。至于鲁迅在绍兴会馆的故居和林海音在晋江会馆的故居，已经破败拥挤得成为了大杂院。其实，当年李劼人买下谢家果园，比现在看到的还要宽阔，足有12亩多，各种果树繁茂，后来建校园，占了8亩，现在的菱窠只剩下了4亩左右，比原来缩小了三分之二，小多了。

李劼人的经历比一般作家要丰富得多，经历了辛亥革命、五四运动、抗日战争和解放后新中国的建设与运动。读中学的时候，赶上四川保路运动，作为中学生的代表参加了保路同志会，还和王光祈等人发起了少年中国学会，创办了《星期日》周刊。1919年底到法国半工半读留学四年十个月，回国后当过民生机修厂的厂长，解放后当过成都市的副市长。如此丰富的阅历，使得他作为作家一出手就与众不同，他的《死水微澜》《暴风雨前》《大波》三部曲，描摹辛亥革命前后时代风云的长篇巨著，开创了新文学史上多卷本史诗性的长篇小说的先河。可以看出，他的抱负气吞万里如虎，他是想做巴尔扎克《人间喜剧》和左拉《卢贡—马卡尔家族史》一样的工作，希望把"小说"写成"大说"。

故居的一楼是李劼人的起居住房，二楼是陈列室。居室完全复原当年的情景，很朴素，书房里摆一张单人床，是李劼人当年改《大波》时特别放在这里的，怕吵夫人睡觉，自己在书房里写累了就睡。故居在1959年曾经翻盖一次，用的是李劼人的稿费，那时，他的三部曲再版，《死水微澜》和《暴风雨前》的稿费先到，有800多元，翻盖不够的费用，等《大波》的稿费到后再补上。想来那时的稿费还真的顶用。

翻盖菱窠，主要是为了安静下来仔细修改三部曲。解放后修改三部曲，成为了李劼人的大事，此事得失参半，留于后人评说。在书房里，我走神的是，奥地利的音乐家布鲁克纳，和李劼人一样，也是格外虚心听取别人的意见，对自己的作品一辈子都在频于修改的状态，但最后改动的结果不见得就如最初的如意。李劼人就是在这间书房里一直改他的《大波》，改写了四次，一直到临终的前一天还在改。无奈天不假年，他只改好了12万字，余下了30万字，如嗷嗷待哺的一只只小鸟，只能空留在书桌上了。

客厅的墙上，挂着几幅字画的复制品（李劼人字画藏品很多，有一千多幅明清古画），其中一幅兰石图，逸笔草草，却运笔用色均不俗，仔细看，原来是号称"川西孔子"刘止唐之孙刘豫波的画。他是清末民初成都有名的"五老七贤"之一，曾经是李劼人在石室中学读书时的国文老师。看画上有题跋："既淡养心，坚定立学，三十余年此心空谷，一笑相通，还持旧说。"这里有赞许，也有期望，还有一份遗老的遗风。一打听，知道是李劼人和老师分手三十多年后，在成都的街头和老师不期而遇，老师赠他的画作。李劼人一生对刘豫波都非常敬重，他曾经说：老师"教我以淡泊，以宁静，以爱人。"大概就是刘豫波指要坚持的"旧说"吧。

　　1962年底，李劼人去世后，菱窠一度荒芜。但在"文革"期间幸存，没有遭到破坏，主要因为作为了政府的招待所，后来改为库房和宿舍，一直有人住，便保留着旧貌和人气，实在是万幸，和如今一些名为故居实则新造的假古董完全不同。1959年翻盖时，故居曾经增添了一些楹联，此后重修，楹联更多，分不清哪些是新哪些是旧了。但楹联很有文学的气息，和别处不同的是，李劼人自撰的楹联很多。我非常喜欢其中1946年他自撰联："历劫易翻沧海水，浓春难谢碧桃花。"正是抗战胜利之时，透露他的心情，如果和那时同在成都迎接胜利的陈寅恪写的诗相比，可以看出其中的不同。一幅是1962年病重后的自撰联："人尽其才地尽其力物尽其用，花愿长好月愿长圆人愿长寿。"和他的三部曲一样，依然是宏大叙事的笔触和襟怀。还有一幅，不知撰写于何年："冷眼看空游侠传，热情涌出性情诗。"我最喜爱的，是1961年他的自撰联："最有文字惊天下，莫叫鹅鸭恼比邻。"情趣盎然，有杜子风。

最后来到他的雕像前，刘开渠和他在法国留学期间就结识为好朋友，抗战期间在成都，他们两人一起发起建立了抗日救国的组织，友情弥深。雕塑家为作家雕像，如罗丹之于巴尔扎克，刘开渠和李劼人是一对剑鞘扣。但看刘开渠为李劼人塑的像，却没有那么多的感情宣泄，而以完全写实的风格，还原老朋友淡定又笃定的风貌，又因是汉白玉的材质，显得静泊，有些冷。想那时刘开渠已老，早是春秋阅尽。再看像后的基座上有张秀熟撰文马识途书写的铭文："巴蜀天府，地灵人杰；劼人先生，一代文哲；锦心绣口，冰清玉洁；微波大澜，呕心沥血；山何巍峨，日何烨烨；缅怀斯人，高风亮节。"赞誉之辞，和塑像风格正好冷热均衡，动静相宜，山水相合。

从菱窠到慧园，并不远。但感觉却像走过了漫长的一个世纪。并不是因为巴金和李劼人作为成都双子星座的作家，一位一生扎根本土，一个19岁离开家乡，到晚年才得以归家探望，使得两者的时间距离拉开得那样长。也不是因为慧园在闹市中心，与菱窠田园风的静谧，呈过于鲜明的对比。而是作为巴金故居的补充物，慧园体现了故乡人对巴金的一片深情厚谊，毕竟巴金在东珠市街上的李家老宅已经不在。慧园的名字取得极好，取巴金《家》中人物觉慧的慧字，寓意多重，充满想象力，总希望能有一个让人们怀念和怀旧的地方，能够重新走进巴金，走进巴金所创造的《家》的地方。只是新建的慧园，和老的菱窠容易拉开了时间的距离，建筑和树木一样，身上的年轮醒目，由老的菱窠到新的慧园，仿佛旋转舞台上的布景置换，洞中方一日，世上已百年，让我感到仿佛走了那么长的时间。

他将长生草留给水

慧园在百花潭公园内。锦江之滨，花繁叶茂，天然幽韵，难得的好地方。慧园设计为二进院，院四围有游廊环绕，地方不大，却小巧玲珑。大门轩豁，门前有一小广场，叫慧园广场，修竹茂树鲜花掩映，门楣上有启功题写的"慧园"的匾额，门两旁的抱柱联为马识途书写："巴山蜀水地灵人杰称觉慧，金相玉质天宝物华造雅园。"前院为牡丹厅，厅堂的匾额"牡丹厅"，朱家溍题写；两侧的抱柱联："慧以觉生成家不易，国因文建明德常新。"后院为紫薇堂，匾额"紫薇堂"，史树生题写，两侧的抱柱联："巨匠文章感召热血青年融入激流三部曲，高山品格怀念赤忱蓍老坚持真话一条心。"字都是好字，以意思而论，前院一联最好，既有巴金小说《家》中沧桑历史之感，又有引申进一番行船万里今世之意，有家有国，联袂而意味幽然。

慧园是 1989 年正式对外开放，1987 年巴金最后一次回家乡时，慧园正在动工，巴金专门来看过，回上海后为慧园捐赠了好多物品，应该说对慧园寄予感情和希望。如今慧园前后两院的厅堂中，还是摆放着当年开馆时的陈列品，有关于巴金的生平和创作的照片、书籍和书柜等实物。只是都已经发黄，留下了虽然并不太长却已经尘埋网封的日子的痕迹。岁月真的是一个伟大的雕塑师，可以将一切雕塑成另一番模样。没有感到"慧以觉生"的意思，倒是真的感到几分"成家不易"的样子，因为眼前的慧园不再像是觉慧的家，而是出租他用一般，满眼都是茶客，厅堂、院子里，连走廊里都摆满了桌椅，茶香缭绕，人生鼎沸。前院还专门设有家宴，广告牌上标明两种规格：268 元一桌含 10 杯茶，1888 元一桌含 10 杯茶。四周的巴金的一切老照片老书籍老物件，都在陪伴大家喝茶，任流年碎影和眼前的茶香花影交织，真的有些不知今夕何年之感。

二十年前，我第一次来慧园，那时慧园刚建成开放不久，一切恍若梦中。那时，虽然前院在举办盆景展览，毕竟只是盆景，悠悠韵味，和书香协调。而且，将慧园扩展功能，吸引更多人到此流连，也是相得益彰之事。不过二十多年，慧园却变成了茶馆和家宴，总让人有些惘然。忍不住想起坊间流行的民谣：巴金不如铂金，冰心不如点心。

幸亏大门前的慧园广场，还如以前一样的安静。树荫竹影下，有花香袭来。正面，有叶毓山雕塑的晚年巴金拄着拐杖的全身青铜像，一侧有一方长石上镌刻着冰心的题词"名园觉慧"。让人感到巴金和冰心两位老朋友，还在并肩一起，睿智却也宽容地看待眼前的一切，或许会说我不必自作多情，文学本来就不是什么非登大雅之堂不可的事，和乡亲们一道喝喝茶，吃吃饭，有烟火气，有乡土气，有什么不好？到慧园而能觉慧者，那不过是额外的赠品。

梅州访张资平

到广东梅州，听说张资平的祖宅就在市区边上，便请车子拐了弯。这里原来隶属梅县东厢堡三坑村，市区的扩大，像包饺子一样，把它当成了一道美味的馅包了进来。

早听说张资平的祖宅叫作留余堂，张资平在这里落生，一直生活到了19岁才离开这里，到日本留学，据说当时他考的成绩是最后一名，扒上了去日本海船的船尾。这里是他的故居，如今讲究名人故居的开发，成为不可多得的文化和旅游的资源。更何况，张资平历来是颇受争议的人物，其汉奸的历史问题，以及因写三角恋爱小说闻名而遭到鲁迅先生的批评，都使得他显得有些另类而为人瞩目。只是因为张家老屋尚未收拾好，暂时未对外开放。对我而言，更愿意看这样未经修饰的老宅，哪怕荒芜如同一座废园，其凋败的沧桑之中，更能让人容易捕捉到历史真实的影子。想前两年在东北看萧红故居，新得如同新娘，难以走进《呼兰河传》之中了。

走进留余堂，没有见到一个人。牌楼式的大门坐南朝北敞开着，三进三出的大院落，明显客家围龙屋的格局，中轴线连带着三座轩豁的厅堂，左右对称三排排屋，最后一排半圆形的围屋，整个院落足有 70 多间房子，却空荡荡的，只有南国热辣辣的阳光，不安分的小鸟一样，在地面和屋顶上跳跃。

房屋的门窗都有些破败，里面更是一片凋零，蛛网坠落，尘土四溢，堆砌着乱七八糟的杂物。看样子，早没有人居住，所有的一切都只在遥远的回忆里了，破败而悲凉的情景，颇似电影《小城之春》里重回故里的那种感觉。但是，如果仔细看，房梁上有精美的木雕，并没有被岁月凋蚀和人工破坏，雕刻着的麒麟、如意和大鼓，依然栩栩如生。还有松竹梅莲的漆画，也清晰可见。大门"珠联璧合，凤翥鸾翔"的门联，大堂上"积善之家荆树有花兄弟乐，读书为业砚田无税子孙耕""孝友传家诗书礼乐，文章报国秋实春华"的抱柱联，以及大门门楣上道光二年的横匾"经魁"，前堂道光十四年的横匾"文魁"，都显示出了张家当年的风光、气派和心底。张家祖上出过两个四品官，七个举人，虽不为显赫，却也值得骄傲。记得张资平在他的也是我国现代文学史第一部长篇小说《冲击期化石》中，曾用颇大的篇幅写过他的老宅，特别写过老宅的这些对联，虽然文字有出入，但忠孝传家，诗书及第的内容是相同的。还特别写过他的父亲，当年父亲是秀才，当乡间的私塾先生，他从小是跟着父亲学习的，他说"父亲是我的知己"。

最宽敞的中堂，显然被人收拾过了，中间有祭祖的条案，左侧的墙上有张氏家族捐款的名单，右侧的墙上有一排照片，是张家出过的人物。在中间，我找到了张资平，看照片下面的文字介绍，知道他是张家的第 20 世孙，1906 年在附近的广益中西学堂读书，1910 年在东山初级师范学堂读书，19 岁当第一任学艺中学校长，同年留学日本。那上面特意注明张资平到日本学的是地质，有关于地质学的专著，似乎有意淡化他的文学生涯。

正在俯身细读，当地的朋友带来一位身材高挑鹤发童颜的老人，才知道是张资平的亲侄子，名叫张梅祥，今年78岁。1940年7岁从印尼回国，跟母亲学制衣，算作工人，出身好，解放以后才没有因为张资平的问题受到牵连。但这座老宅被充公，他和母亲住在旁边的两间茅屋。老宅后来成为了生产队的队部。他去了新疆生产建设兵团。1983年，60岁那一年退休回来，就开始找队部要房子。他告诉我他是19级干部，在新疆管劳改犯，退休回来，不管多难，就是想要回老宅。终于要了回来，头一天，他站在大门口，拦住了担稻子入门到庭院晾晒的农民，告诉他这里不再是大队部了。这两年，留余堂作为客家古民居已经被市里批了下来，他现在要做的是筹措资金把老宅保护好、维修好，将来把张资平的故居也能开放出来。

我请问他为什么当年把老宅取名留余堂？他告诉我，这是1827年他的曾祖建的房子，他的祖父有两个儿子，希望孩子做事做人要留有余地；另外，留字的一种写法是上面两个口字，希望两个兄弟能够和睦。祖父的这两个儿子，哥哥便是他自己的父亲，弟弟则是张资平。

我又请问张资平当年住哪间房屋，他先对我说，这座留余堂的格局是这样的，左侧排屋的前半部分为大哥住，后半部分为二哥住，右侧排屋相反，兄弟之间，你中有我，我中有你。然后，他带我到了左侧的后半紧靠中堂的三间小屋，告诉我当年张资平也就是他的叔叔就在这里住。这是南北前后一串的三间小屋，开间都不大。最北面是厨房，中间是卧室，最南面是书房。书房前有一个下沉式的天井，天井的前面有花墙花窗和一方小水池，前面则可以种些花草。如今，虽然凋零得只长满青苔，但可以想象当年这里还是一处不错的景致。

张老伯又带我继续往左侧走，穿过一座拱形的月亮门，来到排屋最外一层，那里有一座小厅堂，这在客家围龙屋中极少见。他告诉我这是张家的观音厅，张家大小事都要到这里祭拜的，很灵。我问他张资平当年到日本留学离家之前到这里拜过观音没有？他说记不清了，不过应该是拜过的。但是，观音娘娘没有保佑得了张资平日后的命运。解放以后，汉奸的问题，几起几落，1959年，才66岁，他客死劳改农场。

走出留余堂，看见前面是一弯半月形的池塘，池塘里绣满绿色的浮萍，在阳光的映衬下，绿缎子一样分外明亮。同行的一位朋友开玩笑说：应该把池塘改成三角形。这是想起鲁迅先生当年对张资平的讽刺，以为他的小说等于一个三角形。不知道张老伯听见没听见，他指着水塘对我说：水塘像墨砚。

佗城遇萧殷

　　到佗城是大中午，南中国的太阳热辣辣的，像顶着大火盆。到镇中心的孔庙参观，回头一眼看见，孔庙的前面是开阔的广场，广场一侧，有一座电影院，顶端写着"佗城电影院"，落款有萧殷的字样。忽然才想到，萧殷就出生在佗城。

　　电影院有年头了。那种山字形马头墙式的牌楼，一下子让我回到20世纪的五六十年代，那时候，这样的电影院在县城或小镇有很多，一直到20世纪80年代，我到青海冷湖镇，看到那里的电影院和这里几乎如同一个模子里刻出来的。一问，果然是40年代的老电影院。解放以后，进行过翻修，一直延续用到现在。前两年扩建孔庙前的广场，要拆这座电影院来着，县委书记来视察，一看电影院的名字是萧殷题写的，要求保留下来。我想，萧殷大概做梦也不会想到，死后多年，自己的名字还能起到这样的作用，居然保住了一座老电影院。

　　佗城是一座古镇，隶属广东龙川县，地处粤东北，现在依然是经济欠发达的山区。对比风情万种的珠三角，这里质朴得如同素面朝天的村姑。当年，南越王赵佗设龙川县县城就在这里，佗城的"佗"字便来源于他。萧殷出生在这里，在这里的龙川县一中上的中学，当年中学就在古镇的古代考试的试院。在贫寒中读到中学毕业，萧殷在佗城小学教过一段书，一直到 21 岁的时候才离开这里到广州读书。他就是在家乡开始迈出了他的文学创作的脚步。萧殷活了 68 岁，人生的近三分之一时光是在这里度过的。家乡对于他不仅只是一个符号，而是牵枝带蔓，连心连肺的。

听说萧殷的故居还在，我请求能去一看。要说萧殷不仅是我的前辈，还曾经是我的同事，他曾经在《人民文学》担任过编辑部主任。虽然，我从未曾与他谋面，但早就听说他不仅是一名很优秀的文学评论家，还是一个名副其实的好编辑，不要说如白桦、邵燕祥等很多名家处女作、成名作都出自他手（粉碎"四人帮"后他抱病还在关心并成全着当时广东的青年作家陈国凯、吕雷等人），仅看这样两条：来稿必看，来信必复，就让很多如今的编辑汗颜。想以前曾经出版过《萧殷文学书简》一书，大概远远未能收全他的书信。我私下常常以一位作家通信的多少来判断其为人的心底，乃至可以成为其文学成就的一个鲜明有力的注脚。前辈作家中，鲁迅和孙犁先生，可以说是这方面突出的代表，萧殷秉承着这样的传统。

萧殷是老延安，资格很老，却在 1960 年调回广东。这一举动，和当年艾芜相似，艾芜也是在这相近的年月里要求调回四川老家。这里自然有故土难离的乡情，也有远离那时京城文坛是非动荡之地的心曲。仅从这一点来看，我就对他充满敬意，因为并不是所有人都能做到这样明不规暗，直不辅曲，向往长闲有酒、一溪风月共清明的境界。文坛上，迎风躬逢和追名逐利之徒有的是。

萧殷故居，四周如今热闹如市，当年却是在古镇城外。萧殷在自己的著作中称之为竹园里，那时周围一片竹林似海，清风如梦。现在显得有些杂乱，后盖起的房屋参差不齐，高矮不一，密匝匝地包围着萧殷故居。它是一座三层的小楼，外表很像开平或东莞的雕楼，只是腰围小了几号。窄小的窗孔如同梅花炮口，说明当年这里还是偏僻的，要警惕土匪的袭击。沿着颤巍巍的木板楼梯爬上去，小楼早已荒芜如弃园。一楼原来厨房的灶台早已凋败，柴草散落在旧日的回忆里；二楼是萧殷的哥哥住；三楼是萧殷住，每层的开间都不太大，但坚固得很。下楼后才发现，门楣上有赖少其题写的"萧殷故居"的牌匾，由于光线幽暗，不仔细看，根本看不清。

楼前的一座新楼里住着萧殷的嫂子，80多岁了，身体很硬朗。她的两个儿子正好都在家，老大一口龙川当地浓重的乡音，告诉我总会有外地人来这里要看萧殷故居，不知要带着人跑多少次，踩得那木楼梯摇摇欲坠快要塌了，然后问我要不要带我去看看？我说我已经看过了，便和这两位萧殷的侄子聊起来。说起萧殷的往事，如同天宝往事一样遥远了。其实，萧殷是1983年去世的，文坛却如煤层一般，不知不觉之间，已经挖掘断了好几层，一代一代更迭并改写着岁月，模糊并淡忘着记忆。

当晚，住在龙川县城，第二天早晨离开的时候，才知道这里还有一个萧殷公园，请求一定去看看。在我的印象中，似乎除了青岛有一座鲁迅公园，其他地方还没有以作家名字命名的公园。主人说公园正在扩建，是一片工地，那也要去看看。那是城中心的一块三角地，现在要把围墙拆除，让公园露出来。绿意葱葱的榕树龙柏和桂花树，还有一丛高大粗壮名叫竹柏的翠竹，簇拥着一座雕像的花岗岩底座。清晰地看得见上面有吴有恒撰文赖少其书写的萧殷生平。赶过来的文化局局长对我说：这是原来公园里萧殷雕像的底座，那座雕像是萧殷的半身石雕，当年请广州一位著名雕塑家雕刻的，现在请不起了，要的价钱太高，只好请我们当地的人雕刻了，是一尊比原来要高大许多的萧殷全身像。然后，在公园的一侧建一排展框长廊，陈列萧殷的著作和生平介绍。

　　一个偏远的小镇，一个经济落后的小小县城，居然心存温暖和敬意地保留着一位作家的三处遗迹：他的故居、他题写名字的电影院、以他的名字命名的公园。心里充满感动。为萧殷，也为佗城。

他将长生草留给水

蔼蔼长者

我是今天才从报纸上看到洁泯先生逝世的消息。就在上个月，我碰到一位朋友，他对我说洁泯先生身体不好，准备过几天去看望他。我说洁泯先生是好人，经历文坛的事多，学问又好。谁想到，这才几日，洁泯先生竟然和我们天地两隔。他是11月13日去世的，那时，我正参加文代会，许多文人正聚在一起热闹着，他寂寞地逝去了。

今年，洁泯先生85岁。他是前辈，按说是轮不到我写祭文的，因为我毕竟并不十分了解他，与他交往也不多。我只是怀着景仰的心情，一直远远地观望着。他如一座云雾中的山，沧桑而苍茫地从历史中走来，让我总涌出这样的一种感觉：始知五岳外，别有他山尊。

大约在1987年，那时候，我写了一部长篇小说《早恋》，因为涉及中学生的恋爱，引起一些人的不满和批评，甚至书稿发到印刷厂而被撤版，险些没能够出版。那时候，人们的心理就是这样保守，时代的发展总有个春秋代序。那时候，我没有想到，第一位给予我支持的是洁泯先生，他首先在《文汇报》上发表文章，对《早恋》进行评论和表扬，打破了那时的僵局，不仅给予我，同时给予出版社以强有力的鼓励。

那时候，我还没有见过他的面，但在心里很是感念。几年以后，他又写过文章，再次提及《早恋》，他说："肖复兴的创作，从《早恋》到最近的《戏剧人生》，都是写学生的，对中学生和大学生的生活流向，他们的心态变化，他几乎了如指掌。在青年读者中，他的作品是极受欢迎的。我虽然年纪已老，也一样喜欢他的书，他小说中的文义，可以唤起老年人对青春的向往与赞美。捷克作家昆德拉认为青春'是超越任何具体年龄的一种价值。这个思想用恰当的诗表现出来，成功地达到了一个双重目的：他既恭维了年轻人，又神奇地抹掉了年长者的皱纹，使他成为了一个与青年男女同等的人'。我十分激赏这段话，因而我认为，肖复兴虽致力于写青少年，但他的小说又为年长者所同享。"我始终不敢忘怀这些话，我知道，这是一位长者对晚辈的鼓励、教诲和希望。我常常拿他的话鼓励自己，让自己写得更有进步一些，不辜负他的期待。

1993年的夏天，洁泯先生给我打来一个电话，他要为出版社编一套"当代世相"的丛书，他看到我在报端上发表的一些文章，觉得合适，希望我能够加盟编一本。我非常高兴和感动，高兴我的文字还能够走进他的视野，感动他还在关注我的写作。他约我见面详谈，我说去您家拜访吧，他说，我家太远，就到我的办公室吧，我虽然退休了，但社科院还给我留了一间办公室。那天，我去社科院找到他的办公室（小得出乎我的意料，摆满的书籍让屋子更加的逼仄），他早早在那里等着我了，他就是这样一个蔼蔼长者，总是那样的平易近人。说实在的，虽然我已经出过一些书，但为他编一本，心里有些惴惴，毕竟他是有名的评论家，见多识广，怕难入法眼。他却一如既往地鼓励我说，他看到我最近写的一些文章，是在现实生活中观察和思索之后而写的社会百态，正符合他编的这套书的要求。正是在他的鼓励下，这本《都市走笔》的书得以出版，他还特意为我的这本书写了序言。这是我专门请求他写下的，我从不为自己的书请人写序，这是唯一的一次，因为我敬重他，并始终感念于他。

我很少能够见到他，我相信君子之交淡如水的古训，文坛毕竟不是闹哄哄的大卖场。每年的春节前夕，我只是寄一张贺卡给他，表示我的敬意与祝福。我知道他的身体越来越不好，但每一次他收到贺卡总要回寄一张贺卡给我。前两年的春节前，他寄来一张红色贺卡，在贺卡上密密麻麻写满前后两页，知道他的身体不好，心情也不好。他说："我这几年身体走下坡路，肠癌开刀，留下了大便难以控制的后遗症。我的青光眼已转入恶化，成了视神经萎缩，视力只有零点一，读书写字俱废，报纸也少看，写东西极少。"但如此视力的情况下，他还说："我时常读到莫名的文章，关于音乐方面的，读了尤其钦佩。"还是一如既往地给予我鼓励。想想一个年过八旬的老人，身体那样差，视力那样差，还能够读能够写，心里真的很感动，忍不住想起放翁的诗句："岂知鹤发残年叟，犹读蝇头细字书。"对于文坛，他似乎不像有些人那样昂扬，而是颇为悲观："现在文艺界似乎很萧索，出的东西不少，有影响的似乎不多，这十多年，也不见有什么大手笔问世。"去年春节前夕，他在贺卡上写的，似乎心情略好些，他这样写道："收到贺卡，至为感谢。多年来我目疾恶化，生活进入

第三辑　他将长生草留给水

267

半自理状态，但心情尚好。祝您写作丰收，工作有新成就。还有身体健康最要紧。"想到一个身体状态那样差的八旬老人，还要亲自走到邮局去寄信，我的心里充满无法言说的感动。但是，那时候，我没有仔细注意他一再嘱咐我要注意身体，无法体会到其实那时候他的身体已经每况愈下，一个垂垂老人对于生命和生活还有文学的渴望和无奈。

我只是把我这样一个普通的作者和晚辈感受到的洁泯先生的点滴写出来，表达我的一份怀念的心情。我相信如我一样曾经受到过他的关怀和鼓励的人会有很多，我所写下的不过只是其中的一滴水。

又快要到年底了，我只是不知道今年的春节前夕，一张贺卡该寄往哪里？而我也再无法收到先生的贺卡了。

初春的思念

今天中午，电话铃声响了。是胡昭先生的女儿婷婷从长春打来的，告诉我她父亲昨天中午在医院里心脏病突然逝去。我一时没有反应过来，因为就在前不多天，我还和胡昭先生刚刚通过信，没有一点征兆。那是他刚刚学会使用电脑，通过电脑发给我的第一封信，竟也是最后一封信。我一下子哽咽，无声却泪如雨下，本应该是我劝慰婷婷的，却让她劝起我来。

放下电话，我依然不能自已。自从母亲去世，我再没有这样伤心地哭过。胡昭先生的逝去，让我是这样的猝不及防。作为长辈，他给予我的关怀，总让我想起自己的亲人，有时会想就是亲人，又怎样呢？现在想起这样的感觉，还让我感到一种难得的温暖，一切都好像是还在眼前发生着。

细细一想，我和胡昭先生交往并不深，只是属于那种君子之交淡如水，却也清澈如水。而胡昭先生给我留下的总体印象，就是"清澈"——这也是他在1973年写的一首诗的名字。虽然，作为新中国的第一代诗人，22岁就出版了他的第一本诗集《光荣的星云》，他度过了整整二十年"右派"的不公正生涯，又经历了妻子死在"文化大革命"中的悲惨遭遇，但是，他的文品与人品、心地和胸襟，总还保持着难得的那种清澈，用老诗人吕剑先生的话，是"单纯而明净"，"把心境和盘托出"，那是对他诗的评论，也是对他人的概括。

十年前，我们开始通信，通信的原因很简单，按照胡昭先生的话是以文会友，其实是他偶然间读到我写的东西，给予我长辈的鼓励。没错，他是我的长辈，1947年他参军的时候，我才出生。我只是在上中学的时候曾经在《人民文学》杂志上读过他写的诗，我以为他是一个很老的诗人，从来没有想到过有一天能够和他相逢。世上的事情有时候就是这样的奇特，文学就像是海，纵使他站在海的那一边，你站在这一边，相隔遥远，海水是相通的，只要你站在水里面，水就从他那边淌来，从你的心头湿润地流过了。

我们通了整整十年的信，而且，我相信如果不是胡昭先生的突然逝世，我们的信还会通下去。在这十年中间，我们只见过两次面，一次是他来北京参加文讲所即现在的鲁迅文学院成立四十五周年的活动，他是文讲所第一期的学员，他老伴陪着他，我去看望他们，一起吃了顿饭；一次是我们一起去石家庄参加一次签名售书活动。除了这样两次见面的机会，我们只是通信，是那种真正的笔墨方式，而不是现在的电子邮件或手机短信，那是文人之间最常见的也是最古老的方式。我们在文学上所有的了解和理解，在心灵上所有的碰撞和沟通，对文坛况味和世事沧桑所有的感喟和诉说，都是通过这样的信笺传递。

当然，信笺传递的更多是胡昭先生对我的关心。1995年，我要调到中国作协工作的时候，他就来信以他自己在作协工作多年的亲身体会提醒我告诫我。2002 年，我的儿子出国读研，他又写信关照提醒孩子。就在今年的春节之前，他只是从电视里看见我一晃而过的镜头，觉得我好像有心事，让他的儿子冬林到北京领奖的时候打电话特意关心我，没过两天，又特别写来一封叮嘱的信。他写信从来都是用毛笔写，看那墨汁淋漓的信，我觉得他的身体还不错。在信的末尾，他还让我把网址告诉他，他要通过网上和我通信，会更快更方便。我写信告诉他我的网址，他很快就发来了 E-mail，不仅关心我，而且关心远隔重洋的我的孩子。现在，我知道了，那是在他病重的时候啊，是在他生命的最后时刻啊，只有自己的亲人才会对你这样呀。

窗外，初春的阳光那样的好，他却不在了，一个那样慈祥温暖的老人不在了。

我想起胡昭先生 1990 年写给一位逝世诗人的悼诗："也许你躲到什么地方埋头著述去了，不久就会又捧出一部充满活力的新诗。"

我想起胡昭先生 1978 年悼念他的亡妻的诗："话儿挤在嘴边连不成句，我只能把一捧散碎的泪花奉献给你。"

浩然周年

我一直以为，浩然是作家中的一个异数。

这位只上过三年小学、半年私塾的地道农民，成为新中国的作家，本身就是时代的产物。那个年代里，时兴工农兵作家，最早有高玉宝，后来有胡万春，新时期还有更年轻的张继（赵本山演过他的电视剧《乡村爱情》）等人。但客观讲，没有一位赶得上浩然作品之多，横跨年头之长，能够从50年代横空出世（他的第一部小说集《喜鹊登枝》获得前辈叶圣陶先生的好评）；60年代号称"八个样板戏一个作家"，他成为全国硕果仅存还能够写东西的唯一作家；而且，他一直坚持写到改革开放的新时期而东山再起（《苍生》险些问鼎茅盾文学奖）。从青春勃发到两鬓斑斑，他一支笔横跨几个时代，以作品与行为，为历史也为自己正言，五色杂陈，荣辱哀乐，是非曲直，一直为人们所争论。不仅工农兵作家，就是包括所有我国作家在内，都没有一人能够企及。他还不算是一个异数吗？

记得大约1980年开春的时候，我第一次见到他的情景，他纯朴得如同一位进城的农村干部，中山装，小平头，京东口音。那时我和他同住在天津市一招，为《新港》杂志写东西，那是一座带阁楼的小洋楼，楼前有花园，楼下有餐厅，那时常有来自全国各地的作家住在那里写东西。那一段时间里，也许巧了，整幢小楼只住着我们两人，天黑下来的时候，格外幽静，仿佛与世隔绝，远遁于万丈红尘之外。无处可去，我们便常常聚在一起聊天，打发寂寞的春长夜深。他不是那种言辞胜过文字的作家，但他的话说得亲切，眼睛望着你，让人有种信任感。

那一年，他48岁。他的平易给我留下了深刻的印象，没有一点文人清高的架子和酸腐，当然，也没有那时新派文人的意气风发和所向空阔的趾高气扬。令我格外不解，也稍稍有些惊讶的是，我和他只是第一次相见，他却和我讲起许多"文革"时他和江青交往的事情，那样开诚布公，也有些忍俊不禁，欲言难辩，欲舒不平。那些倾诉汇聚成两个中心，即他没有向江青效忠，没有顺竿爬，没整过人，没想当官（我称之为浩然的"四无"）；他只想老老实实写东西，他认为书才是作家身份的证明和命运的护身符。

说实在的，那时他和我说的这些话，我并没有多深的理解。我只是多少感受他内心的痛苦，和些许的委屈，以及他的性格中执拗的一面。和当时如我这样一些应时应季赶上好时辰的年轻作家，或者被称为"重放的鲜花"被打成右派而复出的中年作家相比较，他显得上不着天，下不着地，孤独而彷徨。他仿佛刚从波涛汹涌的轮船上下来，似乎晕眩的感觉还没有完全消失，有些四顾茫然，想忍，又不肯罢休；想一吐为快，又咽了下去。

记得去年浩然逝世的时候，有记者采访，我曾经说过浩然所有贡献和错误都是农民式的。他朴实的为人与为文，至今依然受到读者的认可与欢迎，以及文坛的包容与理解。记得粉碎"四人帮"后不久那一年，在北京工人体育馆北京市作协开大会，浩然在大会上做公开检查，很容易通过了，并没有人揪住他不放，原因大家都知道他是个好人。那一天，我也参加了这个大会，会散之后，看见浩然匆匆离开了，后来才知道他是赶去参加他的大儿子的婚礼，才感觉到冥冥中真的有种力量，在左右着人生，父亲劫后新生和儿子的新婚大喜，巧合在同一天，摩肩接踵在前后时刻衔接，大约是浩然生命中最具有文学意味的细节了，也可能是老天爷对于一个好人最具善意的安排。

好人浩然，是人们也是他自己对自己的一个基本评价。只是人们忽略了，好人和政治、和时代，乃至和文学之间的关系和相互作用是复杂的，是两个价值系统。挪威作家汉姆生，应该说不是个好人，他效忠德国法西斯，甚至无耻地为希特勒写悼词，但他却是个不错的作家，获得过诺贝尔文学奖。这样的例子很多，所以，道德与品格，与文学的优劣成败，彼此的关系并不那么直曲了然，利钝分明。我觉得"文革"的这一段经历，成为了他迈不过去的一个坎，那是他的一个心结，越想解开，却越系越紧。他逝世的时候76岁，我想要不他可以多活几年的，也可以多写一些东西的。

浩然的晚年基本生活在三河的乡下，一切事过境迁之后，他当《北京文学》主编那一段时间，大多时间也是在三河，不得已开会要他参加时，他才会从三河回到北京，但开完会就回三河，甭管多晚。我好多次和他一起开会，他都会好意坚持先送我回家（他是一个念旧的平易的人），然后径直往东，直奔三河。看得出，不仅囿于乡土的情感与观念，更主要的是，芭蕉不展丁香结，我隐隐地感觉，他和文坛和现实存在着隔膜。

人们总以为从那个旧营垒里出来的作家会写出更深刻的东西。所以，人们一直寄希望于浩然的《文革回忆录》，应该说那将是他最重要的收官之作。但我们几乎忘了，只有距离产生美，也只有距离才可以产生思想，触及真相。文学史早有先例，回顾1793年法国资产阶级大革命，不是在当时，而是81年后的1874年雨果在《九三年》中完成的，文学的创作，有时不是带露折枝，临风落英，更难与狼共舞，和神当春。浩然始终没有写出这部《文革回忆录》，既说明他农民式的局限，也说明我们的期待的超速与要求的苛刻。客观地讲，那不仅是浩然的宿命，也是这一代作家的宿命。

日子过得那么快，转眼到了浩然逝世周年的日子，以此短文表达对他的怀念。

君子一生总是诗

到美国一个多月，国内文坛的消息闭塞，一直到昨天才听说韩少华去世了。看他走的那天，是4月7日，恰是我乘飞机离开北京的日子，真的是莫名其妙的巧合，心里不觉暗惊，眼前浮现出少华那温柔敦厚的身影，和他的夫人冯玉英大姐，还有他的女儿韩晓征。那是一家多么好的人。

少华年长我14岁，我却一直叫他少华，总觉得这样叫亲切。他没有架子，是那种纯正古典派的文人，对于我，他亦师、亦兄、亦友，我们是君子之交，清淡如水，却也清澈如水。

我和少华于20世纪80年代相识，但他的名字我早就熟悉。大约是1962年或者是1963年，我买了一本由周立波主编的那年的散文特写选，里面选有韩少华的散文《序曲》。和如今几乎泛滥的年选本大不一样，那时候编选认真，而且编选者写了认真读后的序言。周立波写下的长篇序言中，特别提到了《序曲》，给予了热情的赞扬和希望。我记住了韩少华这个名字，以后，他所有的散文，我都看过。

那时候，我读初三和高一。在描写校园生活的散文中，我喜欢两个人，一个是李冠军，一个便是韩少华。我买了李冠军的散文集《迟归》，整篇整篇抄下了韩少华的《序曲》《花的随笔》《第一课》，每篇散文的题目，都特意用红笔写成美术字。至今还清晰地记得，《序曲》里那个演出前对镜理装心情紧张的舞蹈少女，和那位为少女描眉慈爱的老院长；记得序曲响起，大幕拉开，少女以轻盈的舞步迈进了芬芳的月色中的情景，有些如梦如幻。那时候，我迷上了散文，自觉得和当时一些散文名家的写作姿态不大一样，他似乎更重视散文的意境，更仔细经营散文的叙事而多于那时常见的抒情和结尾的升华。他几乎都是用富于诗意的笔触，细腻而温馨地书写生活和情感，心里猜想这样的一个人是什么样子的呢？

　　第一次见到他的时候，比我想象中的要高大和英俊。那时候，他已经稍稍发胖。如果在他写《序曲》的风华正茂的年代，应该更是仪态万千。他能唱单弦和大鼓书，我和他一起开过几次会，听过他的发言，我从来没有听过一个作家的发言如他这样，水银泻地，一气呵成，仿佛是对着讲稿一字不错地朗读，不带一个多余的字，充满韵律和感情，还有内在的逻辑。这是他多年教师生涯的锤炼，也是他才华横溢的表征。我曾对他说你的发言不用修改就是一篇稿子。他笑笑摆手。我心想，如果站在舞台上，他就像濮存昕；在讲台上这样漂亮的讲述，只有我们汇文中学的特级数学老师阎述诗（歌曲《五月的鲜花》的作曲者，和少华一样的才华横溢），和他为并蒂莲。

　　忘记了什么时候，我曾经对他讲起我中学这段学习经历。他认真地听我讲完，笑着对我说那都应该感谢袁鹰和周立波当时对我的扶植和鼓励。然后，他告诉我李冠军是他北京二中的同学，后来到天津当中学老师。接着说，在二中教书的时候曾经收到他寄来的《迟归》，可惜英年早逝。讲完，少华和我都替李冠军惋惜。我一直惊讶二中曾经涌现出那样多的作家，其中在20世纪60年代校园散文创作我最喜欢的两个人，竟然同出一门，便一直猜想这样两位才子是如何惺惺相惜，又是如何彼此砥砺的。

1990年底，有出版社愿意出版我的报告文学选集。我20世纪70年代末写报告文学，到了80年代末就洗手不干了，居然还有出版社愿意为我的过去这十年报告文学结集出版，对我自然是鼓励。我想得认真对待，便在一次开会的空隙找到少华说起了这事，他替我高兴，说好啊，你应该有一本完整的报告文学选集了。他就是这样一个敦厚的人，没有文人相轻的旧习气或针鼻儿大的小心眼，真心替朋友高兴，如同待他自己的事情一样，特别是对待晚辈，他有真正长兄的气质和心地。我想请他为我的这本书写序，他一口答应下来，说你先编，我一定认真拜读，好好写这篇序，和你一起总结这十年。谁知道，第二年，少华外出讲课归来的途中，在火车上中风，一病不起。

记得那时候，我的好友赵丽宏正从上海来北京开会，我们两人相约一起去新源里少华家看望他。病来如山倒，看到那么一个风流倜傥的人突然倒下，我的心里非常不好受。从他家出来，冷风扑面，我和丽宏都很难过，彼此久久没有说话。

我听说，这突然一病，需要用的一些药不能报销，少华的经济有些拮据，心情也受些影响，便给当时中华文学基金会的会长张锴写了封信，我知道他们基金会那里有一笔钱，专门帮助作家用的，我希望他能够伸出援手，雪里送炭。没几天，张锴给我回

他将长生草留给水

278

了信，告诉我他已经派人去了少华家，给予了一些帮助。但是，我心里清楚，这只是杯水车薪，是精神大于物质的帮助。我知道，少华为人低调，蜗居一隅，羞于名利，无意争春，只希望能够写东西，写作是他生命存在的方式。我常常想起少华曾经写过的文章，他说中华人民共和国成立以后散文的兴旺有两个时期，一是中华人民共和国成立初期，一是 60 年代初期。他没有想到，在他病倒后不久，即 20 世纪 90 年代后期一直到 21 世纪初，散文的兴旺远超过前两次。少华病得真不是时候，才 58 岁，正值壮年，正是可以大展才华的时候，在散文领域里，他绝对是独树一帜而不可或缺的一家。而且，我心里一直悄悄在说，散文的稿费，特别是报纸的稿费，也大大高于以前，起码少华的经济可以更好些。

文坛是个名利场，也是个势利场。都说久病床前无孝子，其实，久病床前车马稀，是世态炎凉和人生况味的凹凸镜。不少文人趋于争官争名争利，不少媒体热衷有新闻价值的新人，而领导们即使偶尔关心作家也只是关心那些年龄老的或头衔带长的，无意冷落于久病床前的少华，是再正常不过的事情。少华只是一名老师，一官莫名；而年龄处于夹心层，他上下够不着。虽然，后来在《人民日报》《中华读书报》《北京晚报》等报刊上读到少华用左手艰难写出的新作，我替他高兴的同时，知道他的内心一定是寂寞的，是不甘的。我更知道，他心里还装着多少东西没有来得及写而且那么的想写呀！

我一直为少华不平，我以为对少华的文学成就一直没有认真地评价和总结。在延续上一个时代（即 20 世纪 60 年代）和下一个时代（即新世纪之后）的散文创作中，少华所起到的衔接、传承和发展的作用，无人可以企及；特别是在散文创作关于情与思、形与神、诗与文、史与今、浪漫情怀和现实精神等方面，少华都做出了富于前瞻性的努力和探索。

四年前，也是在美国，我在芝加哥大学的图书馆里借到少华写的中篇小说《少管家前传》。以前，我读过他的小说《红靴颏儿》，听他说过这篇，一直没有读过，正好补了课。读后，我非常兴奋，觉得这是少华多年心底的积累，将会是一本写老北京生活的大书。既然有了"前传"，必应有"正传"和"后传"才是。在写老北京生活的小说中，我还从来没有看过写得这样讲究的，每个人物、每个情节、每个细节、每个场景、每句语言……严丝合缝，曲径回环，气象万千。都说少华散文写得好，其实他的小说写得同样漂亮呀。当时，我抄了好多笔记，准备回北京和少华好好探讨一番，甚至想即使他再无法动笔写这鸿篇巨制，可以让女儿晓征帮忙，一起完成。可是，回到北京不久，我腰伤住院半年，出院后总觉得时间还有，也是人懒心懒，把事情拖了下来，便也失去了和少华交流的最后机会。

我想起了少华刚刚搬到崇文区四块玉的时候，在四块玉街口和他巧遇，因为那里离天坛东门不远。他的夫人冯大姐推着轮椅正要带他去天坛，我对他说搬到这里好，离着天坛近，可以天天来天坛呼吸呼吸新鲜空气。那天是个黄昏，望着冯大姐推着轮椅走进夕阳的影子，心里一阵发酸，然后漾起感动和感慨。想想少华一病近20年，都是冯大姐精心照料，事无巨细，所有的苦楚，都悄悄咽进她自己的肚子里。如果没有冯大姐的陪伴，简直无法想象。少华真的好福气。或者说，好人必有好报吧。

记得少华曾经写过一篇《君子兰》的散文，他实际写的是对君子的礼赞和向往，他把君子怀德、君子喻于义、君子不忧不惧，称为"君子之风"。如今，不要说文坛，整个社会"君子之风"都稀薄得可以了，便让我越发的怀念君子少华。

手头没有别的资料，只有两本台湾版的《读杜心解》，便仿老杜之句，写了一首打油，遥寄我对少华迟到的怀念——

病来霜落发如丝，到老少华是我师。

万里悲伤难追日，百年沧桑却逢时。

无痕秋水犹能忘，有伴春山岂可思。

自古文人多寂寞，一生君子总为诗。

冬夜重读史铁生

史铁生是去年年底离开我们的。今年这个时候，我的弟弟离开了我。在这种时候，别的书都看不下去，唯有铁生的书常常忍不住地翻看。我是把他们都当作自己的兄弟，十指连心的疼痛，弥漫在纸页间。

在《我与地坛》的开篇中，铁生先是这样写了一段地坛的景物："四百多年里，它一面剥蚀了古殿檐头浮夸的琉璃，淡褪了门壁上炫耀的朱红，坍圮了一段段高墙又散落了玉砌雕栏，祭坛四周的老柏树愈见苍幽，到处的野草荒藤也都茂盛得自在坦荡。"然后，他紧接着说："这时候想必是我该来了。"

他来了。他去了，又来了。每一次读到这里，我都格外的心动。总觉得像电影一样，在地坛颓败而静谧的空镜头之后，他摇着轮椅出场了。或者，恰如定音鼓响彻在寂静的地坛古园里一样，将悠扬的回音荡漾在我的心里，注定了他与地坛命中契合难舍的关系。当代作家中，哪一位有如此一个和自己撕心裂肺打断了骨头连着筋的特定场景，从而使得一个普通的场景具有了文学和人生超拔的意义，而成为了一个独特的意象？就像陆放翁的沈园，就像鲁迅的百草园，就像约翰·列侬的草莓园，就像凡高的阿尔？

我想起我的弟弟，17岁独自去了青海油田，在他临终前嘱咐家人一定要把他的骨灰撒回柴达木。我庆幸，他和铁生一样都能魂归其所，而不像我们很多人神不守舍，魂无所依。

在史铁生的作品里，母亲是一个最动人和感人的形象。母亲49岁过早地离开了人世后，在《我与地坛》中，有这样两段描写。

一段是——

摇着轮椅在园中慢慢走，又是雾罩的清晨，又是骄阳高照的白昼，我只想着一件事：母亲已经不在了。在老柏树旁停下，在草地上在颓墙边停下，又是处处虫鸣的午后，又是鸟儿归巢的傍晚，我心里只默念着一句话：可是母亲已经不在了。把椅背放倒，躺下，似睡非睡挨到日没，坐起来，心神恍惚，呆呆地直坐到古祭坛上落满黑暗然后再渐渐浮起月光，心里才有点儿明白：母亲已经不能再来这园中找我了。

一段是——

有一年，十月的风又翻动起安详的落叶，我在园中读书，听见两个散步的老人说："没想到这园子有这么大。"我放下书，想，这么大一座园子，要在其中找到他的儿子，母亲走过了多少焦灼的路。多年来我头一次意识到，这园中不单是处处有过我的车辙，有过我车辙的地方也都有过母亲的脚印。

后一段，体现了铁生的心地的敏感，从两个散步老人的一句简单而普通的话语里，涌出对母亲由衷的感恩和悔恨之情。敏感的前提，是善感。也就是说，是海绵才有可能吸附水分，水泥板花岗岩，哪怕是再华丽的水磨石方砖，是无法吸附水分的，而只能让哪怕再晶莹剔透的水珠凭空流逝。缺乏这样善感的心地与真情，使得不少写作成为搭积木和变魔术的技术活儿，或者化妆舞会上和摆满座签的领奖席上花红柳绿的邀宠或争宠般的热闹。

前一段，排比句式的景物中几次慨叹："可是母亲已经不在了。"都会让我心沉重。在这样重复的喟然长叹中，那些景物：老柏树、草地的颓墙、虫鸣的午后、鸟儿归巢的傍晚以及古祭坛上的黑暗与月光，才一一都有了意义，这意义便是这一切附着上母亲的身影。因此，可以说，地坛是史铁生的，也是母亲的，因有这样的一位母亲而让地坛具有带有伤感无奈却又坚韧伟大的别样情怀。

每次读到这里，我都会忍不住想起铁生在他的《记忆与印象》中的《一个人形空白》里的一段："我双腿瘫痪后悄悄地学写作，母亲知道了，跟我说：她年轻时的理想也是写作。这样说时，我见她脸上的笑……那样惭愧地张望四周，看窗上的夕阳，看院中的老海棠树。但老海棠树已经枯死，枝干上爬满豆蔓，开着单薄的豆花。"

如今，重读这一段，我想起铁生，也想起他的母亲，窗上的夕阳，枯死的老海棠树，老海棠树枝干上爬满的豆蔓，开着单薄的豆花，便一下子都成为了母亲那一刻百感交集又无法诉说的心情与感情的对应物，好像它们就是为了衬托母亲的心情与感情，故意立在院子里，帮助铁生点石成金。这是怎样的一位母亲呀，可以这样说，是母亲的悲惨命运和与生俱来的气质与情怀，造就了作家的史铁生。我坚定地认为，没有母亲，便没有史铁生的地坛。

忍不住，也想起我的母亲。母亲走得太早，那一年，我5岁，而弟弟才2岁。穿着孝服，我牵着弟弟的手站在院子里，院子里没有海棠树，没有豆蔓和豆花，只有一株老槐树落满一地槐花如雪。

由生活具象而思考为带有哲理性的抽象，是铁生愿意做的，也是铁生作品的魅力，更是和我们一般写作者的区别，如同真正的大海一步迈过了貌似精致却雕琢的蘑菇泳池。他便从一己的命运扩大为更为轩豁的世界，而使得他的作品融有了思想的含量，不像我们的一样轻飘飘、甜腻腻或皮相的花里胡哨。他爱说人间戏剧，而不是像我们那样自恋得只会舔自己的尾巴、弄自己的发型、扭自己的腰身和新书的腰封。

在《想念地坛》这则文章里，铁生想念地坛里的那些老柏树，他从它们"历无数春秋寒暑依旧镇定自若，不为流光掠影所迷"中，将其品质出人意料地抽象为"柔弱"。他进而说："柔弱是爱者的独信。""柔弱，是信者仰慕神恩的心情，静聆神命的姿态。"他说："倘若那老柏树无风自摇岂不可怕？要是野草长得比树还高，八成是发生了核泄漏——听说切尔诺贝利附近有这现象。"

由老柏树的"柔弱"，他写到世风的喧嚣，他说："唯柔弱是爱愿的识别，正如放弃是喧嚣的解剂。"之所以由"柔弱"写到

"喧嚣"，还是要写地坛，因为地坛曾经可以是销蚀喧嚣回归宁静的一块宝地，一个解剂——"我说的是当年的地坛。"他特意补充道。

我不知道弟弟执着地梦回青海的柴达木，是否还是当年他17岁时的柴达木。我只知道他和铁生所说的"柔弱"一样，敏感而坚信唯有那里是"爱愿的识别"，是"喧嚣的解剂"。

在《想念地坛》最后，铁生写道："靠想念去迈过它，只要一迈过它便有清纯之气扑面而来。我已不在地坛，地坛在我。"这两句话，特别是最后一句"我已不在地坛，地坛在我。"如一只沉稳的铁锚，将地坛如一艘古船一样牢牢地停泊在新时期文学的岸边，也将思念深深埋在我的心里。

早春二月

——怀念孙道临先生

18 年前的夏天，我如约到北京的北长街前宅胡同上海驻京办事处，孙道临先生已经在胡同口等候着我了。记忆是那样的清晰，一切恍如昨天：他穿着一条短裤，远远地就向我招着手，好像我们早就认识。我的心里打起一个热浪头。第一面，很重要。

要说我也见过一些大小艺术家，但像他这样的艺术家，我还是第一次见到，他的儒雅和平易，也许很多人可以做到，但他的真诚，一直到老的那种通体透明的真诚，却并非所有人能够达到的境界。

那天，我们在上海办事处吃的午饭，除了吃饭，我们谈的是一个话题，那就是母亲。他说他在年初的一个晚上看新的一期《文汇月刊》，那上面有我写的《母亲》，他感动得流出了眼泪，当时就萌生了一定要把它拍成一部电影（其实那只是一篇两万多字的散文），经过了半年多的努力，他终于说服了上海电影制片厂，决定投拍，让我来完成剧本的改编工作。他对我说，读完我的《母亲》，他想起自己小时候在北京西什库皇城根度过的童年，想起自己的母亲。他也想起了在"文化大革命"残酷的岁月里，他所感受到的如母亲一样普通人给予他的难忘的真情。

那天，他主要是听我讲述了我的母亲的故事和我对母亲无可挽回的闪失和愧疚。他听着，竟然情不自禁地落下了眼泪，我不敢看他的眼睛，因为我从来没有见过70岁的眼睛居然没有浑浊，还是那样清澈，清澈得泪花都如露珠一般澄清透明。他忽然站起来对我说：我为什么非要拍这部电影？我不只是想拍拍母爱，而是要还一笔人情债，要让现在的人们感到真情对于这个世界是多么的重要！

我们一老一少泪眼相对，映着北京8月的阳光的时候，我感受到艺术家的一颗良心，在物欲横流中难得的真情，和对这个喧嚣尘世的诘问。那天回家，对着母亲的遗像，我悄悄地对母亲说：一个北大哲学系毕业、蜚声海外的艺术家，拍摄一个没有文化平凡一生的母亲，并不是每一个母亲都能够享受得到的。妈妈，您的在天之灵可以得到莫大的安慰了。

剧本断断续续写到了一年多以后。那天，为再一次修改剧本，我从北京飞抵上海。是个傍晚，正好赶上他去安徽赈灾义演，他在电话里抱歉说没有能够接我，却特地嘱咐别人早早买下了整整一盒面包送给我，怕我下飞机误了晚饭。打开那一盒只有上海做得出来的精巧的小面包，心里感到很暖，那一盒面包足足吃到了他从安徽回来。

剧本定稿的时候，他请我到淮海中路他的家中做客。我见到了他的夫人王文娟，他们两口子特意做了冰激凌给我吃，还把那个季节里难以找到的新鲜草莓，一只只洗得清新透亮，精致地插在冰激凌里。我和他说起了电影《早春二月》。我说起第一次读柔石的小说时，我在读高二。那时，我们到北京南口果园挖坑种

他将长生草留给水

树，劳动之余，同学之间在偷偷传递着一本书页被揉得皱巴巴像牛嘴里嚼过一样的《二月》。书轮到我的手里，是半夜时分，我必须明天一早交给另一位守候的同学。老师还要在熄灯之后严加检查，我只好钻进被子里，打开手电筒，看了整整一夜。

他静静地听我说完，告诉我当时拍摄和后来批判《早春二月》时的许多事情。我问他萧涧秋是不是他自己觉得扮演的最重要也是最好的角色？他对我这样说：解放以后，一直都在努力改变以往在屏幕上的形象，希望塑造工农兵的新形象，便拍摄了《渡江侦察记》和《永不消逝的电波》。但是在这之后，他一直渴望有新的突破，在塑造了工农兵的形象之外，能够塑造更吻合他自己本色与气质的知识分子的角色。终于等来这样一部《早春二月》，他非常兴奋，也非常看重。他说不仅他自己看重，就连夏衍先生也非常看重，特别在他的剧本中详细地批注和提示。没有料到，这样一部电影，付出了他极大的心血，却让他吃了不少苦头。那天的交谈，让他涌出许多回忆和感喟，颇有"别来沧海事，语罢暮天钟"的沧桑之感。

对于我们这样的一代人，随历史浮沉跌宕之后，有些普通的词，便不再那么普通，而披戴上岁月的铠甲，比如老三届、红海洋、黑五类……早春二月，便是其中一个意味寻常的词。这个词不仅有我们的青春作背景，也有孙道临先生的演绎作依托。因此，我一直认为，萧涧秋是他扮演的最重要也是最好的角色，他不仅成为新中国电影史的一部分，也是中国知识分子心路历程的一部分。从某种程度而言，孙道临和萧涧秋互为镜像，有着内心深处的重叠。

我和孙道临先生往来不多，却有过通信，作为晚辈，我常常得到的是他对我的关怀和鼓励，偶尔也透露着他的隐隐心曲。

　　1994年2月，他寄给我两张照片留念，都是在1993年拍摄的，一张是9月在海南，一张是5月在新疆，他72岁的高龄骑在骆驼上跋涉戈壁滩。他在信中说："影事难题太多，1993年，我不务正业，东奔西跑，倒也增加不少阅历，只是'心为物役'的感受越来越强了，也好，总要设法摆脱，让想象好好驰骋。"

　　1995年2月，我寄他两本我的新书，里面有那篇《母亲》。他写信对我说："再次读了你写的关于《母亲》的文章，仍然止不住流泪。也许是年纪大了些，反而'脆弱'了吧。总记得十七八岁时是要理智得多，竟不知哪个时候的自己是好些的。"

　　我之所以选出这样两节，是想说过去常讲的是老骥伏枥壮心不已，其实对于中国知识分子而言，老骥之时更需要的是对于自己和历史清醒一点的检点和反思。孙道临先生对于我们的可贵，正在于他一直保持着一个艺术家对于自己和过去的历史与现世的时代的反思和诘问，他的真诚才不止于一般的旨在澄心，而是持有那种赤子之心。这一点，我以为是和《早春二月》里的萧涧秋一脉相承的，或者说其中的矛盾彷徨自省与天问一般的追寻，是有良知又有思想的艺术家的本质和天性。

　　我想，这是孙道临先生给予我们最宝贵的启示，一切有志于艺术的人，都应该如他一样把这样的真诚放在首位。

花飞蝶舞梁谷音

　　上海昆曲团成立 30 年，要到北京演出，听说这消息，我早在一个多月前就买好了票，其中最想看的是梁谷音的《蝴蝶梦》。

　　我对昆曲一窍不通，也不想跟随如今新潮的昆曲热凑热闹。昆曲名角众多，却因见识浅陋，只知道一个梁谷音。之所以记住了她，源于几年前读过她的一则文章，印象很深，说她 2001 年在美国华盛顿索米博物馆，不愿意在博物馆安排好的小剧场里演出，偏选在了小小的展厅里演了《琵琶记》里"描容"一折。只是一人一笛一鼓，没有舞台，甚至没有任何布景，也没有字幕翻译，却演得那帮美国人都看懂了，不仅看懂了，而且还随着赵五娘为婆婆描容来祭奠的悲悲戚戚的感情起落而潸然泪下。这样的情景，很让我着迷，很是向往，充满想象。梁谷音究竟有什么样的魔力，可以将一曲昆腔如此出神入化，穿越时空，沟通起不同文化背景人们的心灵？

　　《蝴蝶梦》是一出清人的剧，旧时叫《大劈棺》，说有迷信和黄色内容而被禁演。其实，它不过借庄子说事，将一则庄周梦蝶的故事重新演绎，其中对于爱情与婚姻的质疑，颇具有后现代的意味。今天看来依然具有清新撩人的醒世味道。庄周最后唱"万古大梦总相如"，真的是现代故事的古装版，今古交替，充满反讽，互为镜像。梁谷音饰演的庄周的妻子田氏，第一场"扇坟"，一出场破扇遮脸优美碎步的亮相，就赢得了满堂彩，确实精彩。爱情失去了信任，猜疑和试探成为了家庭的主旋律，庄周荒诞装死，化作翩翩美少年楚王孙，冒充庄周的学生，打上门来，以图与师母玩一段师生恋，来考验妻子一番。果然立马奏效，田氏一见钟情，恨不相逢未嫁时，乃至为救心上人王孙的性命，不惜举斧大劈棺取先夫的脑仁用上一用，真可谓将情与爱、性与欲推向极致。梁谷音将这样一个性格复杂、内心丰富、情感大起大落的妇人，演得花飞蝶舞、鸟啼梦惊，如此风姿绰约，曲净天青。

舞台剧与影视不同，无法出现大特写，一般观众看不大清演员的面目表情，更不会如纸面的小说，可以铺陈大段的心理描写。这就要看我国古典舞台剧演员演出的魅力了。最让我惊叹的是梁谷音能够将看不见的心理和心情演绎得惟妙惟肖，如状目前，看得见，摸得着。这真是本事。她唱工曲折与微妙，我不懂，但看她身段与台步，水袖和眼神，真的是一枝一叶总关情，似乎都会说话，都长着眼睛，都绽开着笑靥。一招一式，拈襟揽袖，曳裙拖裾，带动得整个舞台跟随着她一起婆娑摇曳，柔柔软软，飘飘欲仙。

别看舞台朴素至极，几乎没有什么新奇和高级的装置，演员也没有浩浩荡荡的人马，一共只是四个人演出，却将舞台充满气场一样，满满盈盈荡漾着的都是戏的神韵和魂儿，咫尺天地，无限江山。

梁谷音善于运用手里的小道具，扇子、红纱、喜花，乃至最后出现的斧头，都被她得来全不费功夫一样，成为了她的另一种表情和风情，彻底地化为了属于她自己的一种艺术创作。特别是那一方透明的红纱，袅袅婷婷，让她上下左右、胸前身后、眼前嘴中、地上地下，翻飞得如同一个火一般燃着的精灵，让我忍不住想起理查·施特劳斯根据王尔德的《莎乐美》改编的歌剧里的那段"七重纱"舞，有着异曲同工之妙。借助它们，将一个闺中寂寞难禁、春心荡漾、欲火中烧、于心不甘又急不可耐、万千风情又敢于叛逆而铤而走险的妇人，拿捏得恰到好处，勾勒得须眉毕现。那种含情欲说、媚眼相看、心事难付、情结如蛇一样盘结的错综复杂，那种从含羞、哀怨到娇憨到放纵到最后情感的喷薄而出，大写意的水墨画的墨汁淋漓的洇染一样，一点点层次分明地呈现出来，将简单的舞台舞动得风生水起。

想想在华盛顿她演出的"描容"，能够令那么多美国人动容，也就信服了。

真不敢想象梁谷音竟然已经是 66 岁的人。这就是戏剧的魅力。它混淆了现实与艺术的界限，它让一个演员永远年轻，而将年龄溶解于舞台虚拟与梦幻之中。散场后的北京，月白风清，夜空如洗，难得的清爽，总还想起谢幕时梁谷音将观众献给她的鲜花又使劲抛向观众席的情景，心里盛满感动和对她的敬意与祝福。